Janne Mommsen

Das kleine Friesencafé

Roman

Rowohlt Polaris

4. Auflage März 2021

Originalausgabe
Veröffentlicht im Rowohlt Taschenbuch Verlag,
Hamburg, März 2021
Copyright © 2021 by Rowohlt Verlag GmbH, Hamburg
Covergestaltung und -abbildung
Hauptmann & Kompanie Werbeagentur, Zürich
Typografie Farnschläder & Mahlstedt, Hamburg
Schrift DTL Dorian
Druck und Bindung CPI books GmbH, Leck, Germany
ISBN 978-3-499-00395-0

Die Rowohlt Verlage haben sich zu einer nachhaltigen
Buchproduktion verpflichtet. Gemeinsam mit unseren
Partnern und Lieferanten setzen wir uns für eine klimaneu-
trale Buchproduktion ein, die den Erwerb von Klimazertifikaten
zur Kompensation des CO_2-Ausstoßes einschließt.
www.klimaneutralerverlag.de

1

Der altersschwache Diesel des Triebwagens heulte laut auf, dann rollte die Kleinbahn aus dem Bahnhof Niebüll heraus. Hark Paulsen saß im Großraumwagen alleine an seinem Lieblingsplatz am Tisch, in Fahrtrichtung links, mit viel Raum für die Beine. Vor seinem Fenster zog die weite Landschaft vorbei, die Sonne stand hoch am knallblauen Himmel und brachte die sattgrünen Wiesen und Weiden zum Leuchten. Der mächtige Seedeich in ein paar Kilometern Entfernung war die einzige Erhebung weit und breit, auf der Krone graste eine Schafherde, es wehte ein kräftiger Ostwind.

Alles sah aus wie ein perfekter Hochsommernachmittag. Aber nicht für ihn: Dieses Wetter passte ihm ganz und gar nicht. Für heute hätte er sich einen Orkan mit Graupelschauern gewünscht, der die See mit schaumigen, haushohen Brechern aufpeitschte.

Oben im Gepäckfach lag sein kleiner Rollkoffer mit den neuen Anziehsachen, darüber hatte er seine sorgsam gefaltete Dienstkleidung gelegt. Hark kaufte nicht gerne ein, aber heute war es mal wieder fällig gewesen. Er hatte in Husum zwei Paar Schuhe, vier Hosen und fünf neue Hemden besorgt, damit war die Klamottenfrage erst mal wieder für ein paar Jahre geklärt. Geschmeichelt hatte er von der Verkäuferin vernommen, dass sich seine Konfektionsgröße nicht verändert hatte. Okay, er war nicht gerade dünn, aber sie hatte ihn «immer noch schlank» genannt. Und das mit siebenundsechzig, ohne dass er viel dafür tat, damit konnte er zufrieden sein.

Nach zwanzig Minuten passierte der Zug die schmale Durchfahrt im Seedeich und hielt auf der Mole von Dagebüll. Hark schnappte sich seinen Koffer und trat auf den Bahnsteig. Sofort schlug ihm der salzige Seewind ins Gesicht. Er blinzelte in die Sonne und atmete tief ein. Eigentlich sollte die Flut längst da sein, aber der Meeresboden war lediglich mit einer hauchdünnen Wasserschicht bedeckt. Darin spiegelte sich der blaue Himmel mit seinen Schäfchenwolken. Ein paar Seemeilen entfernt lag die Insel Föhr, die erste Hausreihe der Wyker Promenade war zu erkennen. Davor leuchtete der helle Strand, während sich links davon der kilometerlange Deich erstreckte.

Als er die *Norderaue* auf den Hafen zukommen sah, schnürte es ihm den Hals zu. Die weiße Autofähre mit dem dicken schwarzen Streifen war noch ungefähr eine Viertelseemeile entfernt. Behutsam arbeitete sie sich im flachen Wasser durch die ausgebaggerte Fahrrinne zum Anleger vor. Mit jedem Meter, den sie näher kam, wurde sein Brustkorb schwerer. *Irgendwann ist es für jeden so weit, Hark Paulsen!*, ermahnte er sich. *Wieso solltest du da eine Ausnahme sein? Also reiß dich zusammen!* Ein Sturm wäre für ihn leichter zu nehmen gewesen, damit kannte er sich aus. Eins war klar: Wenn er die Überfahrt nach Föhr hinter sich hatte, würde er sich erst mal eine Woche in seinem Haus einsperren, um einen klaren Kopf zu bekommen, das war beschlossene Sache.

Er passierte die Absperrung zum Seiteneinstieg und nickte der Kassiererin zu. «Moin, Karin», grüßte er.

«Moin, Käpt'n Paulsen.»

Nachdem die *Norderaue* angelegt hatte, kamen ihm die Passagiere von der Fähre entgegen. Ein paar Insulaner kannte er, man nickte sich zu, manchmal kam ein knappes «Moin». Hark kämpfte sich gegen den Menschenstrom hoch an Bord. Er hoffte, dass ihm niemand ansah, wie elend er sich fühlte. «Die letzte Fahrt»: Wie das schon klang! So etwas schrieb man in Traueranzeigen, wenn ein Seemann verstorben war: «Er hat seine letzte Fahrt angetreten …»

Hark verstand nicht, warum er in Pension gehen sollte. Er war gesund, kompetent und erfahren, hatte an Bord alles im Griff, und der Job brachte ihm Spaß. Aber die Reederei bestand darauf. Eigentlich sollte er schon letzte Woche aufgehört haben, aber ein Kollege hatte ihn gebeten, heute noch mal für ihn einzuspringen.

Hark ging hoch zur Brücke. *Wehe, jemand hält sich nicht an meine Ansage!*, schwor er sich grimmig. *Den werfe ich eigenhändig über Bord!* Dass dies seine allerletzte Fahrt war, sollte auf keinen Fall Thema werden. Der Besatzung der *Norderaue* hatte er seine Anweisung zugemailt, die im Wesentlichen aus jenem Satz bestand, den jeder Norddeutsche kannte und respektierte: «Macht kein Brimborium!»

Hark betrat die Brücke, wo der vollbärtige, rundbäuchige Steuermann Roloff auf ihn wartete. Der diensthabende Kapitän Hannes Schmidt kam ebenfalls hinein, er hatte seine Uniform bereits gegen Jeans und T-Shirt getauscht.

«Moin, all tosoom», brummte Hark und gab beiden die Hand.

«Moin, Sharky», sagte Hannes. Den Spitznamen hatte Hark schon in frühester Kindheit verpasst bekommen, alle nannten ihn so.

«Irgendwas Besonderes?», fragte er seinen Kollegen, der die Fähre von Amrum rübergebracht hatte und hier von Bord ging. Hark sollte die *Norderaue* gleich nach Wyk schippern: 7,7 Seemeilen, dann war Schluss, für immer. Er blieb misstrauisch, kam doch noch irgendein Spruch? – Nein, auf seine Jungs konnte er sich verlassen.

«Der Wind dreht auf sieben bis acht aus Ost, wir haben extremes Niedrigwasser, und die Flut kommt nicht zurück. Es langt wohl gerade noch.»

«Alles klar.»

Wenn ein starker Ostwind die See bei Ebbe wegdrückte, hatten sie manchmal nicht genug Wasser unter dem Kiel. Hark kontrollierte die Instrumente auf der Brücke und rief den Maschinisten an: «Bei dir alles okay, Jan?»

«Maschine läuft rund», kam es zackig zurück.

So hatte er es gerne. Er ging mit seinem Koffer in die Kapitänskabine ein Deck tiefer, um sich umzuziehen. Als er in seiner makellosen weißen Uniform zurück auf die Brücke kam, telefonierte sein Steuermann gerade. «Ihr organisiert den Shantychor für den Alten», bellte Roloff in den Hörer und legte hastig auf, als er ihn bemerkte. Hark zog die Stirn in Falten. Mit dem «Alten» war *er* gemeint, aber es bezog sich nicht auf seine Lebensjahre. So nannte man nach alter Seemannstradition den Kapitän an Bord. Dagegen hatte er nichts.

Gegen den Shantychor schon. Die blöde Abschiedsfeier der Reederei in ein paar Wochen hasste er jetzt schon, aber das war wohl nicht zu umgehen. Roloff brachte ihm einen großen Pott Kaffee, wie er ihn am liebsten mochte, stark und schwarz. Das heiße Getränk munterte ihn auf. Er schaute aufs Watt, das sich bis zum Horizont hinzog. Nicht weit entfernt aalten sich ein paar dunkle Seehunde auf einer Sandbank in der Sonne. Unter ihren struppigen Schnurrbarthaaren schienen sie ständig zu lächeln, schon deswegen zählten sie zu Harks Lieblingstieren.

Föhr lag in Sichtweite. Hark war auf der Insel aufgewachsen

und hatte von hier aus alle Weltmeere befahren. Auf offener See hatte er sich immer wohl gefühlt, auch und gerade in brenzligen Situationen. Kämpfte er sich mit einem riesigen Containerfrachter im Sturm vor Kap Horn einen Wellenberg hinauf, um dann auf der anderen Seite wieder herunterzugleiten, tauchte der Bug oft bis zum Deck in die See. Er war immer ruhig geblieben, obwohl er wusste, dass gerade hier schon viele Schiffe untergegangen waren. Und er war froh, dass er seine Mannschaften immer heil nach Hause gebracht hatte. Trotz moderner Schiffstechnik hatte Hark den Respekt vor dem Meer nie verloren, auf See waren Menschen nur Gäste, das war ihm stets bewusst.

Hark betätigte den Knopf für das Schiffshorn und beugte sich zum Mikro. «Wir legen jetzt ab Richtung Föhr», teilte er unaufgeregt mit. Er gab den Befehl zum Leinenlösen. Behutsam bugsierte er die *Norderaue* mit dem Joystick aus dem Dagebüller Hafen heraus. Obwohl ihm die Gewässer im Wattenmeer seit frühester Jugend bekannt waren, blieb er aufmerksam. Mit einem Auge schielte er immer aufs Echolot, das die Wassertiefe anzeigte. Der ausgebaggerte Kurs war durch Buhnen abgesteckt, aber wegen der Gezeiten konnte sich die Fahrrinne jederzeit verschieben.

Dann passierte es, sie liefen auf Schlick. Die Natur hatte sich nicht an die Prognose gehalten, das Wasser war nicht gestiegen, zusätzlich drückte eine heftige Windbö die Fähre zur Seite. Hark versuchte noch, mit dem Joystick das Schiff herumzureißen, aber es war zu spät.

«Tja», murmelte er.

Auch Steuermann Roloff zuckte nur mit den Achseln. «Laut Vorhersage haben wir in zehn Minuten wieder genug Wasser unterm Kiel.»

«Na denn», brummte Hark und ließ die Maschinen herunterfahren. Im Grunde freute er sich, dass seine letzte Fahrt nicht so ereignislos verlief wie erwartet. Er beugte sich zum Mikro, um eine Durchsage an die Passagiere zu machen.

«Hier spricht Kapitän Paulsen. Wir sitzen wegen extremer Ebbe fest. Sobald wieder Wasser da ist, fahren wir weiter.» Er fügte hinzu: «Wer es eilig hat, kann gerne zu Fuß vorgehen.»

An seinem letzten Tag war so ein Spruch drin, fand er. Er verließ die Brücke und schaute sich auf dem Oberdeck um. Dort war alles in Ordnung, viele Passagiere schienen die Verzögerung zu genießen: Sie waren auf hoher See, die Sonne schien, die Temperatur war angenehm, wer wollte da meckern? Klar, Nörgler und Klugscheißer gab es natürlich auch, zum Beispiel der Typ, der sich jetzt vor ihm aufbaute. Mitte vierzig, schmale Lippen, Stoppelhaarschnitt. «Wie lange dauert das denn noch?», sagte er gereizt.

Hark kratzte sich am Kinn. «Das kann sich hinziehen.»

«Wenn Sie mehr Gas geben, geht es mit Sicherheit schneller», greinte der Mann. «Aber die Reederei will Treibstoff sparen, stimmt's? Euch geht es doch nur ums Geld, und wir Passagiere müssen das ausbaden.»

Hark legte die Stirn in Falten. «Das mit dem Gas kann ich probieren, aber vorher muss ich ein anderes Problem lösen.»

«Was denn?»

«Wir sind zu schwer», raunte Hark ihm zu.

«Und dagegen kann man nichts tun?»

«Doch. Wir müssen einen Passagier über Bord werfen.»

Der Typ sah ihn entsetzt an.

«Ich suche gerade Freiwillige», fügte Hark hinzu und blickte ihm fest in die Augen. Seinem Gesichtsausdruck nach zu urteilen, hatte der Mann keinen Sinn für friesischen Humor.

2

Als Hark die *Norderaue* eine Stunde später in den Wyker Hafen manövrierte, tauchte die Abendsonne die Inselhauptstadt in ein goldenes Licht. Das Meerwasser glitzerte tiefblau, die Marsch zur Rechten leuchtete grün wie ein Smaragd.

Harks letzte Fahrt war eine der schönsten seines Lebens gewesen. Und gleichzeitig die schlimmste, eben weil sie so schön war. Er überwachte das Anlegemanöver, das wie immer hervorragend klappte, seine Mannschaft war perfekt aufeinander eingespielt. Passagiere und Autos verließen die Fähre, Steuermann Jan Roloff brachte Hark das Logbuch zum Abzeichnen. Die *Norderaue* blieb im Hafen, sie würde erst morgen wieder auslaufen.

Hark schnappte sich seinen Koffer. «Schön'n Feierabend», brummte er.

«Selber auch», antwortete Jan.

Das war es dann gewesen. Mit diesen beiden Worten endeten für ihn fünfundvierzig Jahre Seefahrt.

Hark tippte sich an die Mütze und ging von Bord – zugegeben: mit weichen Knien. Den ersten Schritt in sein neues Leben hatte er geschafft, aber das Schlimmste lag noch vor ihm. Was auf der Insel auf ihn zukam, würde heftiger werden als sämtliche Stürme vor Kap Horn zusammen.

Hark stieg in seinen alten, klapprigen Mercedes aus dem Jahr 1966, der hinten zwei seitliche Heckflossen hatte. Die passten gut zu einem Kapitän, fand er. Er fuhr über die Umgehungsstraße aus der Hauptstadt Wyk heraus. Der Koffer lag neben ihm auf dem Sitz. Als er hinter Alkersum die offene Marsch erreichte, huschte ein Lächeln über sein Gesicht. Der weite Himmel über dem flachen Land munterte ihn auf. Hier war er aufgewachsen. Deshalb wusste er auch, dass ihm sein Heimatdorf Oldsum das garantierte, wonach er sich gerade am meisten sehnte: Ruhe. Natürlich kannte in dem Fünfhundert-Seelen-Dorf jeder jeden, und man quatschte auch miteinander, wenn man sich traf. Aber wenn jemand das gerade *nicht* wollte, wurde das ohne Wenn und Aber akzeptiert. Hark fand, dass dies eine der nobelsten Eigenschaften der Inselfriesen war.

Schon von weitem wies ihm die alte Mühle am Dorfrand mit ihren mächtigen Flügeln den Weg. Kurz davor bog er auf einen Schleichweg ab und fuhr langsam nach Oldsum rein. Links und rechts der schmalen Straße dösten die vertrauten Reetdachhäuser mit ihren roten Backsteinmauern in der Abendsonne. Harks Haus stand in einer Lindenallee, die einen Hauch aristokratischer Noblesse verströmte. Es war eines der ältesten Gebäude im Ort, hier war schon sein Urgroßvater aufgewachsen. Es gehörte zu einem Geviert von Reetdachhäusern, die sich um einen Innenhof mit einem üppig wuchernden Garten gruppierten. Vor kurzem hatte Hark das Haus nebenan dazugekauft; das gegenüber gehörte Festländern, die selten da waren.

Er stellte den Wagen vor der Haustür ab, schnappte sich seinen Koffer und ging hinein. Seine Inneneinrichtung überraschte die meisten Besucher, wenn sie das erste Mal hierherkamen. Die Wände in der Küche waren vollständig mit traditionellen friesisch blauen Kacheln verkleidet. Sie stammten aus dem 18. Jahrhundert und zeigten Motive von der Insel: Mühlen, alte Segelboote und Fische. In der Mitte des Raumes stand ein grober Bauerntisch, drum herum vier Stühle mit hohen Lehnen. Der Rest der Wohnung war komplett asiatisch eingerichtet. Das Kopfende des Bettes hatte die Form eines chinesischen Schriftzeichens, die Couch war aus Bambus gefertigt. Die Schränke und Kommoden besaßen ganz andere Proportionen als in Europa, vor allem wirkten sie nicht so wuchtig. In die Schranktüren waren feine Intarsien aus verschiedenen Holzarten eingearbeitet, was Hark liebte. Diese Möbel hatte er auf seinen Seereisen in China und Japan gekauft. In den verwinkelten Gassen Shanghais kannte er sich gut aus – als es sie noch gab und sie nicht durch gläserne Wolkenkratzer ersetzt worden waren. Den exotischen Geruch der Möbelläden hatte er noch immer in der Nase. In seiner Wohnung lebte die Erinnerung an diese längst vergangene Zeit weiter.

Ächzend ließ er sich auf den Ohrensessel fallen, der als einziges Möbelstück im Wohnzimmer nicht aus Asien stammte. Fürs Erste wollte Hark sein Haus nicht mehr verlassen. Dafür hatte er vorgesorgt: In der Speisekammer und im Kühlschrank lagerten Lebensmittel für mindestens eine Woche. Doch dann fiel ihm auf, dass er etwas Wichtiges vergessen hatte, zu blöde! Es half nichts, er musste noch einmal los.

Den Weg zu «Frischemarkt Rickmers» hätte er mit verbundenen Augen gefunden, inklusive der Abkürzung über den Pfad hinter Hansens Gartenzaun. Den nahm er seit Jahrzehnten. Hark stellte sich manchmal vor, dass die Wege und Straßen hier in Oldsum ein Gedächtnis besäßen und von früh an alles von ihm mitbekommen hatten: seine Geburt, die ersten Laufschritte, ungelenke Fahrversuche auf dem Kinderrad, Ballspiele, Raufereien, die erste scheue Annäherung an ein Mädchen.

Die Straßen im Ort kannten ebenso seine Eltern, Großeltern und Urgroßeltern, als sie noch Kinder waren. Sie hatten irgendwann mit ansehen müssen, wie seine Vorfahren im Sarg aus dem Haus getragen wurden. Zum Glück waren alle Paulsens sehr alt geworden, darauf setzte er.

Frischemarkt Rickmers befand sich in einem rot verklinkerten Gebäude, das ein paar Meter zurückgesetzt im Waaster Bobdikem lag, der Hauptstraße, die durchs Dorf führte. Der einzige Supermarkt im Ort diente auch als Treffpunkt und Nachrichtenzentrale.

Am Eingang stieß Hark auf Birte Feddersen, die er seit frühster Kindheit kannte. Schon damals in der ersten Klasse war sie eine Kesse gewesen, die sich nicht die Butter vom Brot nehmen ließ. Daraus hatte sich eine schlanke Endsechzigerin mit blondgefärbten kurzen Haaren entwickelt, die immer noch herrlich vorlaut war. Birte hatte viele Jahre als Assistentin in der Fering-Stiftung gearbeitet, die sich die Förderung der friesischen Sprache und Kultur zum Ziel gesetzt hatte. Sie hatte das Büro mit großer Leidenschaft und Organisationstalent geschmissen, das konnte man nicht anders sagen. Nach ihrer Verrentung war sie Vorsitzende des Trachtenvereins geworden. Zu hohen Festen wie Hochzeit, Konfirmation, runden Geburtstagen und Dorffeiern trugen die Föhrer Frauen immer noch die alten Trachten, die über mehrere Generationen vererbt wurden. Auch die jungen Föhrerinnen setzten diese Tradition stolz fort.

«Moin, Sharky, hü gongt et?», grüßte Birte.

«Gud, un di?»

«Auch.»

«Wann ist es bei dir so weit?», erkundigte sie sich. Als ob er schwanger war und kurz vor der Niederkunft stand.

Er winkte ab. «Och, das dauert noch.»

Was nicht stimmte, Birte wusste das natürlich.

«Macht die Reederei nicht bald die große Verabschiedung für dich?», bohrte sie nach.

«Ich weiß von nichts.»

Das war glatt gelogen, er dachte an kaum etwas anderes. Vor allem suchte er fieberhaft nach einer Ausrede, mit der er diese Feier umgehen konnte. Am liebsten hätte er Birte jetzt zugerufen: «Meine Pensionierung ist der Anfang vom Ende! Danach wird nichts mehr kommen, außer dem Lebensabschnitt, in dem ich sterben werde. Und das ist keine Kleinigkeit. Ich weiß, dass es allen so geht, aber ich finde es trotzdem schrecklich!» Aber er hielt sich zurück.

«Sag mal, wo wir gerade am Schnacken sind: Wir suchen noch Leute», sagte Birte.

«Wofür?»

«Französisch.»

«Nee.»

«Nich?»

Auf der Insel Föhr sprach man Hochdeutsch, Plattdeutsch und Fering und ein bisschen Dänisch. Das beherrschte Hark alles. Davon abgesehen sprach er fünf weitere Sprachen fließend, Französisch war eine davon. Er war zehn Jahre für eine Reederei in Marseille gefahren, außerdem konnte er Englisch, Schwedisch, Spanisch und Portugiesisch. Was kaum einer auf der Insel wusste.

«Und was ist mit Canasta? Wir treffen uns jeden Mittwochnachmittag in ‹Grethjens Gasthof›.»

«Wer ist ‹wir›?»

«Na, Rentner wie du und ich.»

Hark schluckte. *Rentner wie du und ich?* Meinte sie etwa ihn damit? So weit war er noch lange nicht! Bis zu seiner Abschiedsfeier war er immer noch offiziell bei der Reederei als Kapitän zur See angestellt. Er murmelte ein «Mal sehen», gab Birte einen freundschaftlichen Klaps auf die Schulter und kaufte eine Flasche Aquavit. Dann trottete er nach Hause.

Im Dorf war kein Mensch zu sehen, das Abendlicht floss goldglänzend durch die leeren Straßen, als seien sie Kanäle. Für Hark war Oldsum schöner als Venedig, keine Frage.

Zu Hause nahm er ein großes Glas aus dem Küchenschrank und ging mit der Aquavit-Flasche in seinen Blumen- und Gewürzgarten hinterm Haus. Hier war es immer windstill und viel wärmer als auf dem Rest der Insel. Entspannt setzte er sich in seinen Strandkorb unter dem knorrigen Birnbaum, was sein absoluter Lieblingsplatz war. Es roch nach frisch gemähtem Gras, Kräutern und Meer. Sein Garten sah aus wie ein Dschungel, alles wuchs wild durcheinander, Blumen und Stauden, daneben gab es einen Abschnitt mit Gemüse, großen Kohlsorten, Zucchini, Gurken, Kartoffeln, Lauch, Sellerie und Kürbis. Außerdem hatte er Gräser, Farne und Kräuter gepflanzt.

Der Himmel färbte sich gerade rötlich. Es war, als ob sich alle Vögel der Gegend für ein Konzert zusammengefunden hatten, er lauschte genau und hörte einige Sperlinge und Austernfischer heraus.

Hark hatte das Gefühl, dass das Glück im Leben meist auf seiner Seite gewesen war. Allein, dass er Miranda kennengelernt hatte! Sie war zufällig aus Spanien zu Besuch in Hamburg gewesen, als er dort mit seinem Schiff in der Werft lag. In einem Café am Jungfernstieg waren sie ins Gespräch gekommen, und er hatte sich auf der Stelle in die dunkelhaarige Schönheit mit den lebhaften braunen Augen verliebt. Miranda war charmant und blitzgescheit. Sein unglaubliches Glück war gewesen, dass er ähnlich stark auf sie gewirkt haben musste wie sie auf ihn.

Und dass sie bereit war, zu ihm auf die windumtoste, abgelegene Insel Föhr zu ziehen, obwohl er die meiste Zeit des Jahres auf hoher See sein würde.

Wie schwierig es am Anfang für Miranda gewesen sein musste, auf der Insel zurechtzukommen, konnte er gar nicht ermessen. Allein das Wetter war so anders als in Spanien! Fering zu lernen, war für sie eine weitere Herausforderung: Ohne die Inselsprache würde sie in Oldsum nie richtig angenommen werden, das war klar. Also setzte sie sich täglich mit Insulanern zusammen und lernte in erstaunlich kurzer Zeit deren Sprache. Mit ihrer offenen, fröhlichen Art hatte sie sich bald auf der Insel eingelebt, gab Spanischkurse an der Volkshochschule und arbeitete erst in der Gemeindebücherei, dann in einem Wyker Buchladen. Ihr zuliebe musterte er bald von den großen Pötten ab und wechselte auf die Fähre. Was sich für einen Seemann ungefähr so anfühlte wie für einen Formel-1-Fahrer, auf einen Gokart umzusteigen.

Er hatte es keinen Tag bereut.

Ein Jahr nach ihrem Kennenlernen machte er ihr einen romantischen Heiratsantrag, wieder im Café am Jungfernstieg, den sie mit Tränen in den Augen annahm. Miranda und er hatten eine phantastische Zeit zusammen, bei ihnen passte einfach alles. Er hörte nicht auf, sie zu lieben.

Doch dann brach das Unglück über sie herein. Während Mirandas Krankheit hatte er sich ein Jahr freigenommen, um sie zu pflegen. Selbst da hatten sie noch eine intensive Zeit. Er musste ihr versprechen, dass er nach ihrem Tod alles dafür tun werde, um ein gutes Leben zu führen. Das hatte er unter Tränen geschworen – halten konnte er es nicht. Miranda fehlte ihm einfach zu sehr. Für ein paar Jahre ging er wieder auf große Fahrt. Auf dem Meer fühlte er sich ihr näher als an jedem anderen Ort.

Der Ozean strahlte jene Ewigkeit aus, in der sich Miranda nun befand. Später war er zur Fähre zwischen Wyk und Dagebüll zurückgekehrt. Dort war er auch geblieben – bis vorhin. Dass damit nun endgültig Schluss war, hatte er noch immer nicht richtig begriffen. Insgeheim hoffte er, dass doch noch irgendetwas passierte und man ihn wieder brauchte.

Natürlich hatte er einen Plan für die Zeit danach, seine Pensionierung war ja kein unerwarteter Schicksalsschlag, sondern stand seit langem fest. Um keine Lücke in seinem Leben entstehen zu lassen, hatte er vor einem halben Jahr das renovierungsbedürftige Nachbarhaus gekauft. Dreißig Jahre lang war die umgebaute Scheune ein plüschiges Oma-Café mit schlichten Möbeln und blau-weißem friesischem Geschirr gewesen. Jan und Susanne, die ursprünglich aus Hattstedt auf dem nordfriesischen Festland kamen, hatten es geführt. Anfangs hatte kaum jemand bemerkt, dass sie mit der Zeit selbst ihre besten Kunden am Tresen geworden waren. Irgendwann gab es nichts mehr zu beschönigen, da lallten sie schon morgens. Wenn etwas kaputtging, wurde es nicht mehr repariert. Hark und ein paar andere hatten versucht, ihnen unter die Arme zu greifen, aber sie wiesen jede Hilfe zurück. Die Gäste blieben aus, und nachdem die beiden Ärger mit der Lebensmittelaufsicht bekommen hatten, verkauften sie ihm schließlich das Haus und zogen zurück aufs Festland.

Erst einmal hatte er alles renoviert, die Wohnräume und die ehemalige Scheune, in der das Café gewesen war. Er hatte den Holzfußboden erneuert und jeden einzelnen roten Mauerstein sorgfältig mit einer Stahlbürste abgebürstet. Dabei hatte er richtig losgelegt – und sich total verrechnet: Das Haus war viel schneller fertig geworden als gedacht. Die Heizung funktionierte jetzt überall, ansonsten waren nur noch Kleinigkeiten zu erledigen. Hark hatte noch keine Idee, ob er das Haus weiterverkaufen oder vermieten sollte. Wichtig war ihm nur, dass er seine Ruhe haben würde, und das bedeutete: keine Gastronomie und kein Geschäft mit Laufkundschaft!

Ansonsten hatte er keinen blassen Schimmer, wie es mit ihm weitergehen konnte, alles erschien ihm als sinnloser Zeitvertreib. Ohne Zweifel war er auf Schiet gelaufen und saß fest. Die Aquavit-Flasche stellte er ungeöffnet zur Seite. Wenn es einem schlecht ging, sollte man auf keinen Fall trinken, das war seine eiserne Regel, und damit war er immer gut gefahren. Er wollte lieber einen klaren Kopf bewahren.

Aber mit dem Verzicht auf Alkohol war noch nichts gelöst. Würde er ab jetzt nur noch hier im Strandkorb sitzen und darauf warten, dass Freund Hein ihn abholte?

3

Bevor Julia Feierabend machte, ging sie noch einmal durch das riesige Gewächshaus und schaute, ob ihre Blumen gut versorgt waren. Ihr Arbeitsplatz war ein Paradies – wer sonst konnte das sagen? Egal, welche Jahreszeit gerade war, bewegte sie sich stets in angenehmer Wärme. Um sie herum blühten Blumen in fröhlichem Gelb, tiefem Polarblau, melancholischem Violett, knalligem Rot. Es gab zarte, durchscheinende Gewächse, die unauffällig in einer Ecke dösten, vor grauem Himmel aber eine ungeahnte Leuchtkraft entfalteten. Allein ihre Namen klangen wie Poesie: Zauberglöckchen und Mittagsblume kamen an sonnige Plätze, Männertreu, Elfenspiegel und Fleißige Lieschen an schattige. Die Pflanzen im Gewächshaus hatte sie nicht in strengen Reihen angeordnet, sondern nach Charaktereigenschaft und Erdteil sortiert. Dass das Gewächshaus mitten in Gelsenkirchen-Buer lag, unweit der ehemaligen Zeche Hugo, spielte keine Rolle: Beim Zusammenstellen ihrer Sträuße und Arrangements wanderte sie täglich von Südafrika nach Mittelamerika, weiter nach Asien und zurück nach Europa.

Auch heute verabschiedete sie sich mit einem guten Gefühl von den vielfarbigen Schönheiten und schloss die gläserne Tür hinter sich zu.

Julia war hier, in Gelsenkirchen-Buer, bei ihrer Oma Anita

aufgewachsen, die das alteingesessene Blumengeschäft führte. Solange Julia zurückdenken konnte, hatte sie inmitten dieses Blütenmeeres gespielt. So war sie wie von selbst in eine Welt der Farben hineingewachsen. Sie hatte eine Ausbildung als Floristin gemacht und später die Meisterin draufgesattelt.

Auch nach Feierabend ließen die Blumen sie nicht los: Dann malte sie sie, und das mit großer Leidenschaft. Es hatte vor vielen Jahren in einem Südfrankreich-Urlaub mit Oma begonnen. In den Altstädten der Provence gab es überall Zeichner, die Porträts von Touristen anfertigten. Denen hatte sie stundenlang fasziniert über die Schulter geschaut. Zurück in Gelsenkirchen schenkte ihre Oma ihr zum Geburtstag eine Staffelei und einen Zeichenkurs an der Volkshochschule, später war es mit Tempera- und Ölfarben weitergegangen. Die Malerei war ein fester Bestandteil von Julias Lebens geworden, sie konnte vollkommen darin versinken. Wenn sie vor ihrer Staffelei stand, gab es nur noch Farben, Linien und Flächen, denen sie stundenlang folgte und die sie beständig ausbaute. Deswegen die Malerei zum Beruf zu machen, hätte sie sich allerdings nicht zugetraut. Es war so genau richtig für sie, ein entspannender Ausgleich zur Arbeit.

Heute Abend aber hatte sie etwas anderes vor: Sie wollte mit ihren Freunden zum «Tetraeder» nach Bottrop fahren, einer begehbaren mehrstöckigen Stahlskulptur auf einem Hügel. Von hier aus hatte man einen unvergleichlichen Blick auf das gesamte Ruhrgebiet. Jeder sollte etwas zu essen oder zu trinken mitbringen, Julia war zuständig für den Sekt, der bereits im Kühlschrank stand.

Während sie vom Gewächshaus zum Wohnhaus ging, schaute sie auf ihr Handy. Anscheinend hatte sie einen Anruf verpasst. Als sie nun sah, von wem, schnellte ihr Blutdruck nach oben.

Raffael.

Mit dir rede ich nicht mehr, dachte sie. Sie hätte ihm nicht mal eine Zehntelsekunde ihrer Lebenszeit geopfert. Dass sie sich getrennt hatte, war eine der besten Entscheidungen überhaupt gewesen. Alternativlos sozusagen. Trotzdem zog allein sein Name auf dem Display ihre gute Laune in den Keller.

In dieser Stimmung zweifelte sie plötzlich alles in ihrem Leben an, was sie bis eben noch gut gefunden hatte: Würde ihre Clique auch noch durch Clubs und Kneipen ziehen, wenn sie alle sechzig waren? Würde sie dann immer noch im Gewächshaus arbeiten? Zurzeit war alles gut, aber konnte es ewig so weitergehen? War es nicht Zeit, noch mal etwas Neues anzufangen? Schnell wischte sie die Fragen, auf die ihr keine Antworten einfielen, beiseite.

Sie betrat das zweistöckige Wohnhaus, das ihr Großvater in den fünfziger Jahren zusammen mit ein paar Kumpels eigenhändig gebaut hatte. Im Erdgeschoss befand sich der Blumenladen, in dem Anita bediente, dahinter lag die Wohnung ihrer Oma. Sie selbst hauste ganz oben in der gemütlichen Dachgeschosswohnung, die sie sehr liebte.

Im Treppenhaus trat ihr Anita in den Weg. «Hallo, Julia, mein Kind, hast du einen Moment?»

Oma hatte ein Handtuch auf dem Kopf zu einer Art Turban geschlungen, was ihren langen Hals betonte. Dazu trug sie einen schwarzen Seiden-Morgenmantel. Sie hatte noch nie Probleme mit ihrer Figur gehabt, obwohl sie nicht gerade asketisch lebte und einen Eierlikör mit Freunden nie verschmäht hätte. Beneidenswert.

«Nach was riecht es hier?», fragte Julia.

«Na, rate mal.»

Julia zog die Luft tief ein und überlegte einen Moment. «Bananenkuchen?»

«So ist es!» Ihre Oma strahlte.

Anita war die Königin des Backens, an ihr war wirklich eine Spitzenkonditorin verlorengegangen. Oft waren es eine Messerspitze Vanille oder ein Hauch Ingwer, die den Unterschied machten. Gott sei Dank hatte Oma ihr in den letzten Jahren all ihre Rezepte mit den kleinen Tipps und Kniffen beigebracht, Julia kannte sie inzwischen auswendig. Neben dem Malen war Backen ihre zweite Leidenschaft geworden.

Nun führte Oma sie im Wohnzimmer auf die dunkelgrüne Plüschcouch, die hier seit Jahrzehnten stand. Bis auf dieses Möbelstück war alles mit weißen Ikea-Möbeln eingerichtet, Oma hatte einen Fimmel für das schwedische Möbelhaus.

Anita legte den Arm um ihre Enkeltochter. Was Oma wohl wollte? Irgendwie war sie anders als sonst, das hier würde kein beiläufiges Feierabendgerede werden.

«Ich muss dir etwas zeigen», sagte Oma und zog ein kleines pastellgelbes Heft aus ihrem Morgenmantel. «Schau mal, das habe ich vorhin beim Aufräumen gefunden.»

Julia nahm die gelbe Kladde in die Hand. Sie schien ziemlich alt zu sein. Auf der ersten Seite stand ein Name in tintenblauer Schreibschrift. Als Julia ihn las, riss es ihr den Boden unter den Füßen weg.

Diese Kladde hatte ihrer Mutter gehört!

«Von wann stammt das?», flüsterte sie.

«Linda hat damals eine Mutter-Kind-Kur mit dir auf der Insel Föhr gemacht. Du warst gerade mal ein Jahr alt. Das Reizklima an der Nordsee tat Lindas Lunge gut. Dieses Heft war anscheinend eine Art Tagebuch von dieser Kur.»

Wie schade, dass sie sich nicht daran erinnern konnte!

«Sie ist so glücklich mit dir von Föhr zurückgekehrt», erinnerte sich Oma.

Linda war gestorben, als Julia anderthalb war, sie hatte ihre Mutter also nie bewusst kennengelernt. Julia war es immer ein bisschen unangenehm, wenn Menschen sie nach ihrer Mutter fragten und sie sagen musste, dass sie schon lange tot sei. Viele entschuldigten sich dann für die Frage, dabei hatte sie nie ein Problem damit gehabt. Man konnte schwer um jemanden trauern, den man nie richtig gekannt hatte.

Aber warum standen ihr jetzt Tränen in den Augen?

Bei aller Abgeklärtheit gab es natürlich immer diese starke Sehnsucht, die nie erfüllt werden konnte. Um die Lücke in ihrem Leben zu füllen, hatte Julia alles über Linda wissen wollen. Aber leider gab es keine Ton- oder Filmaufnahmen von ihr, nur Fotos.

Ihre Mutter war schlank gewesen und hatte schwarze Locken gehabt. Sie wirkte auf den Bildern lebensfroh, meist lachte sie in die Kamera, dabei blitzten ihre großen dunklen Augen. Wie es damals Mode war, trug sie T-Shirts in allen Farben, dazu Kleider mit Spaghettiträgern, im Sommer hatte sie Espadrilles an Füßen. Dass sie über Jahre an einer Lungenkrankheit gelitten hatte, war ihr nicht anzusehen.

Ihre Mutter hatte Julia früh bekommen, mit neunzehn. Nach ihrem Tod nahm Anita, die Mutter ihres Vaters, Julia zu sich und zog sie groß. Bei ihrer liebevollen Oma entbehrte Julia nichts, sie war immer für sie da. Ihr Vater war geschäftlich viel unterwegs, Julia bekam ihn selten zu Gesicht. Das war für sie als Kind schwer verständlich gewesen. Oma hatte versucht, es ihr zu erklären: Nach Lindas Tod erlitt er einen Zusammenbruch, danach hatte er das Gefühl, sein Leben nicht mehr richtig in den Griff zu bekommen. Er fühlte sich überfordert als Witwer mit Kind, er hatte Angst. Inzwischen lebte er mit seiner neuen Frau auf Gran Canaria und betrieb dort eine Wäscherei.

Julia blätterte weiter in dem Heft, in dem nur sechs Seiten gefüllt waren. Es waren ungelenke Kugelschreiberzeichnungen von Linda, versehen mit Kommentaren in Schreibschrift.

Die erste Seite trug die Überschrift «Ankunft zum Abschied, der Fährmann bringt dich rüber». Zu sehen war ein Mastenwald von Segelbooten, dahinter eine Fähre. Julia traf das mitten ins Herz: War das eine Vorahnung gewesen, dass sie bald sterben musste?

Das nächste Bild hatte Linda «Hoffnung» genannt, darauf waren Surfer zu sehen. «Tanz der Surfer auf dem Meer vor Nieblum», hieß die Unterzeile. Ins Wasser hatte ihre Mutter das Wort «Heilung» geschrieben.

E folgte der Blick zwischen zwei Inseln auf die hohe See: «Melancholischer Seeblick, jeden Tag».

Julia blätterte weiter zur nächsten Seite.

Auf einer Promenade krabbelte ein kleines Mädchen mit kurzen Zöpfen über eine Bühne: «Julia in der Kurmuschel». Ihr lief erneut ein Schauer über den Rücken: Das musste sie als Einjährige sein! Ihre Augen wurden erneut feucht, ohne dass sie etwas dagegen tun konnte.

Es folgte eine rätselhafte Skizze von einer Art Labyrinth, in dessen Mitte ein Omega-Zeichen gearbeitet war.

Eine Doppelseite faszinierte Julia besonders. Ihre Mutter hatte darauf eine Fläche gezeichnet, die an ein überdimensionales Schachbrett erinnerte. Darauf standen ein paar Büsche und ein einzelner blühender Apfelbaum. Hinter ihm befand sich ein hoher Wall, der die Fläche begrenzte – sollte das ein Deich sein? Aus dem Himmel kam ein Pfeil und zeigte vage auf einen bestimmten Bereich auf dem Bild, doch da war nichts Besonderes zu erkennen. Für ihre Mutter musste es jedoch ein ganz besonderer Ort gewesen sein, denn die Zeichnung trug den Titel: «Das größte Glück wohnt genau hier!».

Julia hatte einen Kloß im Hals.

«Wenn ich diesen Glücksort finde, kann ich Mamita vielleicht so nahe sein wie nie zuvor», grübelte sie und lehnte sich an Omas Schulter. «Ich will sofort dorthin!»

Julia hatte ihre Mutter immer mit dem spanischen Wort für «Mama» angeredet, weil sie so südländisch ausgesehen hatte.

«Ich habe nichts anderes von dir erwartet», sagte ihre Oma lächelnd.

«Und das Geschäft?»

Immerhin führten sie das Blumengeschäft zusammen und hatten bis auf ein paar Aushilfen keine Angestellten.

«Mach dir darüber keine Sorgen. Bestimmt springt wieder meine Rentnergang ein. Die haben mich noch nie im Stich gelassen.»

Wenn Julia und Oma mal abwesend waren, halfen ein paar von Omas Freundinnen und Freunden im Laden aus. Jetzt, in den Sommerferien, passierte im Geschäft sowieso nicht übermäßig viel.

Julia seufzte. «Am liebsten würde ich sofort los.»

Oma nickte. «In deinem Zustand kann ich sowieso nichts mit dir anfangen. Also ab mit dir!»

«Wie lange könnte ich...?»

«Du nimmst dir mindestens acht Wochen frei.»

«So lange?»

«Sonst kündige ich dir fristlos», fügte Oma mit gespielter Strenge hinzu. «Diese Reise ist wichtig für dich, und dafür sollst du alle Zeit der Welt haben. Und außerdem habe ich das

Gefühl, ein Tapetenwechsel tut dir mal ganz gut.» Sie sah sie verschwörerisch an.

Julia umarmte ihre Oma fest und stürzte dann hoch in ihre Wohnung. Sie wollte auf der Stelle ihre Sachen packen und am besten noch heute los.

Schnell warf sie ein paar Kleider und ihre Kosmetiktasche samt Waschzeug in einen Koffer, dazu kamen natürlich ihre Malutensilien.

Fast hätte sie vergessen, ihren Freunden wegen der Tour zum Tetraeder abzusagen.

4

In der Nacht hatte Julia nur das beleuchtete Armaturenbrett ihres kleinen Kombis und den Lichtkegel vor sich auf der leeren Autobahn gesehen. Komischerweise war sie trotzdem nicht müde geworden, die Aufregung hatte sie hellwach gehalten. Es konnte ihr gar nicht schnell genug gehen, am liebsten wäre sie geflogen.

Sie atmete den leichten Duft ihrer Malsachen ein, die hinten auf der Rückbank lagen.

Noch gestern Abend war ihr die spontane Idee gekommen, auf Föhr die Orte aufzusuchen, die ihre Mutter gezeichnet hatte, und sie dann selbst zu malen. Vielleicht konnte sie so Mamitas Gefühlswelt näher kommen. Wie wunderbar, dass ihre Oma volles Verständnis hatte. Und viel mehr als das: Sie hatte sie geradezu gedrängt, ihrer Eingebung zu folgen und sofort loszufahren. Oma war einfach wunderbar!

Im Morgengrauen erreichte sie Hamburg und fuhr auf der nahezu leeren Autobahn am beleuchteten Hafen mit den großen Containerschiffen vorbei, dann ging es durch den Elbtunnel. Es war vier Uhr nachts, weit war es nicht mehr, noch gute zwei Stunden lagen vor ihr.

Hinter Hamburg ging dann die Sonne auf. So weit nördlich war Julia noch nie gewesen. Befremdet schaute sie nach links und rechts. Natürlich hatte sie gewusst, dass die Landschaft im

Norden flach war, aber nicht *so* flach! Weit und breit war kein einziger Hügel in Sicht, der Boden war wie mit dem Lineal gezogen. Keine Abwechslung und keine Überraschung, nur trostlose Leere. Ungläubig starrte sie auf die Häuser, die verstreut in der Landschaft lagen. Wer wollte hier denn freiwillig leben? Aber die Gebäude wirkten bewohnt, irgendwer hielt es in der Ödnis anscheinend aus.

«Nee, wat is dat fremd in der Fremde!», sagte sie zu sich selbst im Gelsenkirchener Tonfall ihrer «Omma».

Gegen fünf Uhr bog sie in eine schmale Straße hinter einem Deich. Auf ihrem Handy wurde die Strecke als «Traumroute an der Nordsee» gepriesen. Wer das geschrieben hatte, war mit Sicherheit noch nie hier gewesen: Hinter dem Deich sah man rein gar nichts vom Meer!

Die Strecke endete in einem Küstenort namens Dagebüll, Julia wurde direkt auf den Deich zum Ticketschalter für die Fähre geführt. Jetzt konnte sie endlich weiter gucken. Aber statt eines idyllischen Ozeans sah sie nur unappetitlichen grauen Morast, als hätte man das Meer damit zugeschüttet.

In einem Glaskasten saß ein Mittfünfziger mit einem Seemannsbart und einer blau-weiß gemusterten Kaffeetasse in der Hand.

«Moin, wohin geht's?», fragte er mit dem breitesten norddeutschen Dialekt, den sie je gehört hatte. Er kam ihr vor wie eine Friesenparodie im Fernsehen.

«Föhr», antwortete sie. Es war die erste Fähre dieses Tages.

Er reichte ihr einen Zettel heraus. «Reihe eins und das Ticket hinter die Frontscheibe klemmen. Schönen Tag denn noch.»

«Danke», sagte sie lächelnd.

Auf dem Parkplatz warteten außer ihr zwei Pkw und ein Milchlaster, das war alles um diese Zeit. Sie stieg aus und streckte einmal ihre eins fünfundsiebzig lang aus, was nach der langen Fahrt eine Wohltat war. Außer einmal zum Tanken hatte sie keine Pause gemacht.

Kein Lüftchen regte sich, das Wasser wirkte vom Parkplatz aus glatt wie Seide. Die Morgensonne beschien einige Inseln, die etwas entfernt im Meer lagen, der Himmel sah riesig aus. Nirgends bewegte sich etwas, die Landschaft kam ihr vor wie ein riesiges Gemälde.

Nach kurzer Zeit winkte sie ein jüngerer Typ mit weißer Seemannsmütze heran, und sie rollte langsam an Bord der Autofähre *Uthlande*.

Nachdem sie ihren Wagen abgestellt hatte, stieg sie hoch aufs Vorderdeck, auf dem es mehrere Sitzbänke gab. Es roch nach Salzwasser, eine einzelne weiße Wolke stand hoch am Himmel, ein Pulk Möwen krächzte. Julia stützte sich auf dem kalten Metall der Reling ab und blickte nach vorne. Da war bereits die Insel Föhr zu sehen, sie erkannte ein paar Häuser und einen Deich. Genau dort wollte sie hin, und zwar so schnell wie möglich.

Sie hatte keine Zeit gehabt, sich näher mit der Insel zu beschäftigen, dazu war die ganze Aktion zu spontan gewesen. Gab es dort wild zerklüftete Strandbuchten, großartige Promenaden und mondäne Hotels? Sie war gespannt.

Über die Lautsprecher ertönte eine Durchsage: «Wir legen jetzt ab Richtung Föhr.» Die Motoren wurden hochgefahren, das aufgewirbelte Wasser der Schiffsschrauben sprudelte zwischen Kai und Rumpf.

Als die *Uthlande* ungefähr einen Meter vom Land entfernt war, fühlte es sich für Julia an, als hätte sie bereits jetzt jede Menge Ballast auf dem Festland zurückgelassen. Es war, als führe sie hinüber in eine unbekannte Welt. Die nächsten Wochen auf der Insel würden eine gefühlsmäßige Achterbahnfahrt werden, das wusste sie. Da musste sie durch. Sie war bereit, alles auf sich zu nehmen, was käme. Sie war bereit für etwas Neues.

Die Fähre glitt langsam aus dem Hafen. Der leichte Wind spielte mit den Spitzen von Julias dunkelbraunen Haaren. Er war um diese Zeit noch ziemlich kühl, sie schloss die Jacke. Sie verspürte Appetit auf Süßes und fischte eine Tupperdose aus dem Messengerbag zwischen ihren Füßen heraus. Darin befand sich noch ein Rest von dem Bananenkuchen, den Oma ihr eingepackt hatte. «Reisekuchen» hatte sie ihn genannt.

Eine beleibte ältere Dame mit lila gefärbten streichholzkurzen Haaren und einer schwarzen Paillettenbluse stellte sich neben sie. «Nee, wat herrlich, oder?», seufzte sie in reinstem Ruhrpottdeutsch. Sie blickte Julia fragend an, um es bestätigt zu bekommen. «Oder etwa nich?»

Julia staunte, dass die Frau zu dieser frühen Stunde schon Leute anquatschen mochte. Und dass sie nicht fror.

«Kannste nich meckern», antwortete sie.

Diese Art Gespräche waren für Julia das tägliche Brot im heimatlichen Blumenladen.

«Man müsste viel länger Urlaub haben.» Die Dame zog ein trauriges Gesicht. «Aber wat willste machen? Mehr jibt et nich, so is dat nun mal.»

«Besser als nix», versuchte Julia sie zu trösten.

«Auch wieder wahr. Immerhin hab ich zehn Tage. Wie viel hast du?»

«Sieben bis acht Wochen», antwortete Julia ehrlich.

«Acht Wochen? Hast du 'ne Bank überfallen oder wat?»

«Nein, ich bin zum Malen auf Föhr», erklärte Julia, und das stimmte ja auch.

«Und wat sollst du da anstreichen?»

Sollte sie das Missverständnis aufklären? Aber Julia wollte nicht auf Künstlerin machen, das wäre ihr übertrieben vorgekommen.

«Was so anfällt.»

Es war eine lapidare Beschreibung für das, was sie vorhatte, aber egal.

«Na, denn gutes Gelingen!» Die Frau ging von der Reling zur Kaffeebar, wo sie einen «Pony-Sekt» orderte, als sei das um diese Uhrzeit vollkommen normal. Die Bezeichnung «Pony-Sekt» hatte Julia ewig nicht mehr gehört, die kannte sie nur von ihrer Oma.

Jetzt blickte sie neugierig auf die weißen und roten Häuser der Stadt Wyk, die beständig näher kamen. Nett sah es dort aus, viel gemütlicher als in Gelsenkirchen. Es war ein echtes altes Seebad! Vor den Häusern gab es einen langen Strand mit Strandkörben. Rechts vom Hafen erstreckte sich ein mächtiger Seedeich, dahinter erkannte Julia einige dichte Waldstücke.

Der Himmel bezog sich mit einer grauen Schicht, das Wetter schlug um. Eine Möwe flog dicht an ihr vorbei und krächzte laut. Julia konnte es immer noch nicht fassen, dass sie sich gerade mitten auf der Nordsee befand.

Sie fischte die gelbe Kladde aus ihrer Tasche. Die Kugelschreiberkritzeleien ihrer Mutter wären für die meisten Menschen nichts Besonderes gewesen. Für sie waren sie wertvoller als jeder Picasso. Sie hielt sich das Heft an die Wange. Das Papier schien auf ihrer Haut zu glühen.

5

Als die *Uthlande* in Wyk anlegte, stieg Julia in ihren Wagen und fuhr langsam von Bord. Er war kurz nach sechs. Der Himmel war bedeckt, es zog Nebel auf. Auf der Fähre hatte sie sich einen Reiseführer besorgt und sich grob über die Insel Föhr informiert.

Ein ganz spezieller Ort aus der Kladde ihrer Mutter machte sie besonders neugierig: «Das größte Glück wohnt genau hier, hinterm Deich!». Dort zog es Julia am stärksten hin. Anhand einer beigelegten Karte im Reiseführer hatte sie eine Idee bekommen, wo das sein konnte. Und natürlich musste sie ein Zimmer finden, aber um diese Uhrzeit war es noch zu früh, danach zu suchen.

Sie nahm die Umgehungsstraße vom Hafen in die Inseldörfer, deren Namen alle auf «um» endeten: Boldixum, Midlum, Oldsum. Sämtliche Bäume entlang der Straße waren schief nach Osten gewachsen, so was hatte Julia noch nie gesehen. Sie bog in den nächstbesten Feldweg, stellte den Wagen ab. Vor ihr breitete sich dieselbe öde Leere aus, die sie schon auf dem Festland durchfahren hatte und die man «Marsch» nannte. Es war Land, das man dem Meer abgetrotzt und dann eingedeicht hatte. Alles hier war flach, ein paar Büsche und die wenigen kleinen Bäume konnten ihr ungutes Gefühl nicht wettmachen. Der Nebel kam ihr vor wie ein riesiges Tier, dem nicht auszuweichen war.

Ausgerechnet hier sollte der Glücksort ihrer Mutter liegen? Das jedenfalls hatte sie sich mit Blick auf die Karte und in das gelbe Büchlein so zurechtgelegt. Sie beschloss, ein Stück zu Fuß zu gehen. Das Atmen war anstrengend, die feuchte Luft kroch ihr unter die Jacke, sie fing an zu frösteln. Um warm zu werden, beschleunigte sie ihr Gehtempo, es kam ihr jetzt eher vor wie Marschieren. Ihre Schuhe hörten sich dumpf an, es ging stur geradeaus, der Weg schien nie zu enden.

Sie stieß einen Seufzer aus: Auf dem Bild in der Kladde gab es einen blühenden Baum, der wäre ihr sofort aufgefallen. Doch der einzige Baum, den sie entdeckte, stand am Rand einer großen Wiese und hatte keine Blätter. Stamm und Äste waren angekokelt, vermutlich hatte dort der Blitz eingeschlagen. War das etwa der Baum aus der Kladde gewesen? Sie würde es wohl nicht herausfinden.

Sie zog einen kleinen Block aus ihrer Tasche und fertigte mit Bleistift eine Skizze an. «Verkohlter Baum auf leerer Fläche» wäre der passende Titel dafür gewesen, was deprimierend klang und es auch war: Wenn sie die Orte aus dem Büchlein ihrer Mutter nicht fand, war diese Reise sinnlos. Dann wäre ihre Mutter wie ein zweites Mal gestorben. Das durfte nicht sein!

«Wo hast du hier nur das Glück entdeckt, Mamita?», murmelte sie. War ihr irgendwo eine blühende Senke entgangen? Eine bunte Oase in der Ödnis? Sie wanderte kreuz und quer über die Feldwege und hielt die Augen offen. Irgendwann wusste sie nicht mehr, wo sie war. Ein Weg sah aus wie der andere, die Marsch kam ihr vor wie ein Labyrinth. Sie zückte ihr Handy, um sich Orientierung zu verschaffen, aber Google Maps reagierte nicht. Fassungslos starrte sie auf die fehlenden Balken im oberen Teil des Displays: Sie befand sich in einem Funkloch. Konnte das wahr sein?

Weil ihr nichts Besseres einfiel, ging sie einfach geradeaus weiter. Irgendwann türmte sich der mächtige Seedeich vor ihr auf. Entschlossen stieg sie hinauf. Die Richtung des Pfeils in der Kladde ließ auch denkbar erscheinen, dass ihre Mutter das Meer gemeint hatte. Es war Ebbe. Soweit sie das im Nebel erkennen konnte, erstreckte sich vor ihr eine braune Matschfläche. Sie starrte auf das ablaufende Wasser, die feuchten Sandbänke und den dunkelgrauen Himmel.

Was immer sie erwartetet hatte, das hier war es nicht gewesen!

Sie zuckte zusammen. Aus dem Nebel heraus trabte ein Mann auf sie zu. Er trug einen altmodischen Trainingsanzug, aber sein Laufstil wirkte federnd und elegant. Er war bestimmt ein Meter neunzig groß. Ihm folgte ein munterer, wunderschöner Border Collie mit seidigem schwarzem Fell und weiß gescheckter Schnauze, der sich jetzt zu ihr drehte und sie anzulachen schien. Der Mann musste ungefähr in ihrem Alter sein. Er sah eigentlich nicht schlecht aus, schlank, hatte grüne Augen, aber die Frisur ging gar nicht: Seine dunklen Haare waren streng zur Seite gescheitelt. Das Erstaunliche war, dass auf seiner Stirn kein Tropfen Schweiß zu erkennen war. Wie konnte das sein, wenn man Sport machte?

«Moin», brummte er, ohne den Mund allzu weit zu öffnen. Dann verschwand er wieder im Nebel. Julia war sich nicht ganz sicher, ob er wirklich da gewesen war.

Sie marschierte tapfer weiter, der Nebel wurde immer dichter. Plötzlich klingelte ihr Handy, anscheinend hatte sie wieder Empfang. Der vertraute Klingelton klang wie eine Erlösung, vor allem, als sie auf dem Display das lächelnde Gesicht von Anita sah.

«Oma!», rief Julia.

«Julia, Kindchen», tönte es fröhlich aus dem Hörer. «Bist du gut angekommen?»

Es tat so gut, ihre Stimme zu hören! «Ja.»

«Wie geht es dir?»

«So weit alles in Ordnung», antwortete sie tapfer.

«Du musst doch hundemüde nach der Fahrt sein!»

Julias Körper war so voller Adrenalin, dass sie den fehlenden Schlaf gar nicht bemerkt hatte. «Es geht. Und bei dir?»

«Du klingst nicht gerade begeistert», stellte ihre Oma fest. Sie kannte sie eben doch zu gut.

Julia blickte auf einen kaputten Zaun aus verrottetem Stacheldraht. Die Wiese dahinter war kaum zu erkennen.

«Mich irritiert die Marsch. Alles ist flach, und es ist nichts zu sehen.»

«Deine Mutter hat diesen Teil der Insel am meisten geliebt», wusste Oma. «Sie hat davon geschwärmt.»

«Warum auch immer ...»

«Was ist denn jetzt dein Plan?»

Julia lächelte. «Weitersuchen, was sonst?»

«Ganz richtig! Du bist ja gerade erst angekommen. Lass dir Zeit.»

«Was bleibt mir anderes übrig?»

«Es wird ein toller Moment sein, wenn du Lindas Glücksort entdeckst.»

«Und wenn nicht?»

«Du wirst ihn finden, da bin ich sicher. Du bist ihre Tochter und hast dieselben Instinkte.»

«Vielleicht bin ich ja mutiert.»

«Unsinn.»

«Na dann.»

«Ich wünsche dir alles, alles Gute!»

«Dir auch, Oma.»

Julia legte auf. Da ihr Smartphone nun wieder Empfang hatte, ließ sie sich zurück zu ihrem Wagen führen.

Der erste Ort, den sie mit dem Skoda erreichte, hieß Oevenum. Das Dorf war pittoresk, das hatte sie gar nicht erwartet. In den Straßen standen überwiegend reetgedeckte Häuser, die im Nebeldunst aussahen, als wären sie in Tüll gehüllt. Viele Hauseingänge waren von dunkelroten Klettereisen umrahmt. Mittlerweile war es neun Uhr. Julia hoffte, irgendwo einen Supermarkt oder einen Kiosk zu finden, um sich etwas zum Frühstück zu besorgen, der Bananenkuchen war längst aufgegessen. Danach war es an der Zeit, sich eine Unterkunft zu suchen.

Das, was sie fand, übertraf ihre kühnsten Träume: Im Dorf gab es eine Bonbonmanufaktur! Sie hieß «Föhrer Snupkroom», die Auslagen in dem alten Haus leuchteten ihr knallbunt entgegen. Sie machte eine Vollbremsung, setzte den Wagen zurück und betrat den Laden. Lollis und Bonbons in jeder Form, rotweiß geringelt, als Walfische, Schnecken, salzige Lakritze, alles verpackt in durchsichtigen Tüten oder noch unverpackt in riesigen Gläsern. Es roch nach Vanille, Erdbeere und Zucker – ein Traum! Eine rothaarige Frau um die vierzig stand an einer Walzenmaschine, mit der die Bonbons aus langen Stangen gestanzt wurden. Sie hatte ein Telefon zwischen Ohr und Schulter geklemmt.

«Moin», begrüßte sie Julia.

«Guten Morgen.»

Julia überlegte, was ihre momentane Stimmung am schnellsten heben könnte. Die Wahl fiel ihr schwer, Pfefferminz- oder Aprikosengeschmack? Kiwi oder Banane? Mit einer kleinen Schaufel entnahm sie den Glasbehältern Kiwi- und Aprikosenbonbons und fügte dann noch Brause-Lakritzbonbons hinzu, die sie ewig nicht gegessen hatte. Wenn sie nicht vom Backen besessen gewesen wäre, hätte Bonbonherstellung eine Alternative werden können!

Die Verkäuferin sprach in einer Sprache ins Handy, die Julia noch nie gehört hatte. Irgendetwas aus dem Balkan war es nicht. Konnte es Finnisch oder Schwedisch sein?

«Hallo», grüßte Julia erneut.

«Moin.» Nun legte die Verkäuferin auf, um die Bonbons abzuwiegen.

«Was heißt eigentlich ‹Snupkroom›?», fragte Julia.

Die Rothaarige zuckte mit den Schultern. «Tja, das ist peinlich: Wir haben uns einfach nur verschrieben.»

«Echt?»

Sie lachte. «Nein.»

Julia lachte mit. «Was heißt es dann?»

«Ich kann es gar nicht richtig erklären, ‹Naschkram›? – Nein, es ist halt einfach Snupkroom!» Sie tippte den Betrag in die Kasse und sah Julia dann direkt an. «Und du? Kommst voran mit der Zeichnerei?»

«Woher ...?»

Die Verkäuferin grinste. «Ich habe dich vorhin in der Marsch gesehen ... Was immer es da im Nebel zu malen gab.»

Julia erschrak, außer dem mysteriösen Jogger hatte sie niemanden bemerkt.

«Malst du zufällig auch Hunde?», fragte die Rothaarige.

«Ja, wieso?»

Sie zog ein ernstes Gesicht auf und senkte die Stimme. «Wir hatten letztes Jahr eine Frau hier, die war Hundemalerin. Man glaubt ja nicht, was Leute für so etwas ausgeben! Nur mal so als Tipp, der Mensch muss ja von irgendwas leben.»

«Danke.» Das war nett gemeint, brachte sie aber leider nicht weiter. «Ich suche ein Zimmer oder eine Ferienwohnung», sagte sie. «Weißt du zufällig was?»

Die Frau lachte auf. «Wir haben Hauptsaison, mien Deern. Da ist auf Föhr jede Hundehütte vermietet.»

«Mit anderen Worten, ich muss im Wagen schlafen?»

Sie schüttelte den Kopf. «Du hast Glück. Elske hat gerade einen Storno.»

«Her damit! Wo wohnt sie?»

«Hier im Ort, zweite Straße links rein, Nummer sieben. Das Zimmer ist aber nicht besonders groß.»

«Egal. Hauptsache, ich habe ein Dach über dem Kopf. Tausend Dank!»

Julia nahm das als Zeichen: Hier war sie richtig!

Eine halbe Minute später parkte sie vor dem uralten Reetdachhaus in der Seitenstraße. Eine Frau in ihrem Alter öffnete die Tür, sie hatte strohblondes schulterlanges Haar, ihre hellblauen Augen strahlten.

«Moin, ich bin Elske», sie gab ihr die Hand, «Caren vom ‹Snupkroom› hat gerade angerufen – du bist Julia?»

«Ja.»

«Denn komm mal rin.»

Dass sie sich gleich duzten, fand Julia sympathisch. Mit ihrer Staffelei unterm Arm folgte sie Elske ins Haus. Drinnen roch es nach einer Mischung aus Holzrauch und würzigem Essen. Elske führte sie eine enge Kellertreppe herunter. «Wie lange willst du denn bleiben?»

«Acht Wochen», antwortete Julia, obwohl sie sich wegen des Zeitraums noch nicht sicher war.

«Oh, es ist leider nur zehn Tage frei.»

«Egal, dann sehe ich später woanders weiter.»

Elske öffnete eine Holztür. «Es ist klein, aber für eine Person reicht es.»

Das Zimmer im Souterrain war in der Tat eng, ein Bett und ein Kleiderschrank passten gerade so rein. Über dem Bett hing ein Foto von einem rot-weiß gestreiften Leuchtturm. Durch ein kleines Fenster konnte man in den Garten blicken. Julia schaute sich um. Zum Malen benötigte sie eigentlich mehr Platz, aber das hier war wohl das Einzige, was auf Föhr zurzeit zu bekommen war. *Dann werde ich einfach draußen arbeiten*, sagte sie sich.

Elske deutete auf die Staffelei. «Bist du Künstlerin?»

«Nee, das ist nur ein Hobby», murmelte Julia. «Ich bin Floristin.»

Sie gingen wieder nach oben und setzten sich in die geräumige Küche. Elske stellte ihr wortlos eine Tasse köstlichen Tee vor die Nase. Das war jetzt genau das Richtige!

Wie Julia nun erfuhr, leitete Elske die Wyker Bücherei und wohnte hier mit ihrem Mann, der die Woche über in Hamburg arbeitete. Elske empfahl ihr den einen oder anderen Ort auf Föhr und wies sie darauf hin, dass ein Fahrrad im Preis inbegriffen war.

«Darauf komme ich gerne zurück», bedankte Julia sich. Nach der durchgefahrenen Nacht war sie auf einmal unendlich müde. Sie bedankte sich bei Elske für den Tee, ging in ihr Zimmer und ließ sich dort einfach aufs Bett fallen. Mit dem Büchlein ihrer Mutter auf dem Kopfkissen schlief sie auf der Stelle ein.

6

Jeden Morgen wanderte Julia mit der Staffelei über der Schulter von ihrer Ferienwohnung über die Buurnstraat in die Marsch. Sie war entschlossen, den Glücksort ihrer Mutter zu finden. So tief wie möglich wollte sie dort eintauchen, und das ging für sie am besten mit Pinsel und Farbe.

Doch leider erschien ihr die Marschlandschaft genauso öde wie am ersten Tag. Nirgends entdeckte sie verschwiegene Buchten und unerwartete Aussichten hinter Hügelkuppen. Sie sah, worauf sie zuging, und dort war alles wie erwartet. Meistens war der Himmel grau, zwischendurch gab es kurze Wolkenlücken, durch die die Sonne Flecken auf Wiesen und Weiden zauberte.

Auf ihren Wegen hielt sie laut Zwiesprache mit ihrer Mutter, was sie seit ihrer Kindheit nicht mehr getan hatte. «Mamita, Oma sagt, du bist gerne tanzen gegangen. Was hast du als leidenschaftliche Discogängerin ausgerechnet an der Föhrer Marsch gefunden? Hast du hier deine melancholische Seite ausgelebt? Oder beim Wandern neue Tanzschritte ausprobiert?»

Julia baute die Staffelei auf, mitten in der Wiese, holte ihre Farben raus und legte los. Hemmungslos malte sie Blüten vor grauem Himmel. Sie zauberte mit den Farben das in die Landschaft, was hier fehlte. So verwandelte sich der ewig neblige

Himmel in einen üppigen Blumenteppich, der sich im Wasser spiegelte. Zugegeben, das sah total kitschig aus – na und?

Es blieb ein frustrierender Anfang. Um die Blumen zu malen, die sie aus dem Gewächshaus kannte, war sie nicht nach Föhr gekommen. Natürlich könnte sie auch erst mal andere Orte aus der Kladde aufsuchen, die etwas gefälliger wirkten, zum Beispiel das Meer vor der Kurklinik, über das ein Surfer glitt und in dem mehrmals das Wort «Heilung» stand. Mal ganz abgesehen von «Julia tanzt in der Kurmuschel», das würde ein Selbstläufer werden.

Aber der Glücksplatz, den ihre Mutter mit dem Pfeil markiert hatte, blieb für sie nun mal am interessantesten. Da in der Marsch alles mehr oder weniger gleich aussah, konnte dieser Ort überall sein, Julia brauchte Geduld, um ihn zu finden.

In den nächsten Tagen platzierte sie ihre Staffelei an immer anderen Plätzen in der Marsch, je nach Blickrichtung bezog sie die Kirchtürme der Inseldörfer mit ein oder die Nachbarinsel Sylt, die manchmal als schmaler Streifen zu sehen war. Meist machte sie am späten Nachmittag Schluss und versteckte ihre Malsachen zwischen Reethalmen an einem Graben, damit sie nicht immer alles hin und her schleppen musste.

In dieser Zeit sprach sie mit kaum jemanden, bis auf ein paar Worte mit Elske und der Verkäuferin im Bonbonladen, wenn sie nachmittags ihre Lakritz- und Aprikosenbonbons kaufte, was ein Ritual geworden war. Als Kuchenersatz, verstand sich, am liebsten hätte sie die Mandarinen-Käsetorte gebacken, die sie letztens ihrer Freundin Marie zum dreißigsten Geburtstag geschenkt hatte. Aber Backen ging ja nun mal gerade nicht, was bei ihr Entzugserscheinungen auslöste.

Immerhin telefonierte sie regelmäßig mit Oma, die sich immer auch nach ihrem Befinden erkundigte.

«Isst du denn auch genug, mein Kind?»
«Aber ja, Oma. Und wenn nicht, schadet es mir auch nicht.»
«Das behauptest du, aber das kann nicht stimmen.»
«Und was machen unsere Blumen?», wechselte Julia das Thema.
«Das Geschäft läuft ruhig, wie immer in den Sommerferien. Bist du weitergekommen mit Lindas Kladde?»
«Die Marsch springt mich immer noch nicht an, aber trotzdem tut sich etwas.»
«Wie meinst du das?»
«Ich glaube, man muss Geduld mit dieser Landschaft haben, dann fasst sie langsam Vertrauen und zeigt mehr von sich.»
«Das hört sich richtig poesievoll an.»
«Es ist wohl eher Verzweiflung.»
«Aber Sonne habt ihr da oben keine, oder?»
«Doch – bis zu vierzig Sekunden am Tag.»
Oma lachte. «Ein Sekundensommer also.»
«Laut Vorhersage soll es besser werden.»
«Lindas Glücksort existiert unabhängig vom Wetter, oder was meinst du?»
«Das wäre ein tröstlicher Gedanke.»
«Sag auf jeden Fall Bescheid, wenn du weitergekommen bist, ich bin so gespannt.»
«Und ich erst.»
«Alles Gute!»
«Dir auch.»
Jedes Telefonat mit Oma gab ihr neuen Mut. Abends machte sie einen Spaziergang durchs Dorf und ging mit der Nachtdämmerung ins Bett. Auch wenn die Sonne selten schien, lud sich ihr Körper mit Meeresluft auf, und ihre Haut wurde braun. Bald sah sie aus wie eine gut erholte Urlauberin.

Julia ließ nicht locker. Tage später fuhr sie mit ihrem Wagen nach Oldsum und stellte ihre Staffelei etwas außerhalb des Dorfes mitten auf eine Wiese. Sie ließ die grünen Weiden auf sich wirken, die heute unter hellgrauem Himmel richtig freundlich aussahen. Farben und Linien begannen, beim Malen zu fließen und sich wie von selbst ihren Weg auf der Leinwand zu suchen, sie musste mit dem Pinsel nur folgen.

«Moin», meldete sich hinter ihr eine Männerstimme. Erschrocken drehte Julia sich um. Sie hatte niemanden kommen gehört. Anscheinend war sie vollkommen in ihre Welt versunken gewesen. Vor ihr stand der Typ mit dem altmodischen Trainingsanzug, den sie an ihrem ersten Tag auf Föhr getroffen hatte. Er hatte wieder seinen Border Collie dabei, der ihr mit warmen Hundeaugen entgegenschaute. Sie nahm den Mann genauer in Augenschein. Auch auf den zweiten Blick sah er alles andere als unattraktiv aus. Wenn da bloß nicht dieser Seitenscheitel wäre. Sie hätte ihn gerne mit ein paar Vorschlägen zum Friseur geschickt, aus seinem Haar konnte man eine Menge machen. Aber wenn sie einen Mann direkt umziehen wollte, war das kein gutes Zeichen, das wusste sie natürlich.

«Hallo», grüßte sie zurück.

«Föhr ist ein Traum, oder?» Er deutete auf das graue Watt, als wäre es ein sonniges Tal.

Hatte der sie noch alle?

«Ja, Föhr hat etwas sehr Spezielles», antwortete sie diplomatisch. Der Border Collie näherte sich ihr vorsichtig.

«Darf Edda das?», fragte er.

«Klar.» Sie kraulte die Hündin hinter den Ohren.

Der Typ setzte noch einen drauf. «Bei den vielen tollen Motiven hier fällt es dir bestimmt schwer, dich für eins zu entscheiden.».

Julia wusste nicht, ob sie laut lachen sollte. Entweder war der irre, oder er wollte sie testen. «Ich bin noch am Sondieren», sagte sie und wandte sich wieder seinem Hund zu.

«Suchst du denn etwas Spezielles? Vielleicht kann ich helfen. Ich bin hier aufgewachsen und kenne auf der Insel jeden kleinen Flecken.»

«Tja, es ist kompliziert.»

Sie überlegte einen Moment, ob sie verraten sollte, wonach sie suchte. Aber das war schwer in Worte zu fassen. Andererseits, was hatte sie zu verlieren? Sie sah ihn an. «Es soll hier in der Marsch einen Ort geben, an dem das Glück wohnt. Hast du eine Ahnung, wo das sein könnte?»

Er nickte. «Das stimmt.»

Anscheinend fand er die Frage ganz normal.

«Und wo ist das?»

«Du musst diesen Ort selber entdecken, sonst kannst du ihn nicht erkennen.»

Bitte? Was war das denn? Ein Suchspiel? Oder wollte er den geheimnisvollen Guru geben? Sie sagte lieber nichts dazu.

Er öffnete seine Gürteltasche und entnahm ihr eine kleine Dose, die in Papier eingewickelt war.

«Knusperbrot?», fragte er und reichte es ihr.

«Knusperbrot?» Sie war so perplex, dass sie es annahm.

«Das backe ich selber. Am besten schmeckt es mit echter Föhrer Butter, die hebt den Geschmack besonders intensiv hervor.»

«Danke.»

«Schönen Tag dann noch», sagte er und trabte mit seinem Border Collie weiter. Sein Laufstil war leicht, es war ein Genuss, ihm hinterherzusehen.

Sie roch an dem Brot und biss eine winzige Ecke ab. Es schien okay zu sein. Dann nahm sie ein größeres Stück und musste feststellen, dass es mehr als das war: Das Brot schmeckte sensationell! Die Kante war knusprig, aber nicht zu hart, das Innere fluffig.

Trotzdem war der Typ merkwürdig. Sie konnte ihn überhaupt nicht einschätzen. Aber vielleicht tat sie dem armen Mann auch unrecht. Seit Raffael spürte sie eine generelle Skepsis gegenüber Männern, und sie war auf der Hut vor einer weiteren schlechten Erfahrung. Das war bestimmt ungerecht und viel zu pauschal, aber so war es nun mal. Julia wandte sich wieder dem Bild auf ihrer Staffelei zu, malte aber nicht weiter, sondern starrte nur vor sich hin.

Sie wusste nicht, wie lange sie so gesessen hatte. Leider näherten sich irgendwann vom Meer düstere Wolken, und der Himmel zog sich rasend schnell zu. Sie malte schneller und schneller, wollte das Bild unbedingt noch vor dem Schauer beenden. Doch da fing es auch schon an zu tröpfeln. Sie hüllte die Staffelei in die Plastikplane, die sie zum Glück mitgenommen hatte. Ohne Vorwarnung prasselte es so heftig auf sie herab, dass es auf der Kopfhaut richtig weh tat.

Nicht weit entfernt entdeckte sie eine reetgedeckte Scheune, in die sie sich flüchten konnte. Mit der Staffelei über der Schulter rannte sie los. Sie erreichte die Scheune in Rekordzeit und riss die Tür auf, die wie durch ein Wunder nicht abgeschlossen war. Was für eine Wohltat, Schutz vor dem heftigen Regen zu finden!

Drinnen roch es nach Sägespänen und Holzrauch. Die Regengeräusche von draußen hörten sich an wie leise, ferne Musik. Der Raum strahlte eine unglaubliche Ruhe aus, die hohe Decke unter dem Reet ließ ihn wie einen Tempel erscheinen. Sie zog sich die Schuhe und die nass gewordenen Socken aus und ging barfuß über den glatt geschliffenen, alten Holzfußboden. Unter der Reetdecke waren braune Holzbalken zu erkennen, die kleine und große Augen in der Maserung zeigten. Die unverputzten roten Backsteinwände waren vermutlich jahrhundertealt. Das hintere Fenster gab den Blick auf einen Innenhof mit üppigem Garten frei. Der bestand aus Blumen, Kräutern und Gemüse und war umgeben von drei alten Reetdachhäusern.

Durch einen offenen Gang erreichte sie eine nagelneue, perfekt eingerichtete Küche mit großer Arbeitsfläche und zwei Backöfen. Was für ein Fest wäre es, hier zu backen! Dahinter befand sich eine Wohnung mit mehreren Zimmern, die noch nicht ganz fertig aussah.

Julia ging zurück in den großen Raum und stellte ihre Staffelei auf. Sie würde einfach hier an ihrem Bild weitermalen.

Plötzlich wurde das Scheunentor aufgerissen, und ein grauhaariger Mann in Kapitänsuniform platzte herein.

«Was wird das denn?», rief er mit hochrotem Kopf.

«Entschuldigen Sie bitte, ich wollte mich nur einen Moment unterstellen», erklärte Julia ruhig.

«Verlassen Sie auf der Stelle meine Scheune.»

«Bei *diesem* Regen?», fragte sie. «Ich warte nur den Schauer ab, dann bin ich sofort weg.»

«So 'n Wetter kann Tage dauern!»

«Wird es schon nicht.»

«Und wenn doch?»

Draußen auf der Straße sprangen die Tropfen knöchelhoch, wenn sie von den Pfützen abprallten. Freiwillig würde sie dort nicht hingehen, das musste er doch einsehen!

«Soll ich die Polizei rufen?»

Meinte er das ernst?

«Ich bin ja gleich weg», versprach Julia.
«Auf der Stelle, habe ich gesagt!», sagte er, stiefelte dann aber hinaus.

Julia wertete das als Duldung.

7

«So weit ist es schon!», rief Hark laut und schlug mit der flachen Hand auf die Küchenanrichte. Dann wandte er sich an Miranda, die in Form einer kleinen Fotografie über dem Herd hing. «Für Feriengäste sind wir Insulaner wohl keine normalen Menschen!» Er überlegte einen Augenblick, was Miranda wohl dazu sagen würde. Schon klar, sie würde wollen, dass er sich beruhigte. Aber das wollte er gerade gar nicht. «Würden die bei sich zu Hause in der Gegend auch einfach in ein Haus eindringen, nur weil es regnet? Wohl kaum! Und wieso trauen sie sich das bei mir?»

Miranda lächelte genauso milde wie zuvor. Im nächsten Moment hätte sie seine Hände genommen und ihm einen Kuss auf die Stirn gegeben, das wusste er. Unruhig ging er in seiner Küche auf und ab und starrte auf die friesischen Kacheln an den Wänden. Niemand auf der Insel verriegelte seine Haustür, das war einfach nicht nötig. Und auch seinen alten Mercedes schloss Hark nicht ab: Wie sollte ihn ein Dieb auch aufs Festland kriegen? Spätestens an der Fähre würde er gestellt.

Er schaute aus dem Fenster, der Regen hatte nachgelassen. Heutzutage gab es keinen Respekt mehr vor gar nichts. Wehe, die war nicht weg, wenn er gleich nachguckte! Womöglich dachte sie, dass er ihr den Raum überlassen hätte, nur weil er nicht gewartet hatte, bis sie endlich abzog.

Klar war, dass sich so etwas auf keinen Fall wiederholen durfte. Er musste die Scheune sichern, sonst war seine Ruhe dahin. Hark ging zu seinem japanischen Sekretär mit den vielen Schubladen. Das antike Stück stammte aus einem Tokioter Schiffskontor aus dem 19. Jahrhundert, er liebte es sehr. Nachdem er die Schreibfläche ausgeklappt hatte, stellte er seinen Laptop darauf und setzte seine Lesebrille auf. Erst dachte er daran, ein Schild auszudrucken, auf dem stand: «Privat! Betreten verboten!». Ob das genügte, um Eindringlinge abzuschrecken? Oder sollte er das Tor besser mit einer Holzlatte vernageln und in Zukunft von hinten die Scheune betreten? Nein, das wäre zu umständlich.

Er hatte eine bessere Idee. Lächelnd googelte er sich durch ein paar Dateien und wurde schnell fündig: Das gelbe Warnschild mit dem schwarzen Symbol kannte jeder, es löste größtmögliche Panik aus. Der Hinweis darunter war eigentlich überflüssig: «Vorsicht! Radioaktivität!»

Herrlich, genau so etwas hatte er gesucht.

Draußen hatte der Regen aufgehört. Hark druckte das Schild aus und klebte es auf eine Pappe, die er mit seinem Laminiergerät wasserdicht machte. Dann holte er Hammer, Nägel und eine Holzlatte aus der Abseite neben der Kellertür. Voller Vorfreude pfiff er einen alten Rocksong durch die Zähne: «Smoke on the water» von Deep Purple.

Draußen auf der Straße war niemand zu sehen. Vorsichtig öffnete er das Scheunentor. Die Malerin war verschwunden – wenigstens das. Er betrachtete stolz den Fußboden mit den Bauerndielen, die er einem jahrhundertealten Abrisshaus entnommen und neu abgeschliffen hatte. Es war anstrengend gewesen, aber die Mühe hatte sich gelohnt. Er ging wieder raus und brachte das knallgelbe Warnschild am dunkelgrünen

Scheunentor an. Das würde jeden davon abhalten, hier hineinzugehen!

Zufrieden setzte er sich auf seinen Gartenstuhl. Hinterm Haus war es jetzt, am Abend, wieder so ruhig, wie er es liebte. Die Sonne kam raus, der Wind strich sanft über das Dach, zwei Austernfischer und ein Zaunkönig zwitscherten um die Wette. Zwischendurch nickte er leicht weg.

Gegen elf legte er sich in sein Bauernbett, das für ihn alleine eigentlich viel zu groß war. Er las noch ein paar Seiten in seinem Krimi, dann schaltete er das Licht aus. Mit der Dunkelheit hatte sich die gewohnte Nachtstille über das Dorf gelegt. Er hörte den Meereswind leise ums Haus streichen und fiel in einen sanften Schlaf. Er träumte davon, dass er auf einmal über der Nordsee schweben konnte. Ein einzigartiges Gefühl.

Doch irgendwann mischten sich laute Geräusche und Männerstimmen dazu. Zuerst versuchte sein Unterbewusstsein, sie in seinen Traum einzubauen, aber der Lärm ließ sich nicht vertreiben, er wurde sogar noch lauter. Hark wachte auf und schaute auf den Wecker, es war halb drei, draußen war es noch dunkel. Das änderte sich in der nächsten Sekunde, als ein starker Scheinwerfer direkt in sein Fenster leuchtete. Dazu kam eine quäkende Durchsage über ein Megaphon, die er nicht verstand.

Was war da los? Er meinte, seinen Namen zu hören: «Hark Paulsen, komm raus!»

War das ein schlechter Witz? Er schob die Gardine beiseite. Die Straße vor seinem Haus war mit Plastikbändern abgesperrt. Etwas entfernt stand ein Polizeiwagen mit eingeschaltetem Blaulicht. Die freiwillige Feuerwehr rückte gerade mit zwei Löschzügen an. Brannte es beim ihm? Er roch nichts. Hastig zog er sich seinen Bademantel an und eilte vor die Tür.

«Was is?», rief er mit klopfendem Herzen.

Ein Feuerwehrmann in einem Ganzkörper-Isolationsanzug baute sich vor ihm auf, sein Kopf steckte komplett in einem Vollhelm, er sah aus wie ein Astronaut. Ohne Vorankündigung ließ er ein Metallgerät an Harks Körper auf und ab gleiten.

«Hey, was soll das?»

Etwas entfernt stand Holger Prüss, der rundliche Polizeichef aus Wyk. «Lass ihn, Hark, das muss!», rief er. Prüss war einer der wenigen auf der Insel, die ihn nicht «Sharky» nannten.

Hark ließ den Mann im Overall einfach stehen und stiefelte auf Holger zu. «Habt ihr sie noch alle?»

Holger fand das gar nicht witzig, er wich entsetzt zurück. «Stehen bleiben – sofort!»

Der Typ mit dem Messgerät rückte wieder an und tänzelte weiter um Harks Körper. «Sauber!», rief er nach einer Weile.

Holger winkte Hark zu sich. «Kannst kommen.»

Der Polizeichef sah verschlafen aus, aber seine Uniform saß korrekt wie immer. Prüss war ein Wichtigtuer, der immer behauptete, aus Begeisterung für die Nordsee auf die Insel gekommen zu sein. Was definitiv nicht stimmte. Über ein paar Ecken hatte Hark erfahren, dass er nach Föhr strafversetzt worden war. Seine einzige Chance, hier wieder wegzukommen, war ein erfolgreicher Einsatz unter seiner Leitung. Den sah er anscheinend heute Abend gekommen. «Mann, Paulsen!», rief Prüss wütend. «Du machst Sachen!»

Hark verstand kein Wort. «Was für Sachen?»

«Tu mal nicht so.»

Zwei Feuermänner, die von Kopf bis Fuß in weiße Schutzkleidung gehüllt waren, gingen auf sein Haus zu. Einer hielt erneut ein Metallgerät vor sich.

«Was willst du, Holger? Ist das 'ne Übung, oder was?»

«Was liegt in deiner Scheune?», fragte Prüss.

«Gar nix, ich habe da gerade den Holzfußboden neu gemacht.»

Holger nickte. «Und was ist darunter?»

«Estrich, was sonst?»

«Wir haben von einem Feriengast eine Anzeige bekommen, dass du da drinnen radioaktive Substanzen lagerst.»

«Wie kommt der denn auf so was?»

«Weil da ein Schild hängt, das vor Strahlen warnt.»

Oje, das Warnschild! Das hatte er vollkommen vergessen. «Ach, das hat nichts zu bedeuten», sagte er schnell.

«Sagst *du*.» Prüss baute sich vor ihm auf. «Du weißt ja wohl, dass es strafbar ist, radioaktives Zeug zu besitzen?»

Hark starrte ihn an. «Echt?»

«Willst du damit sagen, du wusstest nicht, dass …?»

Hark blieb todernst. «Es war ein Witz, Prüss. *Jeder* weiß das.»

Die Feuerwehrleute kamen aus der Scheune zurück, einer hielt seinen Geigerzähler hoch. «Nix.»

«Sag ich doch», meinte Hark.

«Das wird dich teuer zu stehen kommen, Paulsen», sagte Prüss. «Diesen Einsatz wirst du aus eigener Tasche zahlen, da kannst du einen drauf lassen.»

Hark blieb ruhig. «Habe *ich* euch herbestellt, oder was?»

«Das Schild stammt ja wohl von dir, oder willst du das bestreiten?»

Hark grinste. «So etwas darf jeder aufhängen. Das ist Kunst.»

«Nicht dein Ernst!»

«Wieso nicht?»

«Du spinnst!»

«Tut mir leid für dich, Prüss.»

«Wir sprechen uns noch.» Prüss pfiff seine Männer zusammen und zog ab.

Damit war die Sache leider nicht abgehakt, das war Hark klar. Prüss würde ihn ab jetzt jagen, wo er nur konnte. Hark würde sich an jede Geschwindigkeitsbegrenzung auf der Insel halten müssen, und zwar bis auf den Kilometer genau, sonst gäbe es sofort ein Ticket.

Als die Einsatztruppe außer Sichtweite war, nahm Hark das Schild an der Scheunentür dann doch lieber ab. Schade eigentlich, wäre es doch die sichere Garantie für Stille in seinem Haus gewesen. Jetzt war er wieder vollkommen ungeschützt.

8

Am nächsten Tag geriet für Julia auf der Insel alles in Bewegung. Es begann damit, dass sie morgens auf dem Bett unter dem Leuchtturm-Poster frühstückte und einen Entschluss fasste. Auf der Suche nach den Orten ihrer Mutter würde sie mit der Marsch vorerst eine Pause einlegen, auch wenn sie Mamitas Glücksort noch nicht gefunden hatte. Vielleicht hatte sie ja gar keine genaue Stelle gemeint, sondern das besondere Gefühl in dieser Landschaft. Die rätselhafte Stimmung wollte Julia mitnehmen und nun andere Orte aus der Kladde erkunden. «Tanz der Surfer auf dem Meer vor Nieblum» war als Nächstes dran. Julia hatte Elske die Zeichnung gezeigt, und die wusste tatsächlich, wo die Stelle lag.

Inzwischen war Julia klar geworden, dass sie auf der Insel nicht nur die Nähe zu ihrer Mutter suchte, sondern dass damit auch eine Suche nach sich selbst verbunden war. Denn seit Julia hier war, fühlte sie sich besser als in Gelsenkirchen. Dabei war es ihr vorher nicht schlecht gegangen – wie konnte das sein? Sie wusste nicht, was bei alldem herauskam, aber sie war hier richtig, das spürte sie. Ihre Mutter würde sie nicht zum Leben erwecken, aber Linda konnte ihr indirekt helfen weiterzukommen. Das war jedenfalls ihre Hoffnung.

Bevor sie zu den Surfern nach Nieblum fuhr, sah sie sich die Utersumer Kurklinik für Lungenkrankheiten an, in der ihre

Mutter damals mit ihr gewohnt hatte. Das wuchtige alte Backsteingebäude, inmitten eines dichten Wäldchens an einer Steilküste gelegen, wirkte wie eine Festung. Von hier aus blickte man zwischen der Nordspitze von Amrum und der Südspitze von Sylt auf die offene See. Die Sonne funkelte im Wasser. Diesen Blick hatte ihre Mutter in einer Zeichnung festgehalten, die überschrieben war mit «Melancholischer Seeblick, jeden Tag». Julia verstand das sofort. Schönheit konnte weh tun, wenn es einem gerade schlecht ging.

Sie fuhr weiter zum Nieblumer Strand. Der feinkörnige Sand unter ihren nackten Füßen fühlte sich warm an, der Wind war aber noch kühl. Zum Glück hatte sie eine Decke mitgenommen, die sie sich jetzt um die Hüfte band. Vor ihr hüpften unzählige kleine Wellen mit weißen Schaumspitzen auf und ab und wurden vom milden Morgenlicht in Szene gesetzt. Für sie sah es aus wie der größte Tanzpalast der Welt.

Sie stellte die Leinwand vor sich auf, schnappte sich ihre Farben und legte los. Bei genauerem Hinsehen entdeckte sie, dass die Ebbe gerade einsetzte und sich die gesamte Fläche fast unmerklich vom Land wegbewegte, hin zu den leuchtenden Wolkenbergen am Horizont. Vom Festland her kam böiger Wind auf, sie meinte, in ihm den Staub der vertrockneten Feldwege riechen zu können. Von Norden rückte eine bedrohliche schwarze Wolkenfront heran, und der riesige Himmel teilte sich wie ein gigantischer Vorhang. Davor schuf die Sonne auf dem Wasser einen schillernden Kreis.

Wie aus dem Nichts schoss nun ein Kitesurfer hervor und sprang hoch. Einen Moment lang schien er in der Luft zu stehen, bevor er zurück aufs Wasser sank. Kurze Zeit später kam ein zweiter dazu, gemeinsam tanzten sie im Sonnenkegel umeinander herum. Der gesamte Wolkenvorhang wurde leicht nach oben gehoben und gab einen schmalen Spalt frei, durch den sich die Sonne wie flüssiges Gold über das Meer ergoss. Die schwarze Wand löste sich nun vollständig auf und machte frisch-blauen Himmelsfeldern Platz, auf denen Wolkenwesen weideten, der kräftige Wind pustete unablässig immer neue heran. Julia erinnerte das Spektakel an die alten Tanzfilme, die sie so sehr liebte, vor allem an die mit Fred Astaire, aber auch an *Flashdance* und *Dirty Dancing*. In ihrem Kopf drehte sich alles, die Bewegungen der Farben, die Himmelskulisse, die sich ständig veränderte. Sie malte die beiden Surfer mitten im Meer. Sie waren nur als Konturen zu erkennen, es hätten auch fliegende Vögel sein können.

Als sie irgendwann von der Leinwand hochblickte, bemerkte sie, dass etwas entfernt der Typ heranjoggte, den sie am Deich getroffen hatte. Er trug wieder denselben Trainingsanzug. Sofort kam seine Hündin mit wedelndem Schwanz auf sie zugelaufen, sie hatte Julia anscheinend wiedererkannt. Julia kraulte sie hinter den Ohren, ihr Fell fühlte sich wunderbar weich an.

«Moin», grüßte er.

Eigentlich hatte sie sich hier in den Dünen verkrochen, um nicht gestört zu werden. Aber das konnte er ja nicht ahnen.

«Moin», sagte sie, «dein Knusperbrot war ein echter Genuss.»

Er nickte. «Freut mich. Ich heiße übrigens Finn-Ole.»

Der Name passt irgendwie, dachte sie.

«Julia.»

«Hast du deinen Glücksort in der Marsch gefunden?»

«Noch nicht ganz, aber ich bin ihm näher gekommen.» Tatsächlich war es nur ein Gefühl, aber Julia war sich sicher, dass es so war.

«Und jetzt malst du die Surfer?»

Was für eine blöde Frage.

«Nee, die lösche ich nachher wieder, weil sie den Blick aufs Meer stören.» Oje, das klang zickiger, als es gemeint war. Aber Finn-Ole lachte.

«Rein rechtlich müsstest du den einen Surfer wieder löschen», meinte er nun. «Das ist nämlich mein Cousin Thore.»

«Wieso löschen?»

Er lächelte. «Datenschutz.»

Sie grinste zurück. «Der gilt nicht für mich, ich darf alles.»

«Sagt wer?»

«Ich.»

«Und warum?»

«Künstlerische Freiheit.»

«Oh, die hatte ich ganz vergessen.»

Er stellte sich hinter ihr Bild und betrachtete die fliegenden Farbtupfer über dem Meer, die die Surfer andeuten sollten. Das Wasser funkelte hier und da, aber das war Julia noch nicht genug.

«Wow, du hast es echt drauf!», sagte er leise. «Es ist nicht abstrakt und nicht gegenständlich. Und trotzdem erkennt man mit einem Blick, dass es um einen wilden Tanz geht.»

Julia sah ihn überrascht an: Es war genau das gewesen, was sie ausdrücken wollte.

«Oder nicht?»

«Ich weiß selber noch nicht ganz genau, ob es schon fertig ist.»

Finn-Ole hob erstaunt die Augenbrauen. «Was fehlt?»

«Kann ich noch nicht sagen.»

Er nickte. «Hast du Zeit für einen Kaffee?»

«Ja, warum nicht?» Sie schaute sich am Strand um. «Aber wo?»

Er deutete hinter die Dünen. «Im Surfcamp.»

Julia packte ihre Staffelei ein und wanderte mit ihm über die Dünen. Edda lief fröhlich neben ihnen her. Das lange struppige Gras auf den Dünen wurde vom Nordseewind hin und her geweht. Auf der anderen Seite standen unzählige Campingbusse, von denen viele bunt lackiert oder mit Aufklebern von Surflabels bepflastert waren. Es gab ein Duschhaus und verschiedene Holzschuppen, das Ganze kam ihr vor wie eine Mischung aus Hippiesiedlung und Goldgräbercamp. Auf großen Holzrahmen baumelten Dutzende Neoprenanzüge.

Durchtrainierte Frauen und Männer saßen lässig in der Sonne, alle braun gebrannt. Vor einer grob zusammengezimmerten Strandbar standen ein paar Plastikstühle und -tische. Im Hintergrund lief Salsa-Musik. Blöderweise ließ sie das kurz an Raffael denken. In Gelsenkirchen hatten sie zusammen mehrere Kurse bei einer Brasilianerin belegt. Hinter dem Tresen lehnte ein weißes Surfbrett an der Wand.

Der Barmann sah aus wie die meisten Surfer hier: durchtrainierter Oberkörper, lange blonde Haare, sein schlankes Gesicht war tief gebräunt. Rein architektonisch gab es an ihm wirklich nichts zu bemängeln.

«Ich bin Thore», sagte er und drückte ihr die Hand.

«Julia.»

Dann umarmte er Finn-Ole. «Moin, Bürgermeister.» Edda bellte laut zur Begrüßung. Thore ging auf die Knie und umarmte auch sie. Einen größeren Kontrast zwischen zwei Männern konnte Julia sich kaum vorstellen: alter Trainingsanzug gegen modische Surfwear.

«Wieso nennt er dich Bürgermeister?», fragte sie Finn-Ole.

«Ach, das ist nur ein Spruch», sagte er. «Als Kind war ich immer sehr ordnungsliebend.»

Thore lachte: «Von wegen Spruch! Weißt du, was aus ihm geworden ist?»

«Keine Ahnung», sagte Julia.

«Der Bürgermeister von Oldsum. Der jüngste auf der ganzen Insel.»

Julia sah Finn-Ole überrascht an. «Echt?»

«Und? Bin ich deswegen ein schlechter Mensch?»

«Ich habe noch nie einen echten Bürgermeister getroffen», bekannte sie.

«Was willst du wissen? Ich kann dir jede Auskunft geben.»

Sie dachte nach. «Triffst du dich auch mit Kollegen aus anderen großen Städten?»

«Ach, wir haben alle so viel um die Ohren. Mit New York und Paris gibt es meist nur Telefonkonferenzen.»

Thore ging lachend hinter den Tresen. «Kaffee?»

«Einen Latte macchiato, falls du so was hast.»

«Wir haben hier alles.»

Julias Körper wippte automatisch mit der Salsa-Musik mit.

«Magst du Salsa?», fragte Thore.

«Ich habe es mal versucht zu lernen.»

Prompt trat Thore aus der Bar hervor, warf den Kopf leicht in den Nacken und ging mit erhobenem rechtem Arm in Position. Auffordernd sah er sie an. Er war immer noch barfuß, sein Oberkörper nackt, sie wusste nicht recht, wo sie ihn anfassen sollte. Aber da hatte er sie schon an sich gezogen und tanzte los. Julia ging automatisch mit. Er hatte eine hervorragende Körperbeherrschung, sein Hüftschwung war sensationell. Finn-Ole stand ein paar Meter neben ihnen.

«Ich mache gerade einen Salsa-Kurs bei einer ehemaligen Balletttänzerin», schwärmte Thore, während er locker weitertanzte.

«Du bist echt gut», sagte Julia.

«Nee, ich stehe ganz am Anfang. Du bist viel besser.»

Als das Stück zu Ende war, löste er sich von ihr. «Vielen Dank.»

Jetzt erwachte Finn-Ole aus seiner Starre und meldete sich zu Wort. «Julia ist übrigens Malerin.»

Thores Augen blitzten auf. «Hat Finn-Ole dir erzählt, was ich gerade händeringend suche?», fragte er, während er sich wieder um die Zubereitung des Kaffees kümmerte.

«Was denn?»

«Ich will das weiße Surfbrett bemalen lassen und über den Tresen hängen. Es soll der zentrale Eye-Catcher der Bar werden. Aber das kriegt hier keiner wirklich hin.» Er wandte sich an seinen Cousin: «Ist sie gut?»

Das fand Julia ziemlich daneben. Wieso fragte er sie nicht direkt? Und wie sollte Finn-Ole das beurteilen? Er hatte bisher nur ein halb fertiges Bild von ihr gesehen. Es lehnte immer noch neben der Bar. Finn-Ole nahm es hoch und zeigte es Thore, der es neugierig betrachtete.

«Der blaue Punkt in der Luft bist du», erklärte Finn-Ole seinem Cousin.

«Es ist nur ein Anfang, das ist noch nicht fertig», sagte Julia.

«Wow!» Thore nickte ihr zu. «Abgemacht.»

Das ging ihr jetzt doch etwas zu schnell. «Ich weiß nicht, was ihr erwartet. Ich bin keine Profimalerin.»

«Vollkommen egal», meinte Finn-Ole. «Dein Surfbild ist etwas Besonderes, das sehen wir ja wohl mit eigenen Augen.»

«Schon, aber ...»

«Mehr muss ich nicht wissen», meinte Thore.

Das war ein Kompliment, zweifellos. Julia wusste aber trotzdem nicht, ob sie gut genug war, um das Surfbrett nach Thores

Vorstellungen zu bemalen. Außerdem brachte sie ein solcher Auftrag weg von ihrer eigentlichen Mission. Andererseits: Es war ja ihre Mutter gewesen, die einen Surfer in ihr Heft gezeichnet hatte. Da schloss sich der Kreis wieder.

«Wie soll es denn konkret werden?», erkundigte sie sich.

Thore zuckte mit den Achseln. «Die Farben sollen zur Insel passen, das ist alles.»

«Okay, ich kann es probieren.» Die Farben der Insel kannte sie ja mittlerweile ganz gut, das konnte sie riskieren. Und wenn es schiefging, ging es halt schief.

«Was ist dein Honorar?», fragte Thore.

«Drei Surfstunden», schlug sie spontan vor. Mal an einem Schirm hoch durch die Luft fliegen, das hätte etwas.

«Einverstanden.»

In diesem Moment tauchten drei kichernde Teenies mit Zahnspangen auf, denen Thore das Surfen beibringen sollte. Er drückte Finn-Ole und ihr die Kaffeebecher in die Hand, verabschiedete sich und verschwand mit den Kindern zum Strand.

Später schleppte Finn-Ole Thores Surfbrett zu Julias Wagen, wobei er jede Hilfe von ihr ablehnte. Sie musste die Heckklappe offen lassen, damit es passte.

«Meinst du, die Polizei hält mich deswegen an?»

Finn-Ole winkte ab. «So was wird auf der Insel locker gesehen.»

«Okay.»

«Und wenn trotzdem jemand meckert, sag einfach, der Bürgermeister von Oldsum hat das angeordnet.»

«Na dann. Vielen Dank.»

«Da nicht für.»

Er joggte weiter Richtung Strand.

Julia wurde immer noch nicht richtig schlau aus ihm. Aber er hatte ihr tatsächlich gerade einen Auftrag als Malerin verschafft: den ersten ihres Lebens – Wahnsinn!

9

Abends arbeitete Julia weiter an dem Bild, das sie am Nieblumer Strand begonnen hatte. Ihre Staffelei passte gerade so neben das Bett. Beim Malen schweiften ihre Gedanken immer wieder zu Thore und Finn-Ole ab. Dabei wollte sie doch gerade gar nicht an Männer denken. Immerhin, das hatten sie geschafft: Raffael verblasste durch die beiden wie ein Foto, das man aus Versehen in der Waschmaschine mitgewaschen hatte.

Doch nun gab es ein dringendes Problem: Ihr Zimmer bei Elske wurde in wenigen Tagen weitervermietet, sie musste schnell eine neue Unterkunft finden. Für die Arbeit am Surfbrett brauchte sie außerdem mehr Platz, das würde in einem kleinen Pensionszimmer nicht funktionieren. Außerdem wollte sie die Inselorte ihrer Mutter, wenn sie sie erst mal alle gefunden und gemalt hatte, gerne nebeneinander anordnen, um daraus ein großes Bild zu machen. Auch dazu brauchte sie einen größeren Raum.

Ein paar Stunden später klapperte sie mit dem Fahrrad sämtliche Autowerkstätten und Lagerhallen ab: ob jemand für die nächsten Wochen eine arbeitende Malerin beherbergen könne. Doch alle schüttelten den Kopf. Eine Nordseeinsel wie Föhr war kein Ort für Lofts und leere Werkhallen, und wenn es sie gab, wurden sie für andere Zwecke gebraucht. Davon abgesehen war sie für die Wohnungssuche auf Föhr ohnehin zur falschen Zeit am falschen Ort: Es war Hauptsaison, jeder Quadratmeter war teuer vermietet. Selbst Finn-Ole, Thore und Elske, die so gut wie jeden auf der Insel kannten, konnten ihr nicht weiterhelfen.

Also rief sie ihre Oma an, die ungeheuer stolz darauf war, dass ihre Enkelin den ersten Malauftrag ihres Lebens erhalten hatte:

«Das ist ja wunderbar, Julia!»

«Ich fürchte nur, das Surfbrett wird an der Raumfrage scheitern», seufzte Julia.

«Und da ist nichts zu machen?»

«Auf einer Insel sind die Möglichkeiten eben begrenzt. Da ist am Deich definitiv Schluss.»

«Kann ich irgendetwas tun?», fragte ihre Oma. «Brauchst du Geld?»

Das war wirklich rührend von ihr. «Nein, zurzeit wäre hier nicht mal mit Geld etwas zu machen.»

«Aber bleib trotzdem weiter am Ball, hörst du? Ich habe das Gefühl, dass du etwas findest.»

Julia musste lächeln. «Woher weißt du das? Du warst doch noch nie auf Föhr.»

«Du bist eine Koslowski, und die findet ihren Weg. Das kann gar nicht anders sein!»

Es war zwar nett gemeint, aber Julia konnte es nicht ganz glauben.

Als sie sich später ihre tägliche Bonbonmischung im «Föhrer Snupkroom» abholte, klagte sie Verkäuferin Caren ihr Leid. Die kratzte sich am Kinn. «Ich höre mich mal um. Wenn sich was auftut, sage ich dir oder Elske Bescheid.»

«Danke, das ist nett.»

«Ist doch klar.»

Draußen vor der Tür setzte sich Julia auf eine Bank und futterte erst mal die halbe Tüte leer. Mit dem Zuckerschock im Körper fühlte sie sich schon optimistischer. Es konnte doch nicht sein, dass ihre Auszeit auf Föhr jetzt schon enden musste. Wo sie sich gerade ein bisschen eingelebt hatte!

Sie begann, sich den schönsten Platz zum Malen vorzustellen, den es auf der Welt geben könnte. Es wäre ein großer Raum mit hohen Decken in einem Reetdachhaus. Perfekt wäre, wenn man dort auch backen konnte, denn das fehlte ihr hier auf Föhr sehr. In Gelsenkirchen waren das Malen und das Backen immer die Tätigkeiten gewesen, in die sie sich gestürzt hatte, wenn sie sich unwohl fühlte. Beides wärmte ihre Seele, sie war dann ganz bei sich. Und nebenbei konnte sie damit auch andere Menschen glücklich machen. In Wirklichkeit war der Gedanke, Backen und Malen an einem Ort zu verbinden, natürlich illusorisch, aber spinnen durfte sie ja.

Sie schaute auf die mächtige Friedenseiche an der Buurnstraat, die, wie auf einem Schild daneben erklärt wurde, im Jahr 1872 nach dem Sieg im Deutsch-Französischen Krieg gepflanzt worden war. Ihre Äste und Blätter wurden vom Seewind in heftige Bewegung versetzt, als würde der Baum gleich anfangen zu tanzen. Da fiel Julia ein, dass sie den perfekten Raum auf der Insel bereits gesehen hatte: die Scheune, in der sie sich untergestellt hatte. Und die stand offenbar leer. Sie war groß genug und hatte eine ganz besondere Atmosphäre. Es gab dabei bloß ein Problem, das leider nicht unwesentlich war: Es würde unmöglich sein, den übellaunigen Besitzer zu überzeugen, sie dort wohnen zu lassen. Andererseits nutzte der Kapitän den Raum anscheinend nicht. Dann konnte er damit doch auch Geld verdienen, oder? Nicht dass sie viel zahlen konnte, aber es wäre mehr als nichts. Bestimmt ginge er bald wieder auf große Fahrt und bekäme ohnehin nichts von ihr mit. Fragen konnte sie ihn, was hatte sie zu verlieren?

Auf schmalen Feldwegen ließ sie sich mit Rückenwind nach Oldsum treiben. Die Sonne schien, die Blätter in den Büschen raschelten, eine Stute beleckte zärtlich ihr Fohlen auf einer Weide. Die sommerlichen Ansichten in der Marsch versetzten sie in Hochstimmung. Sie dachte an ihre Mutter: *Ja, Mamita, ich kann verstehen, warum du hier so glücklich warst.* Plötzlich hatte sie das Gefühl, dass ihr heute alles gelingen würde.

An der alten Mühle bog sie von der Landstraße ab, durchfuhr das Bauerndorf Oldsum mit seinen Reetdachhäusern, die sich zufrieden unter dem blauen Himmel sonnten. Außer dem Wind, der immer wieder auffrischte, war kein Mucks zu hören.

Die Lindenallee, die zur Scheune führte, strahlte eine aristokratische Eleganz aus, die auch nach Südfrankreich oder in die Toskana gepasst hätte. Das Scheunentor stand weit offen. Sie schaute neugierig hinein, es war niemand da. Allein der alte Holzfußboden verströmte eine unglaubliche Ruhe, nichts engte einen hier ein, bis unters Reetdach war viel Platz. Dazu kam das wunderbare Licht, das durch die Stallfenster fiel, es reichte gerade, dass man gut malen konnte, ließ den Raum aber nicht in Helligkeit ertrinken. Sie sah sich schon malend in der Ecke neben dem Stallfenster stehen. Von der Rückseite des Raumes blickte man über den Garten im Innenhof auf das prächtige Reetdachhaus gegenüber. Mehr ging nicht!

Plötzlich kam der grau melierte Kapitän um die Ecke, den sie fast nicht erkannt hätte. Denn diesmal trug er keine Uniform, sondern Jeans und ein schlichtes T-Shirt. Seine durchdringenden blauen Augen musterten sie. Wie erwartet, schien er alles andere als erfreut, sie wiederzusehen. Ihre Chancen waren aussichtslos.

«Moin, da bin ich wieder», grüßte sie und lächelte tapfer.

Er antwortete nicht, sondern starrte sie nur an. Sein Blick war glasig, er schien nicht sicher auf den Beinen zu stehen – hatte er getrunken? Doch Julia behielt ihren unbeschwerten Ton bei.

«Ich soll das Surfbrett von Thore Thomsen bemalen, dazu brauche ich mehr Platz als bei Elske in Oevenum», sagte sie. Thore und Elske kamen von Föhr, er kannte sie mit Sicherheit.

«Hmmh.»

Immerhin reagierte er, wenn auch in stark reduzierter Form.

«Daher würde ich gerne Ihre Scheune als Atelier mieten.»

«Hmmh.»

Das wertete sie einfach als vollständigen Satz, so gesehen ging es voran. «Ich kann aber nur hundert die Woche zahlen.»

Der niedrige Preis erhöhte ihre Chancen wahrscheinlich nicht.

«Hmmh.»

War ihm das zu wenig? «Zusätzlich könnten Sie sich von allen Bildern, die hier entstehen, eines aussuchen.»

«Hmmh.»

«Ist das ein Ja?», fragte sie.

«Hmmh», brummte er.

Hieß das etwa, sie hatte das Atelier? Julia war sich nicht ganz sicher. Schnell stellte sie die Kamera an ihrem Smartphone an. «Mündlicher Vertrag über diese Scheune hier, hundert Euro die Woche», sprach sie hinein, «zwischen Julia Koslowski und …?» Sie schwenkte die Kamera zu ihrem Gegenüber. Der starrte das Smartphone misstrauisch an.

«Paulsen», nuschelte er.

«Einverstanden?»

«Von mir aus. Aber nur, wenn ich meine Ruhe bekomme. Haben Sie das verstanden? Ruhe, Ruhe, Ruhe.»

«Klar.»

«Danke.»

Sie zog ihr Portemonnaie aus der Hosentasche und reichte ihm zwei Fünfziger, die er zusammenknüllte wie einen Kassenbon für den Mülleimer. Dann drehte der Kapitän sich um und torkelte zurück zu seinem Haus. Sie schaute ihm verblüfft hinterher, bis er die Tür hinter sich geschlossen hatte.

Konnte es wahr sein, was sie da gerade erlebt hatte?

10

Julia zog den schweren Eisenriegel hoch und öffnete das grün lackierte Scheunentor. Immer noch ungläubig betrat sie den hohen Raum: Dieser Tempel war jetzt tatsächlich ihr Atelier? Und ihre Wohnung?

Sie zog die Schuhe aus und schritt barfuß durch den Raum. Dann legte sie sich auf den Boden und betrachtete das weiche Licht, das durch die Stallfenster hereinfiel. Das Reetdach und das dicke Mauerwerk dämpften alle Geräusche von draußen ab, nur das Rauschen des Windes war zu hören. Die Ruhe des Raumes war über Jahrhunderte gespeichert worden, das spürte sie. Erst einmal wollte sie nichts anderes tun, als hier zu liegen und zu genießen.

Irgendwann rief sie ihre Oma an, um ihr von ihrem Glück zu erzählen. Aber sie erwischte nur die Mailbox. «Du hattest vollkommen recht, Oma», sprach sie aufs Band, «eine Koslowski findet immer einen Weg! Ich habe auf Föhr das schönste Atelier der Welt gefunden. Es lässt einen in der Luft schweben und doch mit beiden Füßen auf dem Boden stehen.»

Langsam dämmerte es draußen. Es gab LED-Strahler an den Deckenbalken, aber die ließ sie aus. Sie nahm die Kladde ihrer Mutter aus der Tasche und legte sie neben sich. Eine Stille lag über dem Dorf, die sie so nicht kannte: Sie hörte kein Auto, keinen Trecker, keine sonstigen Maschinen. Die Ruhe machte ihr fast Angst. Als die Dämmerung in die Nacht überging, schlief sie längst.

Am nächsten Morgen wachte sie um sechs Uhr auf, der Fußboden war zum Schlafen doch sehr hart gewesen. Dafür begrüßte sie das sonnige Morgenlicht mit ungetrübter Klarheit, worüber sie lächelte. In diesem Moment wurde die Scheunentür mit einem Ruck aufgerissen, und der Kapitän kam hinein. Er sah verschlafen und wütend zugleich aus.

«Geht's noch?», fragte er.
«Was ist?» Sie bemühte sich, ruhig zu bleiben.
«Das ist Privatbesitz.»
«Den ich gestern gemietet habe.»
Der Kapitän lachte auf. «Das wüsste ich ja wohl! – Abgang!»
Julia stellte auf ihrem Smartphone den Film von gestern an und hielt ihm das Display entgegen. Was er da sah und hörte, war eindeutig: «Mündlicher Vertrag über diese Scheune hier, hundert Euro die Woche ...»
Das konnte er doch nicht vergessen haben!
Der Kapitän brauchte anscheinend einen Moment, um sich zu erinnern. «Na dann, schön'n Tag noch», murmelte er, drehte sich um und stiefelte hinaus. Damit war das wohl geklärt, jedenfalls hoffte sie das.

Eine Stunde später stand sie in Oevenum in ihrem Pensionszimmer und packte ihre Sachen zusammen. Dann frühstückte sie mit Elske. Als Dankeschön für ihre Gastfreundschaft wollte Julia unbedingt ein Porträt von ihr anfertigen.

«Hier und jetzt?», rief Elske. «Nee, lass mal.»
«Dann male ich dich eben aus dem Gedächtnis. Und was dabei rauskommt – keine Garantie! Willst du das etwa?»

Elske lachte. «Überredet!»

Julia platzierte sie im Wohnzimmer vor dem Fenster mit Blick aufs Grüne und fertigte eine Skizze von ihr an. Später in der Scheune würde sie das Bild mit Farben versehen, tatsächlich aus dem Gedächtnis.

Zum Abschied gab Elske ihr netterweise noch eine Matratze und ein paar Schafwolldecken mit, damit sie im Atelier einigermaßen gut schlafen konnte.

Jetzt hatte Julia nur noch einen Wunsch: zur Feier des Tages ihren Lieblingskuchen zu backen. Es war ein Butterkuchen nach Omas Rezept. Der herrliche Duft würde sie glücklich stimmen, und außerdem wäre es doch zu schade, die nagelneue Küche neben dem Atelierraum mit Ofen, Kuchenformen und Blechen ungenutzt zu lassen.

Also stand Julia um Punkt acht Uhr als erste Kundin im Wyker Rewe-Markt. Sie fand dort alle Zutaten, die sie brauchte. Mit Kuchenduft in der Nase würde sie sich gut fühlen und ganz anders arbeiten, das wusste sie. Außerdem hätte sie etwas anzubieten, wenn Gäste vorbeikämen. Das war zwar unwahrscheinlich, aber nicht ausgeschlossen.

In der Scheune angekommen, machte sie sich sofort an die Arbeit. Schon bald breitete sich vom Backofen her der vertraute Duft im ganzen Raum aus.

Dann begann sie, ihre bisherigen Föhrer Bilder an die Wände zu heften. Als sie fertig war, setzte sie sich im Schneidersitz in die Mitte des Raumes und betrachtete die Zeichnungen. Die ersten Bilder zeigten noch ihr Unverständnis für die Marschlandschaft hinterm Deich. Die hatte sie bewusst mit aufgehängt. Einige hatte sie dünn übermalt, die neue Schicht zeigte ihre neue Sicht auf die Landschaft. Plötzlich spürte sie, dass sie dem Glücksort ihrer Mutter wirklich schon näher gekommen war, auch wenn sie ihn noch nicht genau bestimmen konnte.

Sobald sie alle Orte aus der Kladde gemalt hatte, wollte sie sie zu einem großen Bild zusammenfassen. Sie wusste noch nicht, wie das aussehen würde, aber genau das war das Spannende daran. Sie nannte Föhr inzwischen für sich nur noch ihre «Mutterinsel». Vielleicht wäre das auch ein guter Titel für das große Gemälde.

Als Nächstes musste sie das Surfbrett von Finn-Oles Cousin Thore angehen. Sie begann ganz weit unten mit einer blauen Schlangenlinie. Zwischendurch kochte sie in der Küche einen Kaffee und schnitt sich mit einem sauberen Malspachtel ein Stück Butterkuchen ab. Da klopfte es ans Scheunentor. Als sie öffnete, mischte sich salzige Meeresluft mit dem Kuchenduft.

«Einmal die Post!»

Eine Frau in schwarzer Radlerhose und Uniformjacke betrat den Raum. Die ungefähr vierzigjährige Brünette hatte hochliegende Wangenknochen, schmale Lippen und eng zusammenliegende Augen, mit denen sie Julias Bilder misstrauisch musterte. Sie sah so aus, als wenn sie niemals Kompromisse machte. Aber bestimmt gab es etwas, worüber auch sie lachte.

«Ich wohne nicht hier», erklärte Julia.

«Post bekommst du trotzdem», sagte die Frau ungerührt. Aus ihrem Mund klang das typische *Insel-Du* wie ein *Sie*.

«Wer schreibt mir denn?»

Die Postbotin starrte auf den Zettel. «Eine Freundin namens Lidl. Sie will dir mitteilen, dass es Kalbsbraten und Bacardi im Angebot gibt.»

«Beides mag ich leider nicht besonders. – Ich bin übrigens Julia.»

«Ich weiß. – Nina.»

Jetzt warf die Postbotin einen neugierigen Blick auf das Surfbrett mit der blauen Schlangenlinie. «Surfst du?», fragte sie.

«Nein, das ist ein Auftrag, ich soll es bemalen.»

«Und von so was kann man leben?» Ihr skeptischer Unterton schrammte knapp an einer Beleidigung vorbei.

«Nein. Ich male nur zum Spaß.»

Die Frau verzog den Mund. «Ah, verstehe, dann hast du einen Mann, der gut verdient. Solche Zahnarztgattinnen wie du landen öfter mal bei uns auf der Insel.»

Julia überging das einfach. «Ich würde dich gerne malen.»

«Warum?»

«Du hast ein interessantes Gesicht.»

«Ich? Bestimmt nicht.»

«Vorschlag: Ich male dich, und du entscheidest hinterher, ob du dich darin erkennst.»

«Ich hasse es, künstlich zu lächeln, damit fängt es ja schon mal an.»

Julia fragte sich, ob sie jemals *natürlich* lächelte. «Wer sagt denn, dass du das musst?»

Die Postbotin überlegte einen Moment. «Na gut. Immer wenn ich die Post bringe, bekommst du zehn Minuten.»

«Okay.»

«Dafür würde ich gerne dieses Bild haben.» Nina deutete auf ein Gemälde, das das Wattenmeer bei Ebbe und einen Himmel in verschiedenen Blautönen zeigte.

Julia staunte. Es war in ihrer Anfangsphase in der Marsch entstanden. Sie wollte es eigentlich nicht weggeben.

«Der Himmel ist noch nicht fertig», sagte sie.

«Für mich schon.»

«Wie das?»

«In diesen Himmel kann ich mich reinträumen, da ist nichts vorgegeben.»

Julia horchte auf, als sie das hörte: War genau das vielleicht das Glücksgefühl ihrer Mutter gewesen?

«Also gut, ich überlege es mir. Frag in einer Woche noch mal nach. Aber ich verspreche nichts, ja?»

«Einverstanden.» Nina drückte ihr die Hand und verschwand dann aus der Scheune.

Julia machte es sich zur Angewohnheit, das Tor tagsüber offen zu lassen, und das blieb nicht ohne Folgen: Jeder zweite Radfahrer auf der Insel machte bei ihr halt, jedenfalls kam es ihr so vor. Einige, weil sie neugierig auf ihre Bilder waren, andere, nur um die Akkus ihrer E-Bikes aufzuladen. Sie freute sich über Gäste und bot ihnen im Gegenzug gerne eine Tasse Kaffee an, manchmal auch ein Stück Kuchen, wenn sie wieder mal frisch gebacken hatte. Darüber hinaus hielt sie für ihre Besucher Kaltgetränke bereit, die sie in einem Kellerraum unter der Scheune lagerte. Stühle und Tische hatte sie nicht, die Leute mussten sich einfach auf den Holzfußboden setzen, was den meisten nichts auszumachen schien.

So wurde ihr Atelier nach und nach eine Art offenes Wohnzimmer für Urlauber und Insulaner. Julia unterhielt sich mit ihnen, zeigte ihre Bilder und porträtierte den einen oder anderen. Bald buk sie jeden Tag zwei Kuchen und war mit Freude Gastgeberin für alle, die zu ihr kamen. Wer wollte, konnte eine kleine Spende hinterlassen. An die Eingangstür hängte sie einen Zettel mit der Aufschrift: «Bitte Schuhe ausziehen (außer Kapitän Paulsen)». Alle hielten sich daran. Einige fragten nach, warum ausgerechnet der Kapitän seine Schuhe *nicht* ausziehen musste. Für Julia war das klar: Socken würden nicht zu seiner Uniform passen, das musste nicht sein. Wobei er bis jetzt ohnehin noch nie rübergekommen war. Schade eigentlich.

Ansonsten malte Julia fleißig weiter. In erstaunlich kurzer Zeit war die nächste Wand mit Himmeln und Meeresansichten behängt. Die Marsch gab es im Mondschein und als vielfarbiges Mittagsaquarell. Julia hatte keine Hemmungen, alles zu dokumentieren, was sie auf die Leinwand brachte, auch die Fehlversuche. Sie war keine Profimalerin und deswegen unbeschwert. Worum es bei ihren Bildern wirklich ging, verriet sie niemandem.

Nebenbei malte sie die Postbotin weiter, Nina gab ihr dafür täglich nicht neun Minuten und nicht elf, sondern exakt zehn, wie vereinbart. Dann sprang sie auf und radelte weiter. Julia hatte auch schon eine Idee, in welche Umgebung sie sie setzen wollte, wovon Nina natürlich nichts ahnte: Sie sollte wie eine Kitesurferin über dem Meer in den Himmel fliegen, nur ohne Schirm. Julia lächelte, mit Pinsel und Farbe war sie in der Lage, die Anziehungskraft der Erde außer Kraft zu setzen und den Traum vom Fliegen wahr werden zu lassen.

Eines Tages stand auch Finn-Ole vor der Tür.

«Moin, Bürgermeister», grüßte sie. Wieder staunte sie über seine grünen Augen. Das neonfarbene Hawaiihemd musste sie sich allerdings wegdenken. Dazu trug er eine schlabbrige graue Anzughose. Fühlte er sich so etwa wohl? Im besten Fall war es ihm egal. Er zählte wohl einfach zu den Männern, die bei der Kleiderwahl unbedingt weibliche Beratung brauchten. Kurz stellte sie sich vor, wie er in engem T-Shirt und knackiger Jeans aussähe. Und wischte den Gedanken schnell beiseite.

«Darf ich reinkommen?», fragte er.

«Klar.»

Er zog die Schuhe aus und offenbarte rote Wollsocken. Hündin Edda lief direkt zu Julia und bellte einmal kurz auf, um sie zu begrüßen. Julia streichelte sie ausgiebig.

«Ich dachte, als Oldsumer Bürgermeister mache ich mal einen Antrittsbesuch», sagte er amüsiert. «Und ich habe dir neues Knusperbrot mitgebracht.» Er hielt ihr eine Papiertüte hin.

«Super, danke!» Sie schnupperte daran – wie wunderbar das wieder roch!

Jetzt schritt Finn-Ole ihre Bildergalerie ab. «Hmmh», meinte er schließlich. «Ganz schön.»

Das war alles?

Er schloss die Augen und sog die Luft tief ein. «Wonach duftet es hier?»

«Marmorkuchen nach Omma Anitas Rezept. Darf ich dir ein Stück anbieten?»

«Gerne.»

«Kaffee?»

«Auch gerne.»

«Wie nimmst du ihn?»

«Schwarz, ohne alles.»

Sie stellte die Kaffeemaschine an, mit der sie einen Latte macchiato für sich und einen Americano für Finn-Ole zubereitete. So eine moderne Maschine hätte sie sich zu Hause auch gewünscht.

«Deine Bilder von der Marsch gefallen mir», sagte er.

«Was genau?»

«Du hast einen guten Blick für Vielfalt. Im Grunde ist die Marsch jeden Tag eine komplett andere Landschaft, alles ist ständig in Bewegung.»

Ihr lief ein Schauer über den Rücken. *Soso, Mamita, war es das, was dich daran so fasziniert hat?*, dachte sie im Stillen.

«Weißt du», setzte sie an, «meine Mutter ...», und biss sich schnell auf die Lippen. Wie kam sie dazu, einem Fremden Mutters Geheimnis anzuvertrauen?

«Ja?», fragte Finn-Ole.

«Nee, ich meinte ...» Sie deutete schnell auf Thores Surfbrett, das hochkant in einer Ecke stand. Darauf waren die Farben der Insel miteinander verwoben, Blau- und Grüntöne, zarte dunkelrote Streifen und ein paar gelbe und weiße Punkte. «Voilà, so weit ist es schon.»

«Für mich sieht es fertig aus», sagte er.

«Na ja, etwas braucht es noch.»

«Eigentlich schreit alles nach einer Vernissage hier im Atelier, oder nicht?»

«Darüber habe ich noch nicht nachgedacht, aber es ist eine gute Idee!»

Dann konnte sie alle Menschen einladen, die sie auf der Insel kannte, und das waren für die kurze Zeit schon erstaunlich viele.

«Bevor Thore das Brett über dem Eingang der Bar aufhängt, wollte er damit sowieso von Oldsum nach Nieblum segeln.»

«Er will es mit Salzwasser in Berührung bringen?», fragte sie.

«Spricht etwas dagegen?»

«Nein, aber dann muss ich wasserfeste Farben benutzen. Gut zu wissen.» Sie reichte ihm seinen Americano und ein großes Stück Marmorkuchen.

Sie saßen sich im Schneidersitz gegenüber. Edda kam zu ihr, sie kraulte ihr weiches Fell. Wenn sie aufhörte, sie zu streicheln, stupste Edda sie sanft mit der Schnauze an, um mehr davon zu bekommen.

«Und du bist wirklich geborener Insulaner?», fragte Julia.

«Ja.»

«Nie weg gewesen?»

«Doch, für ein paar Monate: Hawaii, Chile, Alaska.»

Ah, jetzt wusste sie, woher er sein Hemd hatte. Was es nicht besser machte.

«Und wie bist du Bürgermeister von Oldsum geworden? Der jüngste auf der Insel?»

«Das hat sich so ergeben, ich mache den Job wirklich gerne. Wo kommst du denn her?»

«Gelsenkirchen-Buer», antwortete sie. «Kennst du das zufällig?»

«Nein, wie sieht es da aus?»

«In Buer wohnen überwiegend Adelige.»

«Ernsthaft?»

Julia grinste. «Alter Bergmannsadel über zig Generationen. Die Adeligen dort sind berühmt für ihre Brieftauben und für Schalke.»

«Bergmann ist ein brutaler Job. Allein die Vorstellung, in einen Tunnel zu fahren, der kilometertief unter der Erde liegt – gruselig!»

«Die Gruben sind lange geschlossen.»

«Zum Glück.»

«Immerhin haben die Menschen damit mal ihr Brot verdient.»

«Mag sein, aber ich fühle mich im Sonnenlicht wohler.»

Julia lächelte. «Ja, immer den Blick in die Weite zu haben, ist schon ein Privileg.»

Finn-Ole lächelte zurück, und einen Moment lang trafen sich ihre Blicke.

Ein echter Nerd war er nicht, dazu konnte er viel zu gut flirten.

11

Hark saß am Küchentisch und stützte den Kopf auf den Armen ab. Er hatte der jungen Frau also tatsächlich zugesagt – aber wieso? Dieser bescheuerte Aquavit! Tagelang hatte er ihn unberührt bei sich stehen gehabt, seitdem er ihn im Frischemarkt gekauft hatte. Hochprozentiges trank er äußerst selten. Am Abend hatte er sich aber doch ein großes Wasserglas eingeschenkt, es an die Lippen gehalten und den Kopf in den Nacken geworfen. Das Zeug brannte höllisch im Magen. «Auf einem Bein kannst du nicht stehen», hatte er laut zu sich selbst gesagt und den Zweiten gleich hinterhergekippt. Spätestens dann hätte er die Flasche zurück ins Eisfach legen sollen – statt sie bis zur Hälfte zu leeren.

Dass er bei diesem ominösen mündlichen Vertragsabschluss betrunken gewesen war, hatte diese Frau Koslowski anscheinend schamlos ausgenutzt. Galt so ein Vertrag auf dem Handy überhaupt? Aber das Problem war: Er hatte sein Wort gegeben, und ein Paulsen stand zu seinen Versprechen. «Nee, Hark», sagte er sich jetzt. «Das hast du dir selbst eingebrockt, jetzt musst du die Suppe auch auslöffeln!» Miranda stimmte ihm zu.

Er versuchte sich zu beruhigen. Die Scheune war im Nebenhaus, und Malerei war nichts Lautes. Gleichzeitig ahnte er, dass er sich da etwas vormachte, die junge Frau würde Ärger bringen. Vielleicht entdeckte sie noch die Bildhauerei für sich und kloppte dann den ganzen Tag auf Steinen herum. Aber selbst wenn nicht, würden bald ihre Freunde kommen und Lärm machen. Das musste er ihr unbedingt noch sagen: keine laute Musik! Der einzige Trost war, dass die Vermietung bestimmt nichts auf Dauer war, sie ging ja wohl bald wieder zurück aufs Festland. Das Bild, das sie ihm schenken wollte, konnte sie gerne behalten, er wollte nicht irgendein Gekrakel in seiner Wohnung hängen haben. Die Nolde-Drucke hingen da seit Jahrzehnten und machten sich bestens.

Kurz sah er hoch zu Mirandas Bild. Sie wirkte nicht so, als ob sie gerade einverstanden mit ihm war. Aber er konnte es ihr auch nicht immer recht machen …

Um einen klaren Kopf zu bekommen, machte er sich auf zu einem Spaziergang über den Sörenswai, der aus Oldsum hinaus zum Deich führte. In den Gräben links und rechts des Weges streckten sich dünne Reethalme Richtung Himmel und schwangen im Westwind hin und her.

Als er auf der Deichkrone stand, lagen die Dünen von Sylt vor ihm in Sichtweite. Komischerweise war er häufiger in Afrika gewesen als dort drüben. Wenn er Föhr verlassen hatte, ging es immer auf große Fahrt und nie auf die Nachbarinsel. Das Meerwasser zwischen Föhr und Sylt schillerte im Licht. Die Nordsee war für ihn wie eine alte Freundin, die ihn von Kindheit an begleitet hatte. Er kannte ihre Liebenswürdigkeit genauso wie ihre schlechten Launen.

Der Gedanke an diese junge Malerin ließ ihn nicht los. Aquavit hin oder her: Wieso hatte er ihr seine Scheune überlassen? Konnte es sein, dass sie bei ihm irgendetwas angestoßen hatte? Aber was? Er kramte in seinem Gedächtnis. Alle sieben Weltmeere tauchten vor seinem inneren Auge auf, abgelegene Inseln, Begegnungen auf anderen Kontinenten. Er erinnerte sich an die quirlige Joy in Addis Abeba, die die Schiffsausrüsterfirma ihres kenianischen Vaters führte. Er und sie verstanden sich auf Anhieb. Als sein Frachter mit Maschinenschaden fünf Tage länger im Hafen lag als geplant, waren sie zusammen auf ein Konzert mit afrikanischer Musik gegangen. Unvergesslich.

Nein, die Malerin hatte nichts mit Joy zu tun. Und auch nicht mit den anderen Menschen, die ihm in diesem Moment einfielen. Bestimmt war es etwas Unterbewusstes. Aber das war kein Revier, in dem er sich gerne aufhielt.

Vom Deich aus schlug er einen großen Bogen bis zum Walfängerfriedhof in Süderende. Die Gräber lagen um die St.-Laurentii-Kirche verstreut, die im 12. Jahrhundert erbaut worden war. Er erreichte Mirandas Grab.

Ein frischer Meereswind wehte über den Grabstein hinweg, auf dem nach Föhrer Tradition die Lebensgeschichte der Verstorbenen stand: *Von Chiclana in Andalusien kam Miranda nach Oldsum, wo sie Kapitän Hark Paulsen heiratete und die Insel Föhr mit ihrem Gesang verschönerte. Sie liebte das Meer.*

Da mischten sich in das Geräusch des Seewinds Männer- und Frauenstimmen, die in St. Laurentii einen urtümlichen Gesang verbreiteten. Hark erkannte es sofort, es waren die «Carmina Burana». Die Texte waren in lateinischer Sprache verfasst und stammten aus dem 11. Jahrhundert. *O Fortuna velut luna statu variabilis, semper crescis aut decrescis ...*

Hark kratzte im Kopf die deutsche Übersetzung zusammen: *Schicksal, wie der Mond dort oben, so veränderlich bist du, wächst du immer oder schwindest!*

Der Chor von St. Laurentii probte das Stück anscheinend gerade in der Kirche. Miranda hatte in Begleitung dieses Chors mit ihrem wunderbaren Sopran einige Soli gesungen.

Hark summte leise mit. Falls Miranda ihn hören konnte,

würde sie das bestimmt freuen. Er fühlte sich ihr in diesem Moment besonders nahe.

«Ich höre genau, dass du immer noch mitsingst», sagte er leise zu ihr und lächelte zum Grabstein hinüber. «Die Leute im Chor orientieren sich immer noch an deinem starken Sopran. – Hör auf, das zu bestreiten, du bist viel zu bescheiden: Das ist so, und das bleibt so – und es ist schön.»

Hark war sich sicher, dass sie in diesem Moment lächelte.

Als er eine Stunde später in sein Haus in Oldsum zurückkehrte, sah er, dass davor ein kleiner Kombi parkte. Er trug das Kennzeichen «GE» für Gelsenkirchen. Wahrscheinlich gehörte der Wagen der Malerin. Das Scheunentor stand offen, was es nicht sollte. Sie war nicht da. Er ging hin, um es zu schließen.

Vorher warf er einen schnellen Blick in den Raum. Er war entsetzt. Sie hatte alles in Beschlag genommen! Aber so war das eben, wenn man im Suff seine Scheune an Fremde vermietete. In der Mitte stand eine leere Staffelei, in einer Ecke ein Surfbrett mit ein paar bunten Kringeln darauf, ein paar Farbpötte und Tuben lagen verstreut auf dem Holzfußboden, der immerhin mit einer Plane abgedeckt war. Er schüttelte den Kopf, mehr über sich selbst als über die Malerin, und verschwand im Haus.

In den nächsten Tagen beobachtete er argwöhnisch, was nebenan passierte. Natürlich setzte er sich nicht ans Fenster, sondern bezog lieber Stellung auf einem Holzstuhl im Wohnzimmer. Angespannt spitzte er die Ohren, um mitzubekommen, was in der Scheune vor sich ging. Dabei stellte er fest, dass die Arbeit seiner Mieterin geräuschvoller war, als er gehofft hatte. Andauernd wuchtete sie das Surfbrett von einer Ecke in eine andere, vielleicht um verschiedene Lichtverhältnisse auszuprobieren?

Jedenfalls stieß sie mehrmals gegen einen Balken. Die sollte bloß nichts kaputt machen!

Doch es kam noch schlimmer. Täglich parkte nun eine Autokolonne die Straße vor seinem Haus zu. Zur Begrüßung gab es jedes Mal lautes Gejohle, dann wurde im Atelier Musik in einer Lautstärke angestellt, die alle anderen Geräusche der Oldsumer Dorfwelt übertönte. Hark beschwerte sich trotzdem nicht. Die junge Frau würde ihn nicht zum keifenden Spießer machen, diesen Gefallen würde er ihr nicht tun. Nein, er würde es mit zusammengebissenen Zähnen tolerieren!

Das einzig wirksame Gegenmittel gegen die unerwünschten Störgeräusche von nebenan waren seine Kopfhörer: Über die ließ er die «Carmina Burana» und Deep Purple in voller Lautstärke laufen. Optimal war das nicht, das merkte er schnell. Denn erstens wollte er nicht den ganzen Tag Musik hören, und zweitens würde er nicht mitbekommen, wenn das Telefon klingelte.

Einige Insulaner aus dem Dorf waren ebenfalls skeptisch, was das Atelier anbelangte. Bei Rickmers gab es kaum ein anderes Thema. Birte packte gerade ihre Einkäufe in eine Tasche, als er hereinkam. Sie hatte eine große Buddel Eierlikör gekauft und besorgte sich von der Kassiererin erst mal zwei Gläser. Dann winkte sie ihn an einen der Stehtische und schenkte ihm und sich einen ein. Im Markt kannten sie so etwas, niemand hatte was dagegen. Hark kippte den Eierlikör in einem Zug runter, obwohl er das Zeug eigentlich nicht besonders mochte.

Sofort wollte Birte ihn erneut zum Kartenspiel für Rentner lotsen: «Wir haben immer viel Spaß.»

«Ich schaue mal, ob ich es hinbekomme», antwortete er vage. Es tat ihm irgendwie leid, denn Birte war eine Nette. Vielleicht würde er sich ja noch an die Seniorenwelt gewöhnen, wenn er erst mal offiziell Rentner war.

Jetzt stellte sich die dunkelhaarige Petra zu ihnen. Sie war um die fünfzig und arbeitete als Köchin in der Kurklinik. Die konnte garantiert nicht nachmittags Karten spielen, dachte Hark.

«Na, Hark, bei dir ist ja neuerdings einiges los», meinte sie.

Er gab sich ahnungslos. «Was meinst du?»

«Den Partyschuppen, was sonst?»

«Ach das.»

«Die waren ziemlich laut zugange, als du nicht da warst», wusste Petra. «Diese Koslowski lässt es richtig krachen.»

Interessant, dass Petra ihren Namen wusste. «So?»

«Wird aus deiner Scheune jetzt eine Disco?», erkundigte sich Birte mit spitzem Ton.

Seine Nachbarinnen übertrieben maßlos, fand er. «Ach was, wieso das denn?»

«Na, wieso wohl?»

«Ich habe den Raum einer Malerin als Atelier überlassen, das ist alles.»

«Aber jeden Tag die laute Musik?»

Instinktiv verteidigte er seine Mieterin, sonst hätte es ja so ausgesehen, als ob *er* einen Fehler gemacht hätte: «Julia braucht das als Stimulation fürs Malen.»

«Ich habe mal heimlich durchs Fenster geluschert und muss sagen, meins sind ihre Bilder nicht», meinte Petra.

«Müssen sie auch nicht», grummelte Hark.

«Was heutzutage so alles unter ‹Kunst› läuft, ist mir schleierhaft», stellte Birte fest.

«Da steckst du nicht drin», sagte Petra.

«Was malt Julia in der Scheune denn noch alles?»

«Keine Ahnung», sagte er.

«Echt nicht?»

«Das geht mich nichts an.»

«Aber man ist doch neugierig, oder?»

Seine Nachbarinnen wussten so viel mehr als er, das irritierte ihn. Sollte er sich vielleicht doch mehr darum kümmern?

Entschlossenen Schrittes eilte er zu seinem Haus zurück. Er würde einmal unauffällig in der Scheune nachschauen, was dort so alles passierte.

Das Erste, was ihm auffiel, war ein Schild an der Holztür, auf dem stand: «Bitte Schuhe ausziehen (außer Kapitän Paulsen)». Das zauberte prompt ein Lächeln in sein Gesicht. Er klopfte an, und als nichts kam, öffnete er vorsichtig das Scheunentor. Julia war nicht da.

Es roch nach frisch gebackenem Kuchen mit Vanille und Himbeeren, wie in einer guten Konditorei – herrlich! Er ließ seinen Blick im Raum kreisen. Ein paar Klappstühle standen herum, auf dem Boden lag eine Matratze. Letztere war nicht Teil ihrer Abmachung gewesen. Es ging lediglich um ein Atelier zum Malen und nicht um einen öffentlichen Malertreff mit Übernachtungsmöglichkeit oder was immer das hier werden sollte.

Auch das war sein Fehler gewesen: Daran, dass Julia Menschen in ihr Atelier einlud und sie malte, hatte er einfach nicht gedacht. Aber was war das? In einer Ecke stand ein Tisch mit alkoholfreien Getränken, einer Preisliste und einer kleinen Kasse, auf dem Boden stand ein Kasten «Flensburger». Für ihn war das eindeutig ein öffentlicher Ausschank. Den musste er unterbinden, sonst bekam er nie seine Ruhe!

Hark blickte sich weiter um. Ihre Bilder standen auf Staffeleien oder an die Mauer gelehnt, einige hatte sie mit Klebestreifen an den Wänden befestigt. Wie diese Deern die Farben der Insel und das Licht erfasst hatte, war beeindruckend, das musste man ihr lassen. Dabei kam sie doch aus dem Ruhrpott und war angeblich Laiin. Bei ihr gab es bunte Himmel, die ein bisschen was von Nolde hatten, aber doch ganz eigen waren. Der Anblick eines einsamen, abgestorbenen Baumes in der nebligen Marsch erschütterte ihn. Er erinnerte ihn an die Zeit seiner großen Trauer um Miranda, als er vollkommen blank vor dem Unausweichlichen stand, was kein Mensch ändern konnte. Dieses beklemmende Gefühl hatte die Malerin mit ein paar Strichen auf den Punkt gebracht. Gleichzeitig hatte sie dem Baum etwas Starkes gegeben. Er war zwar verkohlt, fiel aber nicht in sich zusammen und trotzte Wind und Wetter.

Schließlich entdeckte er auf einer Leinwand das Bild eines riesigen Himmels in Rot, Blau, Schwarz, Gelb und Violett. Diese Farbverläufe waren ihm vertraut, er sah sie jeden Tag über der Marsch. Als er genauer hinsah, erkannte er mittendrin Nina, die ihm jeden Tag die Post brachte. Konnte das sein? Er fummelte seine kleine Lesebrille aus der Hosentasche, um sich zu vergewissern. Tatsächlich, er hatte sich nicht geirrt. Nina brauchte erstaunlicherweise kein Segel, sondern flog ohne jedes Hilfsmittel mit weit ausgebreiteten Armen in die Luft. Es war fast der Traum vom Fliegen, den Hark immer mal wieder im Schlaf erlebte.

Falls es wirklich so war, wie die Koslowski versprochen hatte, und er sich ein Bild aussuchen durfte, wäre es für ihn auf jeden Fall seine Postbotin im Himmel!

12

Julia spannte im Innenhof eine lange Leine zwischen den beiden Apfelbäumen und hängte die Wäsche auf, die sie in der Maschine neben der Spüle gewaschen hatte. Ihre T-Shirts und Hosen schaukelten im frischen Nordseewind hin und her.

Als sie die Sachen später wieder abnahm, dufteten sie leicht nach Meer. Sie zog eins der T-Shirts über und hatte das Gefühl, den Wind am Körper zu tragen.

Für das Atelier hatte sie inzwischen einen Campingtisch aufgestellt, auf dem jeden Tag frischer Kuchen, Kaffee und Getränke standen, außerdem hatte sie ein paar Klappstühle besorgt. Auf dem Tisch platzierte sie eine kleine Holzkiste mit der Aufschrift «Kaffeekasse». Wenn jeder einen Euro für Kaffee und Kuchen gab, deckte das einen großen Teil der Unkosten.

Es machte ihr große Freude, Gastgeberin so vieler unterschiedlicher Menschen zu sein. Jeden Morgen hatte sie das Gefühl, am richtigen Ort aufzuwachen, und freute sich auf alles, was am Tag kommen würde. Inmitten der Blüten im Gelsenkirchener Gewächshaus hatte sie sich auch gut gefühlt, aber hier auf der Insel, mit der Reetdachscheune als Zentrum, war es eine ganz andere Dimension. Hier stimmte alles, sie wusste, warum sie hier war, und sie sah, was sie bewirkte.

Nach und nach trauten sich auch Insulaner zu ihr ins Atelier. Sie verbanden mit Julias Bildern ihre eigenen Geschichten. Julia erfuhr zum Beispiel, dass man sich zum Schulschwänzen im dichten Wald bei der Utersumer Kurklinik optimal verstecken konnte, zum heimlichen Küssen war das Waldstück ebenfalls ein beliebter Treffpunkt. Der Föhrer Polizeichef Prüss schaute vorbei, um sich in Uniform von ihr porträtieren zu lassen. Sie tat ihm den Gefallen und hängte sein Bild zu den anderen Insulanerporträts von Elske, Postbotin Nina und Caren vom «Föhrer Snupkroom». Sie wollte die Bilder erst einmal sammeln und vielleicht irgendwann ausstellen.

Birte Feddersen kam regelmäßig «auf einen Sprung» herein, wie sie es nannte, und blieb dann selten unter einer Stunde. Die blonde Frau war mit dem Kapitän zusammen zur Schule gegangen, wie sie erzählte.

«Hark war früher schon genauso schroff wie heute», plauderte sie. «Aber er hat ein gutes Herz.»

«Wirklich?»

«Zugegeben, er versteckt es hervorragend.»

Beide lachten.

Julia wandte sich mit dem Pinsel in der Hand wieder dem Surfbrett zu. Heute sollten die grünen Teile fertig werden, die die Marsch symbolisierten.

«Ich suche dringend ein Geschenk für meine Schwester», sagte Birte nun, «sie wird morgen sechzig, deswegen muss ich gleich noch nach Wyk. Ich habe bloß überhaupt keine Idee.»

«Vielleicht ein Buch?»

«Das kauft sie sich besser selber. Nein, es soll etwas Besonderes sein.»

«Dann ein Porträt von dir.»

Birte lachte. «Du hast Ideen!

«Im Ernst, ich zeichne dich.»
«Sehe ich aus wie ein Model, oder was?»
«Ja.»
«Hör auf!»
«Für mich schon.»
«Das hast du nett gesagt, danke. Aber wenn mich meine Schwester auf einem Gemälde sieht, denkt sie, ich bin größenwahnsinnig geworden. Lass man.»
«Ich schätze eher, sie wird sich über ein sehr besonderes Geschenk freuen», hielt Julia dagegen.

Sekunden später saß Birte auf Julias Stuhl in der Mitte des Raumes und blickte sie unsicher an. Andauernd fragte sie, wie sie gucken sollte. Zur Entspannung drückte Julia ihr erst mal einen Manhattan in die Hand, den sie selbst gemixt hatte und in einer großen Flasche aufbewahrte: roter und weißer Wermut mit Bourbon, Angosturabitter und einer Cocktailkirsche. Es war, wie Finn-Ole sie schnell hatte wissen lassen, auf Föhr das Nationalgetränk, das alle Insulaner vorrätig hatten.

Der Manhattan machte Birte sofort etwas lockerer.

«Hast du eigentlich auf Föhr auch schon mal Promis getroffen?», erkundigte sich Julia beiläufig. Im Allgemeinen wurde Sylt als die Insel der Prominenten angesehen und nicht Föhr, aber es war einen Versuch wert.

«Promis wäre zu wenig gesagt», sagte Birte geheimnisvoll.

Julia setzte den Stift für Birtes Augenbrauen an. «Zu wenig? Was geht denn noch darüber?»

«Royals.»

Julia zeichnete schnell weiter, weil Birte nun ganz bei sich war und vollkommen vergaß, dass sie gemalt wurde. «Wen meinst du?»

«Die dänische Königin höchstpersönlich! Die war mal auf

Föhr, um das Kunstmuseum in Alkersum einzuweihen. Auf dem Fest sind wir mit unserer Trachtengruppe aufgetreten.»

«Und da hast du sie gesehen?»

«Nicht nur das.»

«Sondern?»

«Sie hat mir persönlich die Hand geschüttelt und auf Deutsch gesagt: ‹Vielen Dank, das war ein toller Tanz!›»

«Und was hast du Ihrer Hoheit geantwortet?»

«Mange tak, Deres majestæt.»

«Was heißt das?»

«Vielen Dank, Eure Majestät.»

«Ich habe leider noch nie irgendwelche Promis getroffen», bekannte Julia. «Außer mal einem Nachrichtensprecher am Essener Hauptbahnhof.»

«Wen denn?»

«Den Namen habe ich vergessen.»

Danach tauschten die beiden Frauen Backrezepte aus, und Julia lernte einiges dazu. Zum Beispiel verriet Birte ihr das Rezept der sagenumwobenen Friesentorte, die aus Waffeln, Schlagsahne und Pflaumenmus gemacht wurde.

Als sie das fertige Bild auf der Staffelei ansehen durfte, war Birte richtig aufgeregt. «Das bin ich?», fragte sie erstaunt.

«Nicht gut?»

«Im Gegenteil, es ist schöner als jedes Foto von mir, du hast mich gut getroffen. Und so sehe ich mich auch gerne.»

Julia war erleichtert. «Danke.»

«Was bekommst du dafür?»

«Lass mal stecken.»

«Nee, auf keinen Fall.»

«Wenn du unbedingt willst, dann leg einfach was in die Kaffeekasse.»

Das ließ Birte sich nicht zweimal sagen.

Als sie gegangen war, kümmerte sich Julia weiter um das Surfbrett. Sie musste sich ranhalten, ihr blieben nur noch zwei Tage bis zur Übergabe. Wobei «Übergabe», wie sie mittlerweile wusste, leicht untertrieben war: Thore hatte daraus ein richtiges Event machen wollen, verknüpft mit einer Vernissage bei ihr im Atelier, zu der kommen konnte, wer wollte. Julia fand die Idee klasse, war aber auch entsprechend nervös. Es gab nämlich bald niemanden mehr auf der Insel, der *nicht* dabei sein wollte. Was bedeutete, dass sie nicht nur das Surfbrett rechtzeitig fertig bekommen, sondern auch eine aufwendige Party bei sich wuppen musste.

Sie arbeitete fieberhaft, vergaß über Stunden alles um sich herum. Es musste gut werden!

Abends fiel sie todmüde ins Bett und träumte vom Meer.

Am nächsten Morgen beschloss Julia, eine Pause einzulegen und die erste Rate ihres Surfbrett-Honorars einzulösen. Aufgeregt radelte sie nach dem Frühstück an den Nieblumer Strand und beobachtete von den Dünen aus die Kiter, die ihre meterhohen Sprünge in den Himmel vorführten. Das musste festgehalten werden! Schnell schnappte Julia sich ihren Skizzenblock und malte drauflos.

Irgendwann tauchte Thore neben ihr auf. Er trug orangefarbene Shorts und ein türkisfarbenes T-Shirt, seine blauen Augen blitzten in der Sonne.

«Moin, Julia.»

«Moin, Thore.»

«Wie geht's?»

«Gut. Und selber?»

«Danke.»

«Und, was macht mein Surfbrett?», fragte er.

«Fast fertig.»

«Du weißt ja, dass heute unsere erste Surfstunde ansteht, oder?»

Als wenn sie das vergessen könnte!

«Deswegen bin ich hier.» Sie grinste ihn an.

«Wollen wir loslegen?»

Es hörte sich an wie eine Aufforderung zum Tanz.

«Gerne.»

Sie gingen gemeinsam zum Wasser runter. Vor Aufregung wurde ihr flau im Magen. Was, wenn sie seekrank wurde?

«Hast du schon mal auf einem Brett gestanden?», fragte Thore.

«Vor Jahren auf Mallorca, aber da war kein Wind.»

«Also nein.» Er lächelte.

«Ja.»

«Du kannst dich da umziehen.» Thore gab ihr einen passenden Neoprenanzug und zeigte auf eine kleine Umkleidekabine neben der Bar.

Julia zog sich den Anzug über ihren Bikini. Als sie aus der Umkleide trat und aufs Meer blickte, sah sie, dass gerade die Flut auflief – machte es das schwerer oder leichter? Sie kam sich unbeholfen vor. Vor all den Profis hier am Surferstrand würde sie sich bis auf die Knochen blamieren, wenn sie wie eine Seekuh ins Wasser plumpste – und das würde mit Sicherheit gleich passieren! Ihre Attraktivitätskurve würde sofort unter null fallen, fürchtete sie. Hätte sie bloß nicht damit angefangen! Aber für Zweifel war es zu spät. Thore stand schon bis zu den Knien im Wasser, ein großes Surfbrett neben sich, und winkte sie zu sich.

Erst mal sollte sie ein Gefühl für das Brett bekommen, ohne

Segel, verstand sich. Schon da stellte sie sich so blöde an, wie es nur ging, und verlor immer wieder die Balance. Andauernd flog sie ins Wasser. Dabei war sie eigentlich gar nicht unsportlich. Aber auf dem Brett machte sie eine extrem schlechte Figur, fand sie. Höllisch anstrengend war es außerdem, während sich die Kiter um sie herum einhändig durchs Wasser gleiten ließen, was mühelos und lässig aussah. Wie sie es schafften, so durch die Luft zu fliegen, war ihr schleierhaft. Für sie war es schon eine Herausforderung, länger als fünfzehn Sekunden auf dem kippeligen Brett zu stehen.

Thore hatte unendliche Geduld mit ihr, er hielt das Brett für sie fest und korrigierte sie mit ruhiger Stimme. Julia war wirklich willens, aber sie bekam es einfach nicht hin, auch nur eine von seinen Anweisungen sinnvoll umzusetzen.

Endlich, nach einer Dreiviertelstunde, hatte sie ein winziges Erfolgserlebnis: Thore schob sie auf dem Brett an die drei Meter voran, und sie fiel nicht ins Wasser. Nach ihrem persönlichen Maßstab fühlte sich das schon an wie hoch in die Luft fliegen.

«Super!», rief Thore.

Obwohl nichts richtig geklappt hatte, war sie vollkommen erschöpft, als die Probestunde zu Ende war. Alle Muskeln taten ihr weh, davon auch etliche, von deren Existenz sie bisher noch nichts geahnt hatte.

«Ich habe genug», sagte sie und versuchte dabei irgendwie zu lächeln. «Danke.»

«Du hast einen guten Gleichgewichtssinn», meinte er, «der wird dich schnell voranbringen.»

Das sagte er wahrscheinlich zu all seinen Schülern. Sie versuchte, mit einem Scherz ihr Gesicht zu wahren. «Wenn das Meer nicht so wackeln würde, wäre ich perfekt.»

Zerknirscht lief sie mit Thore ins Surfcamp zurück, aber nur, weil er darauf bestand, ihr noch einen Kaffee auszugeben. Sonst hätte sie sofort das Weite gesucht. Sie setzte sich zu ihm an die Bar. Um sie herum redeten alle in einer ihr unverständlichen Mischung aus Englisch und Deutsch: «Ich habe mit dem Rail eine Righthander durchschnitten», rief einer. Ein anderer sprach aufgeregt von «Scoop» und «Pintail» – häh? Es schien ihr, als wenn sie erst einen Sprachkurs belegen musste, bevor sie hier mitreden konnte.

Thore stellte ihr einen Latte macchiato auf den Tresen. «Du siehst ganz bedröppelt aus.»

So deutlich sah man ihr den Frust an? «Und das, obwohl ich gerade mit dem Rail eine Righthander durchschnitten habe?», gab sie zurück.

Thore lachte. «Das wird, glaub mir! Alle hier haben so angefangen.»

Nur dass es sich nicht so anfühlte. Mit Sicherheit hatte sich noch niemand so dumm angestellt wie sie. Als Thore neue Getränke für die Bar geliefert bekam, verabschiedete sie sich und fuhr nach Oldsum zurück.

Zu Hause im Atelier legte sie sich auf den Fußboden. In ihrer Nase hielt sich immer noch der Geruch von Salzwasser – wahrscheinlich weil sie so oft hineingefallen war. Wenn sie die Augen schloss, schwankte ihr Körper weiter auf den Wellen.

Als sie sich etwas erholt hatte, befestigte sie eine neue Leinwand auf der Staffelei. Sie wollte das Meer aus einer ganz anderen Perspektive malen: vom Brett aus, das durchs Wasser flog. Sie nahm eine riesige Welle als Sprungschanze, über ihr hing der hellgrüne Schirm. Wenn sie es selbst schon nicht hinbekam, wollte sie es sich wenigstens vorstellen: So könnte es aussehen!

Als das Bild fertig war, ging sie in die Küche, um einen Mürbeteig vorzubereiten. Doch dazu kam es nicht.

Plötzlich wurde es dunkel vor dem Küchenfenster. Ein großer Lkw kam direkt davor zum Stehen. Die Druckluft zischte, als die Handbremse angezogen wurde.

Der soll sofort abhauen, dachte Julia genervt.

Missmutig stapfte sie zur Scheunentür, um sich zu beschweren, riss dann aber erstaunt die Augen auf: Diesen Lkw kannte sie! Auf der hinteren Ladetür stand in großen Lettern «Blumenhaus Koslowski», darunter die vertraute Telefonnummer. Barfuß, wie sie war, rannte sie nach draußen.

13

Sie konnte es nicht fassen: Aus der Fahrerkabine stieg tatsächlich niemand anderes als Oma Anita! In ihrem knallroten Jogginganzug lief sie lächelnd auf Julia zu.

«Oma!»

«Julia, mein liebes Kind!»

Sie umarmten sich.

«Wieso kommst du mit dem Lkw?»

Dass ihre Oma einen Lkw-Führerschein besaß, war für Julia nichts Neues. Das gehörte zum Geschäft, sie selbst hatte auch einen. Aber für private Fahrten benutzte Anita ihn eigentlich nie.

Oma zuckte nur mit den Schultern. «Ich habe eine Menge Gepäck dabei.» Dann flüsterte sie: «Kann ich es sofort sehen?»

«Was?»

«Na, was du aus Lindas Kladde gemacht hast.»

Julia nahm sie bei der Hand und zog sie in die Scheune.

«Du hast nicht übertrieben, es ist ein Traum!», rief Oma, als sie drinnen waren.

«Mamitas Orte aus der Kladde hängen an der Wand, siehste ja.»

Julia bemerkte, dass ihre Oma zunächst eine gewisse Scheu hatte, sich die Bilder anzusehen. «Ich musste in den letzten Tagen so viel an deine Mutter denken», sagte sie. Doch dann schritt sie Bild für Bild die Galerie ab: die Marsch, das Meer, die Surfer. Julia ließ sie einen Augenblick allein und ging in die Küche, um einen Kaffee aufzusetzen.

Als sie mit zwei Bechern zurück in dem großen Raum war, staunte sie: Ihre Oma hatte sonst überhaupt nicht nahe am Wasser gebaut, aber nun standen ihr die Tränen in den Augen. Auch Julia musste schlucken. Es fühlte sich so an, als wenn sie gerade nicht zu zweit, sondern zu dritt hier standen: sie, Oma – und ihre Mutter.

«Es ist, als würde Linda in deinen Bildern weiterleben.» Oma deutete auf das Surfboard, das fast fertig bemalt war. «Ist das das Brett, von dem du erzählt hast?»

«Ja.»

Das weiße Longboard war mit großzügigen Streifen und Kringeln in den Farben der Insel Föhr überzogen: sattgrün wie die Marsch, rot wie der Sonnenuntergang, tintenblau wie das Wasser, weiß wie die Wolken, die sich im Meer spiegelten.

«Sehr klar und entschieden, was die Farben anbelangt», bemerkte Oma.

«So soll es sein.»

Anita blickte auf den Kaffeebecher. «Willst du deiner Omma nicht was Ordentliches zu trinken anbieten? Ich bin immerhin seit heute früh um fünf Uhr unterwegs.»

«Vielleicht einen Manhattan?» Julia fischte die Flasche mit dem selbstgemixten Cocktail aus dem Regal und goss ihnen je ein ordentliches Glas ein.

«Sünjhaid!», rief sie auf Friesisch.

«Prost, mein Kind, lass uns auf Linda trinken!»

In diesem Moment packte es Julia, ohne dass sie wusste, warum. Ihr schossen die Tränen übers Gesicht. Oma drückte sie an sich. «Alles gut, mein Kind.»

Julia wischte sich die Wangen mit dem Unterarm ab. «Das musste wohl einfach mal raus.»

Dann stießen sie noch mal an und tranken beide einen großen Schluck.

«Wer macht unseren Laden gerade?», fragte Julia. Sie konnte sich nicht vorstellen, dass Oma das Blumengeschäft geschlossen hatte.

«Die übliche Rentnergang hat übernommen, solange ich weg bin. Sie sind froh, mal wieder richtig was um die Ohren zu haben.»

«Wie lange bleibst du? Und wo willst du wohnen?», erkundigte sich Julia.

«Ich habe das letzte freie Pensionszimmer in Utersum bekommen.»

«Super.»

«Und zu deiner anderen Frage: Ich werde mir doch nicht deine erste Ausstellung entgehen lassen!»

Julia hatte ihrer Oma natürlich am Telefon davon erzählt, aber nie damit gerechnet, dass sie deswegen extra aus Gelsenkirchen anreiste.

«‹Ausstellung› ist zu viel gesagt, ich übergebe morgen Abend nur das Surfbrett, und dann sitzen wir noch ein bisschen zusammen.»

Oma stellte das Glas ab und nahm ihre Hände. «Ich möchte meinen Teil dazu beitragen, deswegen bin ich auch mit dem Lkw gekommen.»

«Du hast Blumen mitgebracht? Wie schön!»

Oma setzte ein sphinxhaftes Lächeln auf. «Nicht nur ...»

«Was denn noch?»

«Mach die Ladetür auf!»

Sie gingen hinaus zum Lkw. Julia entriegelte die Griffe, öffnete die Tür und bekam beinahe einen Herzschlag: Der Wagen war bis zum Dach mit Möbeln gefüllt! Dahinter lagerten etliche Kübel mit Blumen in allen Farben.

«Sind das etwa deine Pariser Caféhausmöbel?»

Oma Anita nickte. Als passionierte Bäckerin hatte sie ihr Leben lang davon geträumt, ein eigenes Café zu führen. Was kaum einer wusste: Vor ihrer Ausbildung zur Floristin hatte sie sogar eine Konditorausbildung angefangen. Aber als ihr Vater unverhofft starb, musste sie das Fach wechseln, um ihrer Mutter im Blumenladen unter die Arme zu greifen. Trotzdem wollte sie ihren Traum nie aufgeben. Von ihrem ersten selbstverdienten Geld hatte sie sich sogar eine komplette Garnitur wunderschöner Caféhausmöbel in Paris ersteigert. Aber zur Eröffnung eines Cafés war es nie gekommen. Die Möbel kamen in Gelsenkirchen in die Garage und wurden nur an Geburtstagen im Garten aufgebaut. Wenn es regnete, wurde eine Ecke im Gewächshaus dafür freigeräumt.

«Ich dachte mir, das passt hervorragend hierher, oder nicht?»

«Ja, aber ...»

«Deine Gäste müssen ja irgendwo sitzen.»

«Und dafür hast du das alles mitgebracht?»

«Wenn es nur eine Stunde so aussieht wie das Café, das ich nie hatte, wird mein Traum wahr», sagte sie leise.

Julia war hin- und hergerissen. «Die Möbel müssen wir in ein paar Wochen aber wieder einpacken und mit zurücknehmen.»

«Ja klar. Aber erst mal bauen wir alles auf. Und dann sehen wir weiter.»

«Du bist verrückt.»

«Wieso? Immerhin willst du einen Haufen Gäste bewirten.»

Da konnte Julia nicht widersprechen. Der Backofen lief schon den ganzen Tag heiß. Wie viele würden sie wohl werden? Dreißig? Auf jeden Fall würde sie morgen früh ihren Kombi mit Getränken aus dem Wyker Supermarkt vollpacken. Auf der Party mussten sich die Gäste dann selber bedienen, sonst wäre es nicht zu schaffen.

Omas Möbel kamen natürlich genau zur richtigen Zeit.

Als Erstes schnappten sie sich zwei Stühle und ein Bistrotischchen, die sie mitten in den Raum stellten. Sie passten perfekt zu dem Reetdach und dem alten Fußboden. Sofort begann Julia zu träumen: Vielleicht hatten auf diesen Stühlen früher mal berühmte Pariser Maler oder Schriftsteller gesessen und ihren Café au Lait geschlürft.

Dann räumten sie die gesamte Ladefläche leer. Julia staunte, wie ihre Oma anpacken konnte. Die sperrige Couch mit den dunkelroten Bezügen war die größte Herausforderung. Auch die Blumenkübel aus dem hinteren Teil des Lastwagens waren nicht gerade leicht. Beide mussten sie kräftemäßig an ihre Grenzen gehen.

Julia wollte nicht, dass die Blumen im ganzen Raum verteilt wurden, sondern dass in einer Ecke ein mehrstöckiger Altar unter dem Dachfenster entstand. Als das Arrangement fertig war, lächelte sie: Der gelbe Fingerstrauch, der blaue Kriechwacholder und die rote Zwerg-Weigelie nahmen sofort Verbindung mit den Farben ihrer Bilder auf – als seien sie miteinander verwandt.

Ihr Atelier lebte. Es blühte wie nie zuvor!

Tische und Stühle stellten sie immer wieder um, bis es ihnen perfekt erschien. Vor allem musste noch genug Platz zum Malen bleiben.

«Wunderschön», seufzte Julia, als sie fertig waren.

«Wer weiß, vielleicht willst du am Ende hierbleiben», meinte Oma.

Julia blickte erstaunt aus ihrer Blumenecke hoch. «Wie kommst du denn darauf?»

«Na ja, zumal an dir ja auch eine Konditorin verlorengegangen ist.»

«Keine Angst, Omma, Traum und Wirklichkeit kann ich schon noch unterscheiden.»

So ganz sicher war sie sich da nicht mehr, das musste sie sich heimlich eingestehen. Doch das behielt sie für sich, Oma sollte sich keine Sorgen machen.

«Das sieht jetzt wirklich aus wie ein richtiges Café. Brauchen wir dafür denn keine Genehmigung? Ich meine, das Atelier ist ja ein öffentlicher Ort.»

Oma winkte ab. «Mach es nicht komplizierter, als es ist. Du malst in diesem Raum und bietest deinen Modellen Kuchen an – basta!»

«Meinst du?»

«Auf einer Insel gibt es immer mehr Freiheiten als auf dem Festland.»

«Föhr gehört immer noch zu Deutschland», erinnerte Julia sie.

«Nur auf dem Papier!»

Julia nahm ihre Oma bei der Hand. «Und jetzt? Hast du Hunger?»

Sie schüttelte den Kopf. «Erst einmal in die Marsch bitte, zu Lindas Glücksort.»

«Das mit dem Glücksort ist nicht so einfach.»

Oma nickte. «Die Insel ist das komplette Gegenteil vom Ruhrpott, was?»

«Kann man so sagen.»

«Die Weite verwirrt dich?»

«Nur zu Anfang. Inzwischen habe ich hier eine Vielfalt entdeckt, die ich nie erwartet hätte. Jetzt ist die Marsch meine Lieblingsgegend auf Föhr.»

«Wie für deine Mutter...»

Oma legte ihr den Arm um die Schulter.

Sie verließen das reetgedeckte Haus und spazierten durch die stillen Straßen Oldsums. Die roten Backsteinhäuser mit den tief heruntergezogenen Reetdächern sahen so aus, als seien sie warme Höhlen, die organisch aus dem Marschboden gewachsen waren. Das Reet auf den Dächern wärmte im Winter, hielt den Wind ab und isolierte auch im Sommer. Fast nebenbei schuf es innen ein angenehmes und gesundes Raumklima.

Als sie Oldsum hinter sich gelassen hatten, bogen sie ab auf den Sörenswai, der sich bis zum Deich hinzog. Es war absolut windstill. Die Abendsonne tauchte die Landschaft in ein goldenes Licht, das sich nach und nach rötlich färbte. Die Luft war lau, ein tiefer Frieden lag über den Wiesen, aus denen leichter Nebel stieg. Über ihnen zog ein riesiger Vogelschwarm Richtung Meer. Die beiden Frauen sprachen kein Wort. Sie schritten gerade mitten durch Lindas Glücksland, so fühlte es sich an.

Julia war sich inzwischen sicher, dass ihre Mutter die Marsch genauso erlebt haben musste wie sie. Diese Landschaft war nicht wie ein monumentaler Berg, der vor einem stand: Wind, Wolken und Licht waren ununterbrochen in Bewegung. Die Weite zeigte sich mal überschwänglich, mal herausfordernd, mal traurig, dann wieder neugierig, rätselhaft und verspielt. Hier wusste man nie, wohin die Reise ging.

An einer Kreuzung mitten im Nichts stand eine Bank vor einem jungen Haselnussbaum, der dem Wind getrotzt hatte und kerzengerade gewachsen war.

«Komm, wir machen eine Pause und hören einfach zu, was passiert», schlug Oma vor.

Sie setzten sich nebeneinander auf die Bank und schlossen die Augen. Julia hörte das Krächzen der Seevögel und spürte den Wind auf ihrer Haut. Die besonderen Gerüche der Marsch stiegen ihr in die Nase, dazu die Süßwassergräben, die Weiden mit einer Brise Kuhdung und das Salz in der Luft.

«Was spürst du gerade?», fragte Julia.

Oma schwieg. Dann sagte sie: «Ich habe gemerkt, wie sich das Meer hinterm Deich bewegt hat.»

«Bei mir war es so ähnlich.»

«Dann kam eine Erinnerung an deine Mutter.»

«Was genau?» Sie öffneten beide im gleichen Moment die Augen.

«Wie wir zusammen einen Zitronenkuchen gebacken haben. Hinterher haben wir in meiner Wohnung getanzt, mit dir auf dem Arm.»

«Zu welcher Musik?»

«Ich glaube, es war ABBA.»

«Ich beneide dich um die Erlebnisse mit Mamita.»

Als sie den Deich erreichten, war die Sonne gerade im Meer versunken. Sie schauten den Wellen zu, die zwischen den Nachbarinseln Sylt und Amrum auf Föhr zurollten. Der Himmel verdunkelte sich, bis er tintenblau wurde.

Abends fuhr Oma mit dem Lkw in ihre Pension. Julia setzte sich an die Staffelei und fing an zu malen. Das tat nach diesem wunderbaren Tag besonders gut. Sie wurde richtig übermütig: Warum nicht mal ein grünes Meer und eine blaue Marsch ausprobieren?

Sie malte die halbe Nacht durch. Bevor sie das Licht ausschaltete, schrieb sie, glücklich und erschöpft, eine WhatsApp an ihre Freunde in Gelsenkirchen: «Hier im Norden geht alles!» Sie hängte ein Foto von der Marsch zur blauen Stunde an. Dann sank sie auf ihre Matratze, die mitten zwischen den Caféhausmöbeln lag, und schlief ein.

14

Hark machte seinen üblichen Gang über den Sörenswai zum Oldsumer Seedeich. Der Himmel war makellos blau, die Flut erreichte gerade ihren Scheitelpunkt, es wehte ein angenehmer, warmer Wind. Er grübelte immer noch, warum ihn diese Julia Koslowski rumgekriegt hatte, seine Ruhe zu opfern. Hatte die Angst vor dem großen Umbruch in seinem Leben sein Hirn außer Kraft gesetzt? Erinnerte ihn Julia etwa an seine verstorbene Frau? Er wischte den Gedanken beiseite. Nein, das konnte er wirklich ausschließen.

In Gedanken ging er noch einmal zurück zum Anfang: Er hatte in einem schwachen Moment seine Scheune an eine arme Künstlerin vermietet, die dort lautlose Pinselstriche auf Papier und Leinwand ausführen wollte. Ob sie anwesend war oder nicht, sollte für ihn keinen Unterschied machen, das war zumindest die Idee gewesen. So weit, so gut. Aber nun fielen Horden dort ein!

Als die ersten Leute nebenan auftauchten, hatte er noch gehofft, das wäre eine Ausnahme gewesen. Aber sie kamen wieder, jeden Tag. Das Nachbarhaus mit Menschenmassen vollzustopfen, war nicht Teil ihres Vertrages gewesen. Wobei es, genau genommen, nie eine konkrete Vereinbarung zwischen ihnen gegeben hatte. Neuerdings tauchten auch Insulanerinnen auf, um sich von ihr malen zu lassen, Birte Feddersen zum

Beispiel. Obwohl sie am Anfang so skeptisch gewesen war, dass Hark seine Mieterin sogar vor ihr verteidigen musste. Petra überlegte nun auch schon zu kommen, wie er im Frischmarkt erfahren hatte. Und der aufgeplusterte Polizeichef Prüss gab ein Porträt von sich in Auftrag, in Uniform! Hark bekam kaum seine Haustür auf, weil Prüss seinen Dienstwagen unmittelbar davor geparkt hatte – was mit Sicherheit kein Zufall war.

Was das Fass zum Überlaufen brachte, waren die Möbel: Frau Koslowski hatte den Raum mit Stühlen und Tischen eingerichtet, die für gastronomische Zwecke gedacht waren. Das war kein Atelier mehr, sondern ein Café!

Heute hatte sie den Bogen endgültig überspannt. Sie hatte eine «kleine» Party angekündigt, irgendein bemaltes Surfbrett sollte übergeben werden, an Thore Thomsen. Hark kannte Thores Großvater gut, der war ein grundsolider, bodenständiger Zimmermann. Was natürlich nichts über seinen Enkel aussagte.

Er hatte immer mal wieder nebenan durchs Fenster gelinst. Die Getränkekasse, die Frau Koslowski aufgestellt hatte, war ein schlechtes Zeichen. Das gab diesem «Café» etwas Offizielles, Endgültiges. Darüber hatte sie nie mit ihm gesprochen. Und solche Massen an Blumen stellte man auch nur auf, wenn man Großes vorhatte. Zudem hielt Frau Koslowski den Backofen ohne Pause in Betrieb und buk einen Kuchen nach dem anderen. Für wen das alles?

Besonders ärgerte ihn, dass er selbst zu dem Rummel beigetragen hatte, als er Frau Koslowski vorgestern seine beiden Waffeleisen geliehen hatte. Die waren ewig nicht in Gebrauch gewesen, seine Miranda hatte sie das letzte Mal benutzt! Das alte Besteck seiner Großmutter hatte sie ihm auch abgeschwatzt. Natürlich sollten die jungen Leute feiern und Musik hören, das hatte er früher auch gemacht. Damit hatte er im Prinzip kein Problem – aber warum ausgerechnet in seiner Scheune? Dafür eignete sich das Nieblumer Surfcamp in den Dünen doch viel besser, es lag fern jeder Besiedlung. Dort konnten sie sich austoben und störten niemanden.

Seine Scheune sollte ein Ort der Stille bleiben! Verdammt.

Harks schlechte Laune schaukelte sich immer weiter hoch. Er hatte mit Frau Koslowski keinen schriftlichen Vertrag, demnach konnte er ihr jederzeit fristlos kündigen. Je länger er darüber nachdachte, desto klarer wurde ihm: Wenn er seine Ruhe haben wollte, musste er genau das tun.

Sie oder er, das war die Frage! Und darauf gab es nur eine Antwort.

Als er vom Deich zurückkam, war die Straße vor seinem Haus bereits vollständig zugeparkt. Dazu schwärmten von allen Seiten irgendwelche Fahrradfahrer herbei. Sein Entschluss war gefasst. Er würde zu Frau Koslowski rübergehen, kommentarlos die Musik ausstellen und seiner Ansage dieselbe Bestimmtheit verleihen, die er als Kapitän an Bord gewohnt war: «Schluss jetzt, Frau Koslowski, du packst auf der Stelle deine Sachen und verschwindest! In einer halben Stunde übernehme ich den Raum.»

Nein, er sollte sie weiter siezen, sonst wirkte es zu plump. Er war kein Spießer, wirklich nicht. Überall in der Welt hatte er andere Lebensformen kennen- und schätzen gelernt, er konnte durchaus über seine Gartengrenze hinausdenken. Aber das hier ging zu weit!

Musste er begründen, warum er sie hinauswarf? – Nein, er würde sie vor die Entscheidung stellen, entweder gingen die Leute, oder er schloss ihr Atelier. Es war natürlich blöd, dass

Frau Koslowskis Gäste bereits erschienen waren, aber das war *ihr* Problem, nicht seines!

Auf jeden Fall würde er klare Kante zeigen! Im Kopf ging er den genauen Ablauf Schritt für Schritt durch. War es günstig, so aufzulaufen, wie er gerade gekleidet war, mit weißem T-Shirt und Jeans, oder sollte er sich besser umziehen? Er musste auf jeden Fall groß auffahren. Noch war er offiziell angestellter Kapitän der Fährreederei, und das durfte er auch zeigen.

Erst einmal duschte er ausgiebig, wobei er die doppelte Menge Shampoo nahm. Nicht dass er dreckig oder verschwitzt gewesen wäre: Das heiße Wasser auf seiner Haut war eine Art ritueller Waschung, bevor es in den Kampf ging. Dann zog er die weiße Kapitänsuniform an, die gerade aus der Wäscherei gekommen war. Die Surfer wussten mit Sicherheit nicht, was vier goldene Streifen und ein Stern auf den Schultertressen bedeuteten. Die offizielle Uniform würde trotzdem Eindruck machen, da war er sicher. Er hatte per Gesetz die Befehlsgewalt über die MS *Scheune* und würde keine Meuterei dulden!

Die Koslowski würde bestimmt lamentieren und versuchen, ihn umzustimmen, aber das würde ihr kein zweites Mal gelingen. Hark sah sie schon vor sich, wie sie theatralisch die Augen aufriss: «Hören Sie, Herr Paulsen, bitte …»

«Nein!»

«Das ist alles ein Missverständnis.»

«Nein!»

«Lassen Sie uns noch mal von vorne anfangen.»

«Nein!»

«Aber wo soll ich denn jetzt hin?»

«Nicht mein Problem.»

«Man kann doch über alles reden.»

«Nein!»

Genau in dem Moment würde er zur Höchstform auflaufen: «Sie haben mich anscheinend falsch verstanden, Frau Koslowski. Ich habe nicht gesagt, dass ich mit Ihnen diskutieren möchte. Ich will, dass Sie *verschwinden*, und zwar sofort!»

Vielleicht würden sich ein paar männliche Gäste einmischen, um ihr zu imponieren: «Das können Sie doch nicht machen, Herr Paulsen!»

Er würde sich nicht beirren lassen. Als Kapitän war es seine Aufgabe, das Schiff auf Kurs zu halten, insbesondere wenn hohe Brecher steil gegen den Bug aufliefen.

Er blickte durch die Gardine auf die Straße. Dort strömten unablässig weitere Leute herbei. Wie sollten die bloß alle in die Scheune passen? Das Stimmengemurmel wurde lauter und lauter, die Musik dementsprechend auch. Das nahm Ausmaße eines Stadtfestes an.

«Wenn jemand so einen Rauswurf locker über die Bühne bringen kann, dann ja wohl du!», sagte er zu sich selbst und blickte in den Spiegel. Ein sportlicher, grau melierter Mann in Uniform blickte ihm entgegen. Warum hatte er dann trotzdem Hemmungen, die paar Schritte hinüberzugehen und sein Hausrecht einzufordern? An Bord hatte er ja auch kein Problem damit gehabt, sich durchzusetzen. Er erinnerte sich an seine Ahnen, die vor ihm hier an diesem Ort gelebt hatten: Sein Vater, sein Großvater und sein Urgroßvater hätten genauso gehandelt.

Also los!

Er gab sich einen Ruck und ging auf die Straße. Vorm Eingang nebenan musste er sich durch einen Pulk von Menschen kämpfen, die dort standen und rauchten. Wenigstens taten sie das nicht drinnen. Die Tür zur Scheune stand offen, Lärm schallte ihm entgegen. Er ging hinein, wobei er kaum durch die

Massen hindurch kam. Die Wände waren mit Bildern vollgehängt, er erkannte Postbotin Nina, die auch persönlich anwesend war. Der Altar mit den unzähligen Blumen in allen Farben erinnerte ihn an die buddhistischen Tempel in Sri Lanka und auf Bali, die er während seiner Schiffsreisen mehrmals besucht hatte. Davor lag das bunt bemalte Surfbrett, um das es hier anscheinend ging. Er hielt nach Julia Koslowski Ausschau, entdeckte sie aber nicht.

Stattdessen fand er sich einer Frau gegenüber, die etwa sein Alter hatte. Mit ihren hochgesteckten blonden Haaren sah sie aus wie eine Königin, ihre blauen Augen strahlten ihn voller Energie an.

Hark war erschüttert, so hinreißend war sie. Die unbekannte Schöne kam mit einem unfassbaren Lächeln direkt auf ihn zu.

Ihm wurde ganz anders.

«Schön, dass Sie gekommen sind», rief Julia Koslowski da von hinten.

Hark drehte sich um.

«Darf ich Ihnen meine Großmutter Anita Koslowski vorstellen?»

Er bekam kein Wort heraus.

«Omma, das ist mein Vermieter Hark Paulsen.»

«Ja», stammelte er. Diese Frau brachte ihn komplett aus der Spur. Mit einer solchen Erscheinung hatte er einfach nicht gerechnet.

«Sehr angenehm», sagte die Dame mit einer wunderbaren Altstimme. Sie betrachtete lächelnd seine Uniform. «Sind Sie wirklich ein echter Kapitän?»

«Ja.» Er gab ihr die Hand. Als sie seinen Händedruck erwiderte und sich ihrer beider Haut berührte, befand er sich innerlich im freien Fall.

15

Oma war eine echte Hilfe bei den Vorbereitungen für die Party zur Surfbrett-Einweihung gewesen, ohne sie hätte Julia es kaum geschafft. Am Vortag hatte Anita bereits drei Kuchen gebacken, und bis zum Morgen waren auch die drei Torten fertiggestellt, darunter eine Marzipan-Himbeertorte nach einem Spezialrezept, das Julia noch nicht kannte. Nun standen da ein Erdbeer-, ein Schokoladen- und ein Aprikosenkuchen auf dem Tisch sowie eine Schwarzwälder Kirschtorte und eine Herrentorte – und besagte Himbeertorte. Allein beim Anblick dieser kulinarischen Kunstwerke kam bei Julia Feststimmung auf.

Das Surfboard lag auf einem Extratisch in der Raummitte und wurde von zwei Stehlampen angestrahlt, die Thore ihr vorbeigebracht hatte. An den Wänden hingen Julias Mutterbilder und die Porträts, unter anderem das Bild von der fliegenden Postbotin. Irgendetwas fehlte daran noch, aber ihr wollte nicht einfallen, was es war.

Ihre Oma drängte zur Eile: «Dafür ist keine Zeit, du musst noch schnell im Supermarkt Servietten besorgen.»

«Ich sollte das Bild abhängen», überlegte Julia laut.

«Wieso das denn?»

«Ich kann es nicht genau sagen, das ist so ein unbestimmtes Gefühl.»

Anita deutete auf ihre Armbanduhr. «Die Servietten!»

Sie hatte recht, eigentlich war keine Zeit. Aber Julia holte trotzdem schnell ihre Farben. Plötzlich huschte ein Lächeln über ihr Gesicht. In den Himmel kamen drei kaum wahrnehmbare rote Punkte. Sie trat ein paar Schritte zurück und überprüfte das Ergebnis: Das war es gewesen, eine Anmutung von Rot hatte gefehlt! Ihre Oma schüttelte den Kopf, musste dann aber lächeln.

Im Laufschritt eilte Julia zum Frischemarkt, um die Servietten zu kaufen. Kundinnen und Angestellte wünschten ihr alles Gute für ihr Fest, sie würden später nachkommen. Julia rannte zurück, riss die schwere Scheunentür auf und schaute sich um. Dank Omas Möbeln war ihr Atelier noch schöner und einladender geworden.

Es wurde sehr voll in der Scheune. Ihre ehemalige Vermieterin Elske kam in einem hellblauen Sommerkleid, Caren vom «Föhrer Snupkroom» war mit einer überdimensional großen Tüte von Julias Lieblingsbonbons als Mitbringsel erschienen, Birte Feddersen mit ihrer Schwester, ein Dutzend Surfer sowie Bürgermeister Finn-Ole in dunkelgrünem Hawaii-Hemd, zu dem er aber eine lässige anthrazitfarbene Chino-Jeans trug. Polizeichef Prüss kam in grauem Anzug und zeigte allen stolz das Bild, das Julia von ihm gemalt hatte und das an der Insulanerwand neben Postbotin Nina hing. Julia hatte ihr das Bild natürlich vorher gezeigt. Ninas Kommentar dazu war knapp gewesen: «Passend.»

Neben all den ihr bekannten Gesichtern waren viel mehr Touristen erschienen als erwartet. Julia stand hinterm Tresen und bediente die Leute mit Getränken und Kuchen. Eine blond gelockte Mittvierzigerin mit hochliegenden Wangenknochen stellte sich als Wiebke vor und riet ihr, einen Bootsführerschein zu machen, wenn sie länger auf der Insel bliebe. Abends zwischen den Inseln und Halligen zu schippern, sei das Größte. Irgendwann löste Elske Julia ab, und sie konnte einen Gang durchs Atelier machen.

Im Gewusel entdeckte sie sogar ihren Vermieter. Eine große Ehre, er hatte sich bis jetzt rargemacht. Oma tauchte vor ihm auf und schien direkt angetan von ihm zu sein. Schnell eilte Julia hinzu, um die beiden einander vorzustellen. Leider trat Anita gleich ins Fettnäpfchen und fragte ihn als Erstes, ob er wirklich ein echter Kapitän sei.

Herr Paulsen starrte sie nur an und brachte ein verwirrtes «Ja» heraus.

Julia versuchte, die Situation zu retten: «Omma, Herr Paulsen bringt Passagiere und Autos mit der Fähre zum Festland.» Dabei fiel ihr auf, dass sich ihr geographischer Standpunkt verändert hatte: Sie dachte die Welt von der Insel, nicht vom Festland aus.

«Oh, Entschuldigung», hatte Oma gesagt, «bei uns im Ruhrpott vergisst man zu schnell, dass es noch echte Kapitäne gibt. Respekt, ich wollte Sie nicht beleidigen.»

Paulsen wusste anscheinend nicht, was er dazu sagen sollte, also schwieg er. Und Oma quasselte erst einmal weiter. «Und Sie sind der Vermieter dieses wunderbaren Ateliers?»

«Ja.»

Sie fasste ihn am Ellenbogen und senkte die Stimme. «Dass Sie viel mehr als das sind, wissen Sie hoffentlich.»

Er sah Anita irritiert an. «So? Was denn?»

«Ein bedeutender Mäzen von Julias Kunst.»

«Hmmh.»

«Aus dem Mädchen wird etwas, das habe ich im Gefühl!»

Julia waren solche Schmeicheleien unangenehm, vor allem, wenn Oma so etwas in ihrer Anwesenheit sagte. Das musste nicht sein, außerdem übertrieb sie reichlich.

«Hmmh», machte er erneut. Was sollte er auch dazu sagen?

«Mögen Sie ihre Bilder?», fragte Oma.

«Sehr», antwortete Paulsen.

Das wunderte Julia. Der Kapitän hatte sich noch nie zu ihren Gemälden geäußert. Überhaupt hatten sie bisher kaum miteinander geredet.

«Kommen Sie, wir schauen sie uns gemeinsam an», forderte Oma ihn auf und hakte sich bei ihm ein. «Als Mann von Welt verstehen Sie mit Sicherheit mehr von Kunst als ich.»

Julia grinste in sich hinein. Ihre Oma wickelte wirklich jeden um den Finger, sogar einen brummigen Seebären.

Zufrieden ging sie weiter und stieß nun auf eine Gruppe Surfer, die in einer Ecke auf dem Boden lungerte. Thore erklärte Polizeichef Prüss gerade, was ein «Shorebreak» war: «Wenn die Wellen direkt auf dem Strand brechen, ungefähr so ...» Er machte eine große, schwungvolle Geste.

«Aber manchmal brechen sie ja auch gleichmäßig zu beiden Seiten», wandte Prüss ein.

«Das ist dann eine A-Frame.»

Julia stellte sich vor, wie der steife Herr Prüss bald andere Feriengäste im Surferjargon volllabern würde.

Sie blickte sich um und atmete tief ein. Im Raum roch es nach frisch gebackenen Waffeln, die sich jeder mit dem Waffeleisen selbst backen konnte. Julia hatte den Puderzucker einfach dazugestellt, wahlweise gab es als Aufstrich Kirschmarmelade oder Nutella. Dazu schenkte sie Prosecco aus. Die Kuchen wurden von allen hoch gelobt, die Leute zahlten brav ihren Euro pro Stück.

Jetzt fingen in einer Ecke ein paar Leute an zu tanzen, und Julia traute ihren Augen nicht: Kapitän Paulsen wagte ein Tänzchen mit Oma! Den Discofox hatte er richtig gut drauf, inklusive Hüftschwung. Oma schwebte in seinen Armen über die Holzdielen.

«Läuft super, oder?»

Julia drehte sich um und sah Finn-Ole direkt ins Gesicht.

«Ja.»

«Das Surfbrett ist toll geworden. Kein bisschen kitschig oder so. Und dein Blumenaltar erinnert mich an Hawaii.»

Sie musste grinsen. «Das ist schön.»

Finn-Ole hob gerade den Arm und setzte zu einer Frage an – wollte er sie zum Tanzen auffordern? –, da überholte ihn Cousin Thore von hinten, schnappte sie sich einfach und zog sie mit auf die Tanzfläche. Finn-Ole tat ihr kurz leid, er war einfach zu langsam gewesen. Aber sollte sie deswegen Thore einen Korb geben?

Thore wirbelte sie gekonnt durch den Raum. «Was für eine Ehre, mit der Künstlerin höchstpersönlich zu tanzen!», rief er.

«Sie hat auch nur kurz Zeit dafür.»

Thore lächelte charmant. «Umso größer die Ehre.»

Mann, der warf sich wirklich ins Zeug, nicht schlecht. Ein kurzer Gedanke an Raffael ließ sie innerlich aufschrecken. *Julia*, ermahnte sie sich, *das hier ist ein Spiel. Genieß es, aber halt ihn bloß auf Abstand.*

«Yupp», erwiderte sie knapp.

Als der Song zu Ende war, kam Finn-Ole herbeigeeilt.

«Wir sollten uns zum Deich aufmachen», sagte er zu seinem Cousin. «Im Dunkeln kannst du nicht mehr surfen.»

Thore nickte. «Du hast recht, Bürgermeister. Wenn ich dich nicht hätte.»

«Oder wir verschieben die Übergabe auf morgen.»

«Auf keinen Fall.» Thore warf Julia einen entschuldigenden Blick zu. «Tut mir leid, das holen wir nach.»

Was er damit wohl meinte? Julia ging schnell zur Anlage und stellte die Musik ab.

«Wir kommen nun zum Höhepunkt dieser Veranstaltung», rief sie in die Menge. «Dazu brauchen wir Helfer, die das Board zum Deich tragen. Dort setzen wir es ins Wasser, und Thore wird damit nach Nieblum segeln.»

«Zum Segeln ist es viel zu schön!», rief Kapitän Paulsen übermütig, der vom Tanzen einen roten Kopf hatte.

Oma nickte zustimmend, ihre Wangen waren ebenfalls errötet.

«Es wird anschließend über meiner Bar im Surfcamp aufgehängt», rief Thore. «Kommt jederzeit vorbei, dann könnt ihr es euch ansehen und bei mir einen nehmen!»

Alle klatschten.

Die Festgesellschaft begab sich geschlossen auf den Sörenswai. Obwohl es noch nicht dunkel war, gingen zwei Surfer mit brennenden Fackeln vorweg. Sechs andere, darunter Thore, trugen das Board über ihren Köpfen, zwei schleppten das Segel, dahinter folgten die anderen Gäste. Irgendjemand stellte auf einer Boombox mystische Musik an, die Julia an die «Carmina Burana» erinnerte. Im Pulk schritten sie schließlich den Deich hinauf. Die Sonne stand tief, in der Nordsee lief die Flut auf, die Wellen zogen sich zwischen den Nachbarinseln Sylt und Amrum bis zum Horizont.

Einen Moment blieb die Festgesellschaft stehen und lauschte der Musik. Zusammen schauten sie aufs Wasser, jeder hing seinen Gedanken nach. Dann trat Thore mit dem Board vor die

Menge. Er trug einen Neoprenanzug mit kurzen Hosen, einen sogenannten «Shorty», wie Julia gelernt hatte, und sah in diesem Moment unbestritten attraktiv aus.

«Julias Kunst soll schwimmen!», rief er feierlich und umarmte sie. «Vielen Dank für dein wunderbares Werk.»

Unter großem Beifall sprang er auf das bunte Board, setzte das Segel darauf und kreuzte gegen den Westwind Richtung Nieblum. Auf den Wellen ritt er direkt in den Sonnenuntergang hinein und kam schnell voran. Zusammen mit den anderen Gästen schaute Julia ihm nach, bis er nur noch ein kleiner Punkt auf dem Meer war.

«Wollen wir zurück?», rief Julia irgendwann. «Bei mir gibt es noch Kuchen, Waffeln und Sekt.»

Begeistertes Raunen, dann bummelte die Menge zurück zum Atelier.

Der letzte Gast verließ die Feier um kurz nach Mitternacht. Es war Kapitän Paulsen. Vor dem Haus verabschiedete er sich von ihrer Oma mit Handkuss. Julia war schwer beeindruckt, so etwas kannte sie nur aus alten Filmen.

Sie ging mit ihrer Oma in den dunklen Garten, der durch die Reetdachhäuser von allen Seiten gegen den Wind geschützt war. Die Luft roch angenehm nach den Kräutern und Blumen, die wild durcheinander in den Beeten wuchsen. Ein kleiner Lichtstrahl aus dem Atelier fiel direkt darauf, sodass Oma neugierig Zucchini, Gurken, Kartoffeln, Lauch, Sellerie und Kürbis betrachten konnte, daneben Farne und Kräuter.

«Ob der Kapitän das alles selber angepflanzt hat?», fragte sie.

«Wer sonst?»

«Ein Gärtner?»

«Nee.»

Julia schenkte ihnen beiden ein Glas Rosésekt ein. Der war zum Glück nicht ganz so süß wie der Baileys, den Oma sonst trank.

«Und, wie findest du ihn?» Julia blickte sie neugierig an.

«Wen?», fragte Anita unschuldig.

«Oma! Den Kapitän natürlich!»

«Ach so, den. Ein hochinteressanter Mann. Und er besitzt so feine Manieren. Herr Paulsen ist noch richtig alte Schule!»

«Und weiter?»

«Was weiter?» Sie schaute etwas wehmütig. «Er hat nichts weiter gesagt.»

«Aber er gefällt dir.»

«Schon.»

«Wir leben im 21. Jahrhundert. Es hängt ja wohl auch von dir ab, was weiter geschieht.»

«So einfach ist das nicht, mein Kind. Wir sind ja keine fünfundzwanzig mehr.»

«Na und?»

Oma nahm einen tiefen Schluck aus dem Glas und beugte sich dann zu ihr. «Was weißt du über ihn?»

«Außer dass er seit vielen Jahren Witwer ist und gerade in Rente gegangen ist, nicht viel.»

«Dem laufen bestimmt viele nach, oder?»

«Keine Ahnung.»

«*Irgendetwas* musst du doch noch wissen.»

«Na ja, seine Frau war Spanierin.»

«Mit heißblütigem spanischem Temperament kann ich bestimmt nicht mithalten.»

«Als Ruhrpottlerin? Das meinst du nicht ernst, oder?»

«Wieso?»

«Weißt du nicht, wie die Leute uns aus dem Pott nennen?»
«Nee.»

«Die Spanier Deutschlands! Und zwar wegen unseres wilden Temperaments.»

Oma lachte. Dann sagte sie ernst: «Aber das mit dem Kapitän bleibt unter uns, ja? Versprich mir das. Der denkt sonst noch, ich spinne. Ich meine, so einer wie der kann ganz andere haben.»

Julia nahm lächelnd ihre Hand, und gemeinsam schauten sie in die Dunkelheit.

16

Am nächsten Tag parkte Kapitän Paulsen seinen Heckflossen-Mercedes am Hafen und schaute zu, wie Autos und Lastwagen in einer langen Schlange von Bord der *Uthlande* rollten. Die Flut lief auf, am Himmel standen weiße Wolken, es wehte ein leichter Westwind mit auffrischenden Böen. Alles sah aus wie immer.

Und dennoch war für ihn nichts mehr wie zuvor, nicht das Meer, nicht die Fähre, nicht der Himmel. Wie ein Kinofilm in Zeitlupe lief der gestrige Abend immer wieder vor seinem inneren Auge ab: Anita und er treten das erste Mal aufeinander zu. Sie lächelt ihn an und fragt ihn: «Sind Sie wirklich ein echter Kapitän?» Sie hakt sich bei ihm ein, um sich mit ihm die Bilder ihrer Enkelin anzuschauen. Da musste Hark zum Glück nicht heucheln: Er fand sie ja wirklich gut.

Anitas Mundwinkel gingen nach oben, wenn sie einer Sache Nachdruck verleihen wollte. Eine leichte Ironie umspielte ihre Gesichtszüge. Überhaupt wurde ihre Eleganz von einem unvergleichlichen Witz flankiert – was für eine charmante Kombination! Alles an ihr war einfach wunderbar.

Nicht auszumalen, wenn er ihre Enkelin wirklich rausgeworfen und die Chance verpasst hätte, Anita überhaupt kennenzulernen.

Er beobachtete, wie die Fähre wieder ablegte. Die Sonne

schien auf die aufgewühlte Nordsee, auf deren Wellenspitzen weiße Schaumkronen tanzten. Die große *Uthlande* stampfte nun in der See auf und ab. Hark war froh, dass er keinen Dienst mehr hatte. Um keinen Preis wäre er jetzt Richtung Festland gefahren: Nicht, solange Anita auf der Insel war. Es wäre die komplett falsche Richtung gewesen.

Die dringlichste Frage lautete: Wie würde es ihm gelingen, sie zu einem Date zu überreden? Würde sie das überhaupt wollen? Er wusste ja noch nicht mal, wo auf der Insel sie wohnte. Würde ihre Enkelin ihm das verraten? Oder bestand die Möglichkeit, Anita zufällig im Atelier wiederzutreffen? Dazu sollte er am besten immer zu Hause sein. Er sollte sofort zurückfahren. Und dann? Verzweifelt suchte er nach einem Plan, der sicher funktionieren würde.

Neben ihm kam der VW-Bus von Peter Redder zum Stehen. Der gut beleibte Mann stieg aus und zerrte ein riesengroßes Paket aus dem Laderaum.

«Was hast du damit denn vor?», fragte Hark durch die geöffnete Seitenscheibe.

«Moin, Sharky, hör bloß auf! Das ist ein Crosstrainer, den wollte meine Frau mir schenken. Aber ich brauche so was nicht, mir langt die Gartenarbeit.»

«Und was machst du jetzt damit?»

«Der soll zurück, ich gebe ihn an der Fähre ab.»

«Was ist denn ein Crosstrainer?»

«Kennst du das nicht? Für Bauch, Beine, Po, gibt's in jedem Fitnessstudio.»

Hark fuhr viel Rad, das war bei ihm alles an Sport. Jetzt, wo er Anita kennengelernt hatte, sollte er sich vielleicht besser in Form bringen. Sie sah einfach zu gut aus, da musste er mithalten können.

«Genau so was brauche ich!», rief er. «Was willst du dafür haben?»

«Fünfhundert glatt. Gekostet hat er fünfhundertfünfzig.»

«Einverstanden. Ich überweis dir das Geld.»

Hark packte den riesigen Karton in seinen Kofferraum, dessen Deckel nun nicht mehr ganz zuging.

Mehr Sport ist eine grandiose Idee, dachte Hark, als er durch die Marsch zurück in Richtung Oldsum fuhr.

Beim Frischemarkt hielt er kurz an, um Käse, Oliven und Sekt zu kaufen. Das passte zwar nicht zum Sportprogramm, aber er musste auf alles vorbereitet sein.

Zu Hause angekommen, musste er dann noch eine Sache hinter sich bringen. Es fiel ihm schwer, aber es musste sein. Er nahm das Foto seiner verstorbenen Frau in die Hand.

«Was sagst du, Miranda? Du wolltest immer, dass ich mir eine neue Frau suche – könnte Anita die richtige sein?»

Er sah, wie Miranda ihm aufmunternd zulächelte.

«Sicher?»

Dann blieb sie plötzlich regungslos, wie um ihm zu zeigen, dass sie ihm nun das Feld überließ. Er spürte es genau, es war keine Einbildung. Ihm lief ein Schauer über den Rücken. Miranda würde ihren Platz in seinem Leben und in seinem Herzen immer behalten. Trotzdem passierte gerade etwas Neues.

Noch etwas benommen machte er sich daran, den Crosstrainer im Wohnzimmer aufzubauen, was sich komplizierter gestaltete, als erwartet. Zwischendurch war er vollkommen verzweifelt, weil nichts zusammenpasste, er war kurz vorm Aufgeben. «Wer denkt sich bloß solche Gebrauchsanleitungen aus?», fluchte er. Aber er gab sich einen Ruck, immerhin ging es um Anita.

Als das Gerät fertig vor ihm stand, stellte er fest, dass dessen

Unförmigkeit weder zu den asiatischen Möbeln noch zu den friesischen Kacheln passte. – Egal. Er schloss den Crosstrainer an die Steckdose an und probierte ein paar Schritte, dazu musste er die Arme an den seitlichen Stangen mitbewegen. Es machte überhaupt keinen Spaß – aber darum ging es auch nicht. Zwischendurch fiel ihm ein, dass Fitwerden zwar kein schlechter Plan war, es aber viel zu lange dauern würde, bis man es auch sah: Dann war Anita vermutlich längst wieder abgereist. Er seufzte und stellte das Ding aus.

Näherliegend war es, sich ein paar gute Dialoge auszudenken, denn die wurden als Nächstes von ihm gefordert.

«Also, Harkyboy, wie sprichst du sie an?», fragte er sich laut. Ihm fiel nichts ein.

Mann, nie hätte er gedacht, dass es ihn noch einmal derartig erwischen würde!

Er holte tief Luft. «Würden Sie vielleicht mit mir ... essen gehen?»

Darauf folgte unweigerlich die Frage, wo. Womöglich war sie Vegetarierin oder hatte verschiedene Allergien? Man konnte alles falsch machen. Außerdem kannten ihn hier auf der Insel alle, in jedem Restaurant würde er unter Beobachtung seiner liebenswürdigen Mitinsulaner stehen. Aber vielleicht war ein Restaurantbesuch ohnehin zu viel für den Erstkontakt, ein Café kam ihm unverbindlicher vor. Doch auch da stellte sich die Frage, welches. Das traditionelle «Steigleder» in Wyk, das «Klein Helgoland» vorm Deich, das «Treibholz» in Utersum, «Stellys» hier in Oldsum?

Riskant war zudem, dass er Anitas Geschmack nicht kannte. Auch wenn er kaum etwas über sie wusste, war er sich sicher: Sie würden sich bestens verstehen! Ihm fehlten nur noch ein paar lockere Worte für den Einstieg. Wen könnte er bloß um Hilfe bitten? Er ging alle Menschen auf der Insel durch, die er kannte. Aber niemand schien ihm geeignet.

Gab es im Internet vielleicht etwas dazu? Doch dort fand er nur blöde Machosprüche, die ihm auch nicht weiterhalfen. Es war immer dasselbe: Wenn es drauf ankam im Leben, war man auf sich alleine gestellt. Also befragte er sich selbst. Und was sagte ihm seine Lebenserfahrung?

Nichts.

Die letzte Frau, die er umworben hatte, war Miranda gewesen, und das lag Jahrzehnte zurück. Damals lief es wie von selbst, so würde er es sich jetzt auch wünschen. Aber verlassen konnte man sich nicht darauf …

Erst jetzt bemerkte er, dass um die Straßenecke der Lkw mit dem Gelsenkirchener Kennzeichen und der Aufschrift «Blumenhaus Koslowski» parkte – Anitas Name. Das bedeutete, dass sie vermutlich gerade nebenan war!

Alarmstufe dunkelrot!

Und jetzt?

Er war auf nichts vorbereitet, aber ein Blick in den Garten bedeutete ihm, dass bereits alles zu spät war: Anita saß hinter der Scheune in seinem Strandkorb und sonnte sich mit geschlossenen Augen. Direkt vor dem Rosenbeet! Die Abendsonne schien ihr sanft ins Gesicht. Er schnappte nach Luft.

Es war die Chance seines Lebens, er musste sie nutzen! Normalerweise redete er nicht besonders viel, konnte es aber, wenn er wollte. Nun wollte er, konnte aber nicht. Er traute sich einfach nicht, hinauszugehen und sie direkt anzusprechen. Stattdessen schnappte er sich die Gießkanne neben der Spüle in der Küche. Es war unauffälliger, so zu tun, als hätte er eigentlich im Garten etwas anderes vorgehabt. Mit Logik hatte das nicht viel zu tun.

Er füllte die Gießkanne randvoll mit Wasser und stolperte damit in den Garten. Und dies im wörtlichen Sinne: Weil er zu viel Schwung genommen hatte, stürzte er fast kopfüber ins Staudenbeet. Slapstick pur. Im letzten Moment ließ er die Kanne fallen, fand sein Gleichgewicht wieder und sagte: «Hoppala.» Er tat so, als hätte er Anita in diesem Moment erst entdeckt. Hoffentlich durchschaute sie ihn nicht, er war ein erbärmlicher Schmierenschauspieler.

«Ah, moin, Frau Koslowski!»

Sie öffnete die Augen und strahlte ihn an. «Moin, Käpt'n Paulsen.»

«Schönes Wetter heute, was?», sagte er – und hätte sich im nächsten Moment ohrfeigen können: Wie einfallslos war *das* denn? Er war so was von aus der Übung!

«Oh ja, finde ich auch.»

Schweigen.

Erst fand er die Stille gar nicht schlimm, aber nach ein paar Sekunden wurde es doch unangenehm, weil sie zu lange dauerte. Es könnte so wirken, als wenn sie sich nichts zu sagen hätten.

«Nehmen Sie doch Platz.» Anita deutete neben sich im Strandkorb.

«Ich will Sie nicht stören.»

Natürlich willst du das, du Trottel!

«Ach was, das tun Sie gar nicht, im Gegenteil. Außerdem ist es *Ihr* Garten! Kommen Sie ...»

Als er sich neben sie setzte, pochte sein Herz laut und heftig, hoffentlich hörte sie es nicht.

«Wo ist denn Ihre Enkelin?»

«Irgendwo draußen, zum Malen.»

«Kommt sie gut voran?»

«Ich möchte sie überreden, eine Ausstellung mit ihren Bildern zu veranstalten, aber sie will nicht.»

«Warum nicht?»

«Sie sagt, sie sei kein Profi.»

«Unsinn!» Er fand ihre Bilder wirklich außergewöhnlich, und das ging den meisten anderen mit Sicherheit genauso.

«Das Leben ist zu kurz, um zu warten», sagte sie.

«Finde ich auch.»

Das klang beiläufig, dabei war es die pure Wahrheit: Wie schnell war er siebenundsechzig geworden … Hark bekam einen trockenen Mund, jetzt musste es heraus: «Sagen Sie, was ich fragen wollte … Wollen wir, also würden Sie mit mir … ich würde Ihnen gerne meine Insel zeigen.»

Anita schenkte ihm den schönsten Blick. «Liebend gerne! An was hatten Sie gedacht?»

«Was würde Sie denn interessieren?»

«Ich muss gar nicht groß unter Leute gehen.»

War das jetzt gut oder schlecht für ihn? «Ich auch nicht», stimmte er hastig zu.

«Am liebsten würde ich einfach irgendwo in den Himmel gucken.»

«Das kriegen wir hin.»

«Wissen Sie, ich habe schon länger einen Traum: einmal von Sonnenaufgang bis Sonnenuntergang an einer Stelle sitzen und einfach nur zusehen, was passiert.»

«Das Wetter soll gut werden, also was steht dem im Wege?»

Sie legte ihre Hand auf seine. Was sich so aufregend anfühlte, dass seine Atmung aussetzte. «Sie suchen den Platz aus», schlug sie vor. «Und ich bereite ein Picknick vor.»

«Morgens kann es ziemlich kühl sein», überlegte er laut. «Ich bringe warme Decken mit.»

«Sehr gut.» Sie zog ihre Hand zurück, er schnappte erneut nach Luft.

«Wann ist morgen Sonnenaufgang, wissen Sie das zufällig?»

Als Kapitän hatte er das immer im Kopf. «Gegen vier.»

«Treffen wir uns um halb vier hier vorm Haus?»

«Das früheste Date aller Zeiten.» Er lächelte.

Sie hielt sich erschrocken die Hand vor den Mund. «Moment, morgen bin ich ja schon mit Julia verabredet. Geht es zufällig auch übermorgen?»

«Klar.»

«Wie schön, dass Sie so etwas Verrücktes mitmachen.»

«Es ist mir eine große Freude.»

Harks Herz hüpfte. Halb vier Uhr morgens war eine ungewöhnliche Zeit für ein Treffen, aber Anita und er waren auch etwas Besonderes. Im ersten Moment hörte sich das reizvoll an. Andererseits waren sie dann den ganzen Tag zusammen – war das nicht zu lang? Sie kannten sich ja gar nicht. Hatte er wirklich genug zu sagen? Aber man konnte ja auch nicht den ganzen Tag sabbeln. Sie würden zwischendurch wohl auch mal still sein, oder?

Er beschloss, seinem Kopfkarussell schnell ein Ende zu bereiten. Er erhob sich und reichte ihr zum Abschied die Hand. «Also dann, ich freue mich auf ein Wiedersehen.»

«Ich auch. Bis übermorgen um halb vier.»

«Ja, bis dann.»

Als er sein Haus betrat, fühlte er sich wie ein neuer Mensch.

17

Das Wetter sah gut aus, es war windig, und die Sonne schien. Julia lieh sich bei Elske ein Rad und fuhr damit nach Utersum, um Oma abzuholen. Endlich mal wieder etwas mit ihr unternehmen, wie sehr freute sie sich darauf! Sie würde ihr ein paar idyllische Inseldörfer zeigen, von denen jedes einen eigenen Charakter hatte.

Oma wartete bereits vor Knudsens Gasthaus am zentralen Dorfplatz.

«Ich warne dich gleich, ich bin gedopt!», rief sie, als Julia um die Ecke bog. Es war nicht übertrieben: Oma hatte sich ein E-Bike gemietet, sie trug professionelle Radlerhosen und orangefarbene Sneakers.

Voller Elan radelten sie los. Am Anfang gab es jedoch ein ernstes Problem: Oma war viel zu schnell, weil sie auf ihrem Elektrorad den «Sportmodus» mit 25 km/h eingestellt hatte. Da würde Julia auf Dauer nicht mitkommen. Sie einigten sich auf die Hälfte und durchquerten synchron die Godelniederung.

Die Nordsee zu ihrer Rechten glitzerte in der Sonne, während die Insel Föhr im Schatten der Wolken lag. Gegenüber blickte man auf die Nachbarinsel Amrum. Das hatte was.

Die entgegenkommenden Radfahrer grüßten sie mit einem freundlichen «Moin». Immer wieder stellte Oma heimlich den Sportmodus ein, was Julia aber sofort bemerkte. Sie schlugen den Bogen bis nach Nieblum. Man merkte sofort, dass dies kein Bauerndorf war wie Oldsum. Die Reetdachhäuser waren größer und außerdem weiß getüncht. Die Kapitäne vergangener Jahrhunderte hatten hier ihre üppige Heuer verbaut.

«Wie schön es hier ist», rief Oma.

«Tja, die Kombination aus viel Geld und gutem Geschmack war halt immer schon unschlagbar», meinte Julia.

Oma zückte einen Lottoschein aus ihrer Hose und hielt ihn ihr grinsend entgegen. «Vielleicht gehören mir schon morgen ein paar dieser Häuser.»

«Meinst du?»

«Ich habe dieses Mal ein ziemlich gutes Gefühl.»

«Na dann.»

«Und wohin fahren wir jetzt?», rief Oma unternehmungslustig.

«Wyk?»

Das Display von Anitas Fahrrad zeigte jedoch in diesem Moment an, dass ihr Akku fast leer war. Sie hatte vergessen, ihn rechtzeitig aufzuladen.

«Und nun?», fragte sie.

«Ich weiß, wo wir Strom herkriegen», sagte Julia.

Im Surfcamp gab es ein großes Hallo, als sie dort auftauchten. Fast alle hier Anwesenden waren auf der Fete im Atelier gewesen. Julias Surfbrett hing direkt über dem Tresen, an dem Leute auf Barhockern saßen und ihren Latte macchiato tranken. Wow, was für ein Gefühl!

Julias Herz puckerte immer noch heftig. Es war eine echte Herausforderung gewesen, mit Omas E-Bike mitzuhalten. Jetzt fühlte sie sich verschwitzt, dabei hätte sie vor Thore gerne wenigstens an Land eine gute Figur gemacht. Der stand hinter der

Bar und bediente seine Gäste. Als er sie sah, kam er auf sie zu und umarmte sie herzlich, nachdem er Oma die Hand gegeben hatte.

«Moin, ihr zwei, schön, euch zu sehen. Was kann ich für euch tun?»

«Einen Latte für mich und ein paar Kilowatt Strom bitte.» Julia hielt Omas Fahrradakku hoch.

Thore nahm ihn entgegen und steckte ihn in die Dose. Dann blickte er Oma fragend an.

«Ich brauche auf jeden Fall Alkohol!», sagte die.

«Gerne. – Irgendwas Spezielles?»

«Einen Sekt, bitte.»

«Geht auch Prosecco?»

«Aber natürlich!»

Sie setzten sich an den Tresen, Thore ging hinüber zur Umkleide. Julia quatschte mit einigen Leute, die sie sofort wiedererkannten und ihr Surfbrett lobten.

«Du bist in der kurzen Zeit voll auf Föhr angekommen», befand Oma.

«Wirkt das echt so?»

«Na, wen kennst du denn hier *nicht*?»

Julia lächelte.

«Und der Typ?»

«Welcher Typ?»

«Na, dieser Thore.»

«Ach.»

Anita stupste sie an. «Also ja?»

Julia grinste. «Wenn ich es bestreite, glaubst du mir ja sowieso nicht.»

Da blitzten Omas Augen auf. «Es sei denn, es ist wirklich nichts dran.»

«Man weiß es nie.»

Gegen Thore war gar nichts zu sagen, und es wirkte tatsächlich so, als stand er ein bisschen auf sie. Trotzdem gab es eine Art unsichtbarer Wand zwischen ihr und ihm. Ein bisschen war es vielleicht ein Vorurteil – der Surflehrer und die Frauen, konnte man dem trauen? Oder waren es ihre schlechten Erfahrungen der letzten Jahre? Immerhin, das hatten ihre Begegnungen auf der Insel bewirkt: Gegen Raffael war sie hier immun geworden, der konnte sie nicht einmal mehr in Gedanken ärgern.

Omas wechselte das Thema: «Eines wollte ich dir noch sagen: Du hast in der Malerei einen gewaltigen Sprung gemacht. Und auch sonst blühst du hier richtig auf.»

«Das liegt an Mamita.»

«Die gute Linda … Weißt du eigentlich, was du mit ihr gemeinsam hast?»

«Na?»

«Du bist eine wunderbare Gastgeberin, genau wie deine Mutter es war. Linda hat es geliebt, Feste zu feiern. Sie war ein sehr geselliger Mensch und hat ihre Gäste immer liebevoll bewirtet. So wie du bei der Party vorgestern.»

«Findest du?»

«Hast du mal darüber nachgedacht, auf Föhr zu bleiben?»

«Was? Wie kommst du darauf? Was ist mit unserem Blumengeschäft?»

«Es war nur so eine Frage.» Oma nahm einen Schluck von ihrem Prosecco.

In dem Moment trat Thore zu ihnen: «Eigentlich haben wir gleich unsere nächste Surfstunde», erinnerte er Julia.

Oje, das hatte sie vollkommen vergessen!

«Kann ich die vielleicht übernehmen?», erkundigte sich Oma.

Thore war irritiert. «Äh …»

«Spricht irgendwas dagegen?»
Thore sah Julia fragend an.
«Dann bleibt es in der Familie», sagte sie.

Oma zog sich in der Umkleide den froschgrünen Badeanzug an, den sie mitgebracht hatte, und ging dann mit Thore zum Strand. In ihrer Sektstimmung ließ sie sich ein paar Meter auf dem Brett mitnehmen, das Thore an dem bunten Schirm steuerte. Julia sah sich das Ganze von den Dünen aus an.

«Aber bitte nicht zu hoch in die Luft mit mir, ich habe Flugangst», rief Oma, als sie weiter aufs Meer hinausglitten. Sie fühlte sich sichtlich pudelwohl. Julia lehnte sich entspannt zurück. Sie war froh, einfach hier zu sitzen und die Situation zu genießen, ohne selber aufs Wasser zu müssen.

Als Thore und Oma nach einer guten halben Stunde zurückkamen, brandete am Strand von allen Seiten Applaus auf. Oma verbeugte sich höflich.

Doch dann schien es mit der guten Stimmung plötzlich vorbei. Oma griff sich erschrocken an den Kopf, als ob ihr gerade etwas Schlimmes eingefallen wäre.

«Was ist los?», fragte Julia.

«Meine Frisur ist komplett hin, stimmt's?», sagte Oma. «Und eingecremt habe ich mich auch nicht. Jetzt habe ich mir bestimmt einen fetten Sonnenbrand eingefangen.»

«Deine Frisur ist mehr als okay. Und von Sonnenbrand keine Spur!»

Oma sah toll aus mit ihren blond gefärbten, schulterlangen Haaren. Sie hatte von Natur aus einen dunklen Teint und konnte Sonne gut vertragen.

Eine halbe Stunde später betraten sie den Utersumer Friseursalon. Ein sportlicher Endfünfziger mit verwegenem Dreitagebart trat auf sie zu. Eine jüngere Frau schnitt gerade einer älteren Dame die Haare.

«Einmal Haare, bitte», rief Oma.

Hier lief zum Glück alles ohne Anmeldung.

«Geht klar.» Der Friseur wandte sich an Julia. «Sie auch?»

«Nee, das geht noch.»

Er warf ihr einen skeptischen Blick zu: «Sicher?»

Julia lächelte. «Ich weiß, gemacht werden kann immer etwas.»

Sie setzte sich auf einen der leeren Stühle, während Oma bereits der Kittel angelegt wurde. Der Friseur sprach mit seiner Mitarbeiterin in der Inselsprache.

«Oh, redet ihr Fering?», fragte Julia.

«Jo.»

«Könnt ihr mir einen Satz beibringen?», mischte Oma sich ein.

«Was denn für einen?»

«‹Ich kann kein Friesisch sprechen.›»

«Ik kun ej fering snaake», sagte der Friseur.

Oma wiederholte, was sie gerade gehört hatte. Es klang gar nicht mal schlecht.

«Und was heißt: ‹Wie geht es›?»

Das hatte Julia inzwischen mitbekommen: «Hü gongt et?»

«Hü gongt et», wiederholte der Friseur. Bei ihm klang es vollkommen anders.

«Was soll es denn werden?», fragte der Friseur Anita nun auf Deutsch.

«Also, ich will keinen neuen Schnitt, sondern nur eine Frisur.»

Julia verstand nicht ganz: Und das war so dringend, dass es gleich passieren musste? Wofür?

«Alles klar», sagte der Friseur.

«Aber sie muss so schön werden wie nie zuvor», sagte Oma.

«Das ist bei uns Standard.» Er verzog keine Miene und bat sie ans Waschbecken. Dort wusch er Omas Haare mit einem gut duftenden Shampoo und massierte sanft ihre Kopfhaut. Anschließend platzierte er sie vor einem großen Spiegel und legte los.

«Und?», fragte er, als er fertig war.

«Es sollte die beste Frisur aller Zeiten werden», sagte Oma ernst.

«Ganz genau.»

Sie lächelte. «Und es *ist* die beste Frisur aller Zeiten geworden, tausend Dank!»

Als sie draußen waren, hatte Oma sich geweigert, auch nur einen weiteren Meter mit dem Rad zu fahren. Sie wollte vermeiden, dass der Fahrtwind ihre Haare wieder verformte.

«Morgen malst du wieder?», fragte sie Julia, als sie abbiegen musste. Sie wirkte plötzlich abwesend.

«Ich denke schon. – Geht es dir gut, Oma?»

«Dann sehen wir uns übermorgen.»

«Was hast du denn vor?»

«Alles bestens», antwortete Oma.

Was genau genommen keine Antwort war.

Sie umarmten sich zum Abschied, dann trottete Anita mit dem Elektrobike in Richtung ihrer Pension.

Julia radelte zurück zu ihrem Atelier. Vor dem Haus hockte ihr Vermieter und reparierte sein altes Herrenfahrrad, das er kopfüber auf den Asphalt gestellt hatte.

«Moin, Kapitän Paulsen.» Sie wusste selbst nicht, warum sie ihn so ansprach, aber «Herr Paulsen» wäre ihr irgendwie falsch vorgekommen.

Er blickte kurz auf. «Moin.»

«Na, will es nicht mehr?» Sie deutete auf das Rad.

Paulsen winkte ab. «Kleinigkeit.»

«Also denn.»

Dann sah er sie direkt an. «War eine schöne Party vorgestern.»

«Fand ich auch.»

«Auch wenn Ihre Großmutter und ich den Altersdurchschnitt steil in die Höhe getrieben haben.»

Julia lächelte. «Omma war ebenfalls ganz begeistert.»

«So?», fragte er leise.

Zwischen dir und Oma geht was, dachte sie. Es war nicht, *was* er sagte, sondern *wie* er es sagte.

«Und wo kommen Sie gerade her?», erkundigte sich der Kapitän. «Radtour über die Insel?»

Sie nickte. «Mit meiner Oma.»

Paulsen wandte sich wieder seinem Rad zu. «Ja, Föhr ist immer wieder schön. Das nimmt auch nicht ab, wenn man hier ein Leben lang wohnt.»

«Wohnen, wo andere Urlaub machen», seufzte sie.

«So ist das.»

«Ich will drinnen noch ein bisschen aufräumen ... Sonst bekomme ich Ärger mit meinem Vermieter.»

Er grinste. «Schönen Tag dann noch!»

«Selber auch.»

Julia ging ins Atelier. Dort goss sie erst einmal die Blumen. Sie musste an den Kapitän und Oma denken und lächelte still in sich hinein.

18

Hark setzte sich auf den Crosstrainer, den er vor seinem Schreibsekretär aufgebaut hatte. Er stellte eine mittlere Belastungsstufe ein und machte dann seine Schritte. Er legte sich voll ins Zeug, als könne er einen Tag vor seinem großen Date nachholen, was er viel zu lange vernachlässigt hatte. Natürlich wusste er, dass das Training kurzfristig kaum etwas brachte, aber es war besser, als bewegungslos auf morgen zu warten.

Nach einer Dreiviertelstunde war er total erschöpft. Doch als er gerade absteigen wollte, hörte er eine innere Stimme protestieren: *Überleg dir das. Jeder Schritt auf dem Ding wird dich attraktiver machen.*

Also strampelte er mit zusammengebissenen Zähnen weiter. Er schaffte anderthalb Stunden und war schweißüberströmt. Nur mit Mühe kam er in die Dusche. Danach fiel er auf sein Bett und spürte schon jetzt einen Muskelkater, der es in sich hatte. *Na super, Hark, jetzt wirst du den Tag mit Anita unter Schmerzen verbringen!* Dabei hatte er sich doch nur optimal vorbereiten wollen.

Abends im Bett machte er vorsorglich um zehn das Licht aus, konnte aber nicht einschlafen, weil er Angst davor hatte, am Morgen den Wecker zu überhören. Außerdem fragte er sich erneut, ob es gut war, dass Anita Koslowski und er beim ersten Treffen gleich den ganzen Tag zusammen verbringen würden. Hatten sie sich wirklich genug zu sagen? Oder konnte es irgendwann unangenehm werden, und sie sahen sich danach nie wieder?

Er seufzte. Morgen würde es sich entscheiden. Danach war alles anders. Fragte sich nur, wie.

Um drei Uhr packte er dicke Wolldecken und zwei Becher in seinen großen Rucksack. Pünktlich um halb vier fuhr Anita mit ihrem Blumenhaus-Lkw vor und klopfte kurz darauf an seine Tür. Sie trug Jeans, einen dicken Pullover und eine Windjacke mit Kapuze, was ihr hervorragend stand. In der Hand hielt sie eine große Tasche.

«Moin, Frau Koslowski.»

Sie winkte ab und schenkte ihm ein strahlendes Lächeln. «Können wir das Frau und Herr nicht weglassen?»

«Gerne.» Obwohl sie ja wussten, wie der jeweils andere hieß, wurden die Vornamen, wenn man beschloss, sich zu duzen, noch einmal ausgesprochen. So lautete die Regel.

«Hark.»

«Anita.»

«Ich hoffe, dir schmeckt, was ich eingepackt habe», sagte sie.

«Ich esse fast alles.»

«Was denn nicht?»

«Hund.»

«Wie schade, hätte ich das gewusst!»

Sie lachten. Obwohl es frühmorgens war, sah sie quicklebendig aus.

An ihrer Seite den vertrauten Weg zum Deich zu gehen, fühlte sich aufregend an. Es war noch dunkel, die Nacht begann sich gerade aufzulösen. Vor dem Deich gab es einen kleinen Strand, so eben groß genug für sie beide, gegenüber lagen die Dünen der Nachbarinsel Sylt. Hark breitete seine Decken aus, sie holte eine silberne Thermoskanne aus ihrer Tasche.

«Normalerweise trinke ich Kaffee, aber in der Thermoskanne wird der schnell labberig. Deswegen habe ich Tee gemacht, der hält länger.»

«Ich trinke beides gerne», sagte Hark.

«Wie trinkst du ihn?»

«Mit einem Schuss Milch, wenn es geht.»

Natürlich ging das, sie hatte alles dabei.

Der heiße Tee tat gut. Dieser Tag trug das Versprechen in sich, der beste aller Zeiten zu werden. Dennoch blieb es für Hark heikel: Bis zum Sonnenuntergang waren es noch viele Stunden.

Der riesige Sonnenball, der nun aufstieg, ließ im Osten das Nordseewasser und den Himmel aufleuchten. Die Farben der Insel sahen um diese Zeit so zart aus wie später am Tag nicht wieder. Das saftige Grün schimmerte auf dem Deich, davor lief türkisfarbenes Wasser ab, der graue Himmel färbte sich hellblau. Dazu kamen Austernfischer, Möwen und andere Seevögel, die den Morgen mit fröhlichen Rufen begrüßten.

Irgendwann schloss Anita die Augen, lehnte sich an ihre Tasche und dämmerte leicht weg. Wie er hatte sie wohl ebenfalls wenig geschlafen. Hark blieb wach, er fühlte sich wie auf Brückenwache an Bord seines Schiffes. Unauffällig betrachtete er die schlafende Anita von der Seite. Sie hatte noch etwas Mädchenhaftes in ihrem Gesicht. Er versuchte, sie sich als Achtzehnjährige vorzustellen. Wie sie da wohl gewesen war? Genauso charmant wie heute? Oder eher schüchtern? Mit ihrem koketten Augenaufschlag hatte sie bestimmt schon damals allen Männern den Kopf verdreht.

Obwohl die Sonne schien, war es ziemlich kühl. Dazu kam ein leichter Nordwestwind auf. Hark überlegte eine Weile, ob er sich trauen konnte, eine Decke über Anita zu legen. Er zögerte. Aber sie sollte sich nicht erkälten.

Ganz vorsichtig legte er die Decke über sie. In diesem Moment schlug sie die Augen auf. Er erschrak leicht.

«Oh, danke, sehr fürsorglich», murmelte Anita schlaftrunken.

Alles mit ihr wirkte so vertraut.

Gegen sieben Uhr frühstückten sie zusammen. Anita war Süß-Frühstückerin wie er, sie hatte Erdbeer- und Brombeermarmelade dabei sowie ein kleines Glas Honig und Brötchen, die sie bereits um drei Uhr im Ofen ihrer Pension aufgebacken hatte. Kein Wunder, dass sie so müde war.

Die Sonne wurde nun intensiver, aber sie behielten ihre Pullover an, denn der Wind blieb frisch. Die Farben am Himmel veränderten sich von Minute zu Minute. Man konnte es am besten wahrnehmen, wenn man still dasaß, so wie sie beide. Sie fühlten sich wie Kinder, alles um sie herum war riesig groß und sie selbst ganz klein. Umso schöner, dass sie eng beieinandersaßen und das genießen konnten. Und das konnten sie: Anita, die Großstädterin, genauso wie er, der Insulaner.

Anscheinend passten sie gut zusammen. Oder war das schon zu weit gedacht?

Bestimmt.

Egal.

Bei Ebbe wanderten sie barfuß über den schlickigen Meeresboden ins Watt hinein. Hark spürte dabei deutlich seinen Muskelkater. Aber mit Anita an seiner Seite ging er einfach immer weiter und erwähnte die Schmerzen mit keinem Wort. Die

Strömung hatte riefelige Muster in den Meeresboden getrieben, vor ihnen liefen einige Krebse.

«Was war auf deinen Fahrten eigentlich schlimmer», wollte Anita wissen. «Sturm oder wenn tagelang nichts passierte?»

«Sturm ist simpel, auf den muss man sich konzentrieren, um das Schiff heil durchzubringen. Viel schwieriger ist es, die Konzentration zu halten, wenn sich lange nichts tut.»

«Hast du jemals Angst gehabt?»

Er überlegte. «So würde ich das nicht nennen. Aber vor dem Meer habe ich Respekt. Es ist mächtiger als alle Menschen zusammen.»

Dann plauderten sie darüber, welche Promis sie gut fanden, das ging von Hans Albers über Thomas Gottschalk bis zu Til Schweiger. Dabei war es hilfreich, aus derselben Generation zu stammen, so kannten sie die gleichen Filme und Musikstücke. Außerdem konnten sie sich gegenseitig aushelfen, wenn das Namensgedächtnis sie im Stich ließ.

«Wie hieß noch mal die Show von Rudi Carrell?», versuchte sich Hark zu erinnern. Er kam einfach nicht drauf.

«‹Am laufenden Band›», sagte Anita.

«Natürlich!»

Die Sonne rückte fast unmerklich weiter. Der Himmel wechselte mehrmals die Farbe, ein mäßiger Wind um die vier Stärken hielt das Meer in Bewegung. Während das alles passierte, redeten sie über Gott und die Welt. Sie hatten aber auch kein Problem damit, zwischendurch länger zu schweigen. Ohne dass es auch nur ansatzweise peinlich wurde.

Gegen Mittag holte Anita einige Salate aus ihrem Rucksack, die sie allerdings fertig gekauft hatte, wie sie zugab. Hark erzählte von den Zeiten, als sie mit ihren Stückgutfrachtern in den Häfen eine Woche Liegezeit gehabt hatten. Die Ladung musste einzeln an Land gebracht werden.

«Damals sahen Schanghai und Kapstadt noch anders aus als heute. Wir sind dort durch die Kneipen gezogen und haben ausgedehnte Touren ins Inland gemacht. So habe ich auf der ganzen Welt eine Menge Leute und Gepflogenheiten kennengelernt. Als dann die Container kamen, blieb oft nicht mal Zeit für einen kurzen Landgang.» Er lächelte. «Trotzdem ist eines immer gleich geblieben: die Ruhe auf der Brücke, wenn wir auf hoher See waren.»

«Das pure Gegenteil von meinem Blumenladen, kann ich nur sagen. Da ist immer etwas los. Was bei uns so jeden Tag aufläuft ...»

«Hat Blumenverschenken nicht immer etwas Festliches?», fragte Hark.

«In einem Blumenladen geht es um alle Stationen des Lebens. Wir sind zuständig für verliebt-verlobt-verheiratet und für Geburt. Und im Trauerfall fungieren wir als Seelsorger.»

«Ja, wer einen Menschen betrauert, kann jede Unterstützung gebrauchen», sagte Hark.

Beide schwiegen sie einen Moment.

«Du bist Witwer?», fragte Anita.

«Seit fünf Jahren.»

«Ich bin schon länger Witwe.»

Trotz des heiklen Themas sackte die Stimmung nicht ab. Der Verlust eines geliebten Menschen gehörte zum Leben und hatte dort seinen Platz.

«Schön, dass trotzdem alles weitergeht», sagte Anita.

«Allerdings.»

«Meine Blumen bedeuten mir, was dir die See bedeutet. Sie machen mir immer wieder Mut.»

«Ich mag Blumen aber auch sehr.»
Sie lächelte. «Ich weiß. Ich habe deinen Garten gesehen.»
Er hob entschuldigend beide Arme. «Ja, ich weiß, da könnte ich mehr tun …»
«Ach was, er ist wunderschön. Ich sitze dort so gerne.»
«Na, wenn eine Fachfrau wie du das sagt …»

Das warme Spätnachmittagslicht verbreitete Feststimmung. Sie schauten stumm aufs glitzernde Nordseewasser und genossen einfach nur den Anblick. Punkt sechs Uhr war für Hark die klassische Essenszeit, mit der er aufgewachsen war. Und genau um sechs servierte Anita dann auch ein altmodisches Abendbrot, wie es Hark am liebsten mochte: Schwarzbrotstullen mit Käse, Wurst und Gürkchen. Dazu gab es den letzten Becher Tee, inzwischen nur noch lauwarm, was vollkommen egal war.

Ergriffen schauten sie sich den Sonnenuntergang an: das Gelb, das langsam in Rot überging, im Wasser und am Himmel. In Hark kam eine tiefe Wehmut auf: Was passierte, wenn die Sonne im Meer versunken war? Er wollte nicht, dass dieser Tag jemals endete.

Als es dunkel war, packten sie ihre Sachen ein und wanderten müde und glücklich nach Oldsum zurück. Anita hakte sich bei ihm ein, was sich anfühlte wie fliegen. Heimlich wünschte er sich, dass sie die Nacht über bei ihm blieb. Er hatte ein schönes Gästezimmer, das er ihr anbieten konnte. Doch er wollte sie auf keinen Fall bedrängen und damit womöglich alles aufs Spiel setzen.

Zum Abschied umarmten sie sich schüchtern vor Harks Haus, dann rauschte Anita mit ihrem Lkw davon.

Obwohl er hundemüde war, blieb er die halbe Nacht wach.

Es gab keinen Zweifel, er war total verliebt.

19

Die Insulaner waren nicht zimperlich, was schlechtes Wetter anbelangte. Aber das, was an diesem Tag über sie hereinbrach, nannten auch sie «echtes Schietwetter». Der platternde Dauerregen wurde einem vom Sturm senkrecht und waagerecht ins Gesicht gepeitscht. An solchen Tagen gab es nichts Schöneres, als sich mit einer heißen Tasse Tee in ein Reetdachhaus zurückzuziehen und dem Geschehen durchs Fenster zuzuschauen – so wie Julia in ihrem Atelier. Die Blumen auf dem Altar leuchteten heute besonders intensiv, jedenfalls kam es ihr so vor. Es konnte der perfekte Tag für ein Porträt werden. Sie setzte sich auf ihre Matratze und rief Oma an.

«Guten Morgen, Omma, ich habe ein Attentat auf dich vor.»

«Julchen, mein Kind. Ich habe noch nicht mal etwas gegessen, und dann schon so was!»

Julia lachte. «Das Leben hält seine Überraschungen manchmal schon *vor* dem Frühstück bereit.»

«Um was geht es denn?»

«Ich möchte ein Porträt von dir malen.»

Anita gehörte für sie mit an die Wand zu den Mutterbildern.

«Hast du keine anderen Modelle gefunden?»

«Ich habe nur eine Oma, und die würde ich gerne malen», erwiderte Julia.

«Na, ich weiß nicht.»

«Traust du es mir nicht zu?»

«Doch, natürlich.»

«Also, wann kannst du hier sein?»

«Nach dem Frühstück, so gegen zehn», kam es leicht zerknirscht aus dem Hörer.

Julia ging ihre Föhrer Landschaftsbilder durch, um zu sehen, welches davon als Hintergrund zu ihrer Oma passen könnte. Am bestens etwas aus der Marsch, das war klar. Sie fand eins, das sie vor kurzem gemalt hatte. Was unbedingt dazukommen musste, waren der Haselnussbaum und die Bank, auf der sie gemeinsam gesessen hatten. Damit könnte sie schon mal anfangen.

Doch bevor Oma kam, musste sie noch schnell einen Apfelkuchen vorbereiten, das war Ehrensache. Wenn während des Modellsitzens ein verführerischer Backduft durchs Atelier zog, würde Anita sich sofort entspannen, das wusste sie.

Es gab da übrigens noch etwas, was Julia brennend interessierte: Omas Lkw hatte gestern den ganzen Tag in der Straße gestanden, sie selbst war aber nicht aufgetaucht und auch telefonisch nicht erreichbar gewesen. Hatte das vielleicht mit dem Kapitän zu tun? Den hatte Julia nämlich auch nicht gesehen …

Pünktlich um zehn parkte Oma im strömenden Regen vor dem Haus, kurz darauf kam sie reingehuscht. Sie legte ihre Regenjacke ab, zog sich die Schuhe aus und umarmte Julia zur Begrüßung. Oma trug einen knallroten Pullover, den Julia für ein Porträt etwas zu grell fand, aber das war egal. Mit ihren Farben konnte sie ohnehin alles so gestalten, wie es ihr richtig erschien.

Oma schnupperte. «Nach was riecht es hier? Den Duft kenne ich!»

«Gedeckter Apfelkuchen mit Mohnstreuseln und Zimt», erwiderte Julia. «Dein Rezept.»

«Das habe ich vor Urzeiten mal von meiner Großmutter gelernt. Ein Gedicht.»

«Können wir dann?», fragte Julia.

«Was soll ich tun?» Oma wirkte nervös.

«Setz dich einfach auf den Stuhl und denk an was Schönes.»

Ein Lächeln huschte über ihr Gesicht. «Du hast schon angefangen?» Sie deutete auf die Leinwand mit dem Haselnussbaum und der Bank.

«Das ist nur der Hintergrund.»

«Weißt du, ich habe so etwas noch nie gemacht ...»

«Nicht mal Nacktfotos in deiner Jugend?»

«Sorry?»

«War ja nur eine Frage.»

Ihre Oma schwieg eine Weile, dann räusperte sie sich. «Dein Opa wollte mal ... also ... da stand ich wenig bekleidet inmitten der Blumen im Gewächshaus.»

«Zeigst du mir das Bild bei Gelegenheit?»

«Ich habe es letztens zufällig wiedergefunden und sofort verbrannt.»

«Wie schade.»

«Ich wollte nicht, dass meine Nachfahren es zu sehen bekommen.»

«Wieso nicht?»

«Konzentrier dich lieber aufs Malen.»

In Anitas Gesicht gab es viele Landschaften. Ihre Mundwinkel waren besonders spannend: Je nachdem, in welche Richtung sie sich bewegten, wirkte sie amüsiert oder ernst, angestrengt oder entspannt, witzig oder melancholisch, nachdenklich oder übermütig. Julia musste sich für eine Nuance entscheiden, was ihr schwerfiel.

Dasselbe galt für die Augen, die man bekanntlich das Fenster zur Seele nannte. Anitas waren sehr ausdrucksstark. Dazu wollte Julia unbedingt das Mädchenhafte ihres Gesichts einfangen.

«Wie war es denn mit dem Kapitän?», fragte Julia und tupfte ihren Pinsel in die Farbe. Es war ein Schuss ins Blaue.

«Nett.»

Also doch!

«Schade», meinte Julia.

«Wieso schade?»

«Weil ‹nett› zu wenig ist. Wie lange wart ihr denn unterwegs?»

«Den ganzen Tag.»

«Vom Frühstück bis zum Abendessen?»

«Wir haben uns schon vor Sonnenaufgang getroffen.»

Julia nahm erstaunt den Pinsel von der Leinwand. «Wirklich? Was macht man denn alles in so vielen Stunden?»

«Uns ist schon was eingefallen.»

Wie sollte sie das jetzt verstehen? Julia überging das lieber. «Was ist er denn so für ein Typ? Viel reden tut er ja nicht, jedenfalls nicht mit mir.»

«Och, das kommt drauf an.»

Natürlich, Anita hatte ihn mit ihrem unwiderstehlichen Charme zum Reden gekriegt, das hätte sie sich ja denken können.

«Was hat er so erzählt?»

«Nicht nur du, auch *ich* habe ein Privatleben, mein Kind!»

Julia grinste. «Also geht da was?»

Das konnte sie sich in Omas Alter schwer vorstellen, andererseits: warum nicht?

«Auch das ist leider privat.»

Julia malte jetzt den Ansatz von Omas dichtem Haar. Plötzlich wusste sie auch, welchen Gesichtsausdruck sie ihr geben wollte: erstaunt. Erstaunen setzte voraus, dass man neugierig auf die Welt war, und das war Anita!

Irgendwann klopfte es am Scheunentor. Julia unterbrach ihre Arbeit und ging hin. Vor ihr stand ein jüngeres Pärchen, vielleicht Mitte zwanzig, Touristen auf dem Rad, die das gruselige Wetter nicht abgeschreckt hatte. Julia bat sie rein und bot ihnen einen Tee zum Aufwärmen an, außerdem war der Apfelkuchen gerade fertig.

Die beiden betrachteten neugierig das Bild von Oma auf der Staffelei. Die Farbe war noch nicht trocken, ansonsten war es fast fertig.

«Schönes Porträt», sagte die Frau.

Der Mann nickte.

Jetzt drehte die Frau sich zu Anita um, die es sich auf der Couch bequem gemacht hatte. «Sind *Sie* das?»

«Sieht es so aus?», fragte Oma zurück.

«Doch, das sind Sie!», rief der Mann. Dann fragte er vorsichtig: «Muss man Sie kennen? Sind Sie berühmt?»

«Ja», raunte Julia. «Aber psst.»

Die beiden blickten Oma schwer beeindruckt an, trauten sich aber nicht, nach ihrem Namen zu fragen. Sie kauften zwei Stücke Apfelkuchen, die sie draußen essen wollten, und verabschiedeten sich freundlich.

Julia malte das Porträt zu Ende, wobei sie Omas hochliegende Wangenknochen eine Nuance deutlicher hervorhob. Dann trat sie ein paar Schritte zurück und betrachtete ihr Werk. War es jetzt wirklich gut so? Sie war sich nicht sicher, es brauchte etwas Abstand, dann sollte Oma es selbst beurteilen.

«Willst du heute noch nach nebenan zum Kapitän?», fragte sie Anita so neutral wie möglich. Es war bereits Mittag.

«Nein», sagte Oma entschieden. Sie bedankte sich und verabschiedete sich von ihrer Enkelin.

Der Regen hatte aufgehört. Julia nahm sich ein Stück Kuchen und goss sich einen Tee ein. Sie betrachtete ihr Bild noch mal genauer, es gefiel ihr. Eigentlich sollte es diesen Raum nie verlassen, dachte sie seufzend. Aber das würde wohl ein Wunschtraum bleiben.

Am folgenden Tag rief Julia Anita auf dem Handy an.

«Guten Morgen, Oma.»

«Guten Morgen, Julia.»

«Dein Bild ist fertig, willst du es dir anschauen?»

«Ist der Kapitän da?»

«Nein, der ist heute Morgen weggefahren.»

«Gut, ich bin gleich bei dir.»

«Bis dann.»

«Na?», sagte Oma, als sie reinkam.

Julia war irritiert. Das sagte sie sonst nie zur Begrüßung.

«Omma, sei bitte nicht zu streng mit mir, ich kann alles ändern, wenn es dir nicht gefällt.»

Oma trat an die Staffelei und betrachtete lange das Bild.

«Das siehst du in mir?», fragte sie nach einer Weile.

«Es ist eine Momentaufnahme.»

«Hmmh.»

«Gefällt es dir nicht?»

«Es ist großartig ... Aber so großartig bin ich nicht.»

«Und wenn doch?»

Oma berührte Julias Arm. «Danke, mein Kind, aber das ist zu dicke.»

«Was ist los, Omma?» Normalerweise hätte Anita sich mit einem Spruch aus der Affäre gezogen.

Sie fuhr sich durchs Haar. «Entschuldige, ich bin etwas von der Rolle.»

«Ist was passiert?»

«Ich reise gleich zurück nach Gelsenkirchen, meine Fähre geht in einer halben Stunde.» Oma sah sie traurig an.

«Was? So plötzlich? Aber warum das?»

«Wir telefonieren, ja?»

Sie umarmte sie kurz und verließ das Atelier, ohne sich noch einmal umzublicken. Dann brauste sie mit dem dunkelroten Lkw davon.

Julia verstand die Welt nicht mehr. Hatte sie irgendetwas nicht mitbekommen? Sie legte sich auf den Holzfußboden und beobachtete, wie das Licht des Tages langsam gen Abend zog. Während sie über ihre Oma nachdachte, fühlte sie sich so schwer, dass ihr nach kurzer Zeit die Augen zufielen.

Ein Klopfen am Scheunentor weckte sie. Kapitän Paulsen trat ein. Er trug nicht wie sonst Jeans und weißes T-Shirt, sondern eine schwarze Stoffhose, ein hellblaues Hemd und darüber ein leichtes Sommerjackett.

«Moin.»

«Moin.»

Paulsen ging nervös vor ihr auf und ab. So hatte Julia ihn noch nie erlebt.

«Ich war gerade in Utersum, um Ihre Großmutter in der Pension zu besuchen. Aber sie war nicht mehr da.»

Julia nickte bekümmert. «Anita ist abgereist.»

«Wie ... abgereist?»

«Sie ist zurück nach Gelsenkirchen gefahren.»

Bestimmt blieb ein Kapitän auch dann gefasst, wenn sein Schiff auf hoher See zu sinken drohte. Aber Paulsen war jetzt leichenblass.

«Warum?», brachte er hervor.

«Ich verstehe es auch nicht. Sie wollte nicht darüber reden.»

Paulsen sah aus, als hätte man ihm mit einem Kantholz einen Schlag auf den Kopf versetzt. Er starrte auf das Bild von Oma, das auf die Staffelei gespannt war.

«Gefällt es Ihnen?», fragte sie.

«Ja.»

«Bitte.» Sie nahm es ab und reichte es ihm. «Es gehört Ihnen.»

Doch der Kapitän hob abwehrend die Hände. «Ich möchte es nicht.»

«Bitte behalten Sie es.»

«Na gut. Vielen Dank.»

Er nahm das Bild entgegen und eilte grußlos hinaus.

Zu spät stellte Julia sich die Frage, ob das richtig von ihr gewesen war. Falls ihre Oma nichts von ihm wissen wollte, er aber verliebt in sie war, würde ihn das Bild besonders schmerzen.

Julia kannte ihre Oma an guten wie an schlechten Tagen. Wobei sie den schlechten nie besonders viel Bedeutung beimaß. Für ihre Julia war sie immer wie ein Baum gewesen, an den sie sich anlehnen konnte. Klar war sie auch mal kaputt oder müde, der Blumenladen machte eine Menge Arbeit. Aber immer, wenn es irgend ging, hatte Oma mit ihrer Enkelin etwas Schönes unternommen. An den Wochenenden waren sie in Anitas knallrotem Alfa Romeo durchs Ruhrgebiet gegondelt.

Julia durfte dann immer vorne sitzen, auch als sie noch nicht alt genug war.

Omas überstürzte Abreise blieb Julia rätselhaft. Es musste etwas Heftiges passiert sein. So sprunghaft hatte sie Anita noch nicht erlebt.

20

Hark stellte das Porträt von Anita auf die japanische Kommode im Wohnzimmer und schaute es lange an. Es kam ihm so vor, als wenn sie sich ewig kannten. Die Marschlandschaft im Hintergrund war ihm zudem seit frühester Kindheit vertraut. Julia Koslowski hatte Anita hervorragend getroffen, was es für ihn noch schlimmer machte: Das Mädchenhafte in ihrem Gesicht war zart herausgearbeitet, ihr Blick war klar und herausfordernd, die Mundpartie drückte eine gewisse Skepsis gegenüber dem Betrachter aus, gleichzeitig lag Humor darin. Je nachdem, ob er sich dem Bild von links oder von rechts näherte, trat der eine oder andere Aspekt in den Vordergrund. Das machte das Porträt so lebendig – und ließ ihn noch mehr leiden.

Er hatte Anitas Zeichen alle falsch gedeutet: ihr Lächeln, ihre Zuwendung, den gemeinsamen Blick aufs Meer. Für ihn waren es die schönsten Stunden seit Jahren gewesen. Er hatte gedacht, dass sie sich bestens verstanden hatten, diesen ganzen großartigen Tag lang! Immer wieder spulte er den Erinnerungsfilm von vorne ab:

Der riesige Himmel, unter dem sie eine gefühlte Ewigkeit gesessen hatten.

Der Morgentee, der sie gewärmt hatte und den sie beide mit einem Schuss Milch getrunken hatten.

Die Farben der Insel und des Meeres, als wären sie Teil eines Gemäldes.

Ihr einvernehmliches Schweigen.

Die Verbindung von Blumen und Meer.

Das Spätnachmittagslicht.

Das altmodische Abendbrot mit Schwarzbrot, gemischtem Aufschnitt und Gürkchen.

Der phantastische Sonnenuntergang, der den Himmel glühen ließ.

Hark hätte tagelang mit Anita reden oder auch schweigen können. Besonders Letzteres konnte man nur mit wenigen Menschen. Jetzt erst fiel ihm auf, wie wenig sie über die Vergangenheit gesprochen hatten. Sie hatten die gemeinsame Gegenwart, den Augenblick genossen.

Jedenfalls hatte er das gedacht.

Anita hatte es offensichtlich anders empfunden, für sie hatte es nicht viel bedeutet. Ihr Lächeln, ihre aufblitzenden Augen, wenn sie ihre Hand wie zufällig auf seine legte, um etwas zu betonen – für ihn blieb das unvergesslich. Umgekehrt war er für sie wohl nur eine flüchtige Urlaubsbekanntschaft, die sie nicht wiederzusehen brauchte. Ein Flirt, zur Selbstbestätigung vielleicht, mehr nicht.

Wie hatte er sich derartig irren können? Wehmütig schaute er auf Anitas schönes Gesicht. Warum sie Föhr verlassen hatte, ohne sich von ihm zu verabschieden, war ihm unverständlich. Wenn ihr die gemeinsamen Stunden nicht gefallen hatten, wieso hatte sie sich dann nicht schon vormittags von ihm verabschiedet, womöglich unter einem Vorwand? Wieso hatte sie bis zum Sonnenuntergang an seiner Seite ausgeharrt? Wenn sie ihm gesagt hätte, dass sie aus ihrer Sicht nicht zusammenpassten, warum auch immer, dann hätte er vielleicht damit leben können. Aber einfach abhauen, ohne eine Nachricht zu hinterlassen?

Manche Menschen seines Alters gaben vor Jüngeren gerne mit ihrer Lebenserfahrung an. Er gehörte nicht dazu. Bei den wirklich wichtigen Dingen stand man immer wieder am Anfang, davon war er fest überzeugt. Ob etwas gut oder schlecht ausging, wusste man ohnehin erst hinterher. Egal, wie alt man war.

Wo war das Glück geblieben, das ihn sein Leben lang so beständig begleitet hatte? Gab es vielleicht so etwas wie ein Glückskonto, von dem er gezehrt hatte und das nun aufgebraucht war?

Er holte die Flasche Aquavit aus dem Eisfach, nahm ein Glas und füllte es randvoll. Dann trank er zügig, während er das Gemälde betrachtete.

Hark erinnerte sich daran, wie innig Anita ihn beim Abschied umarmt hatte. Er blickte in ihre Augen: Was dachte sie wohl in diesem Moment? Vielleicht hätte er einfach ihre Hand ergreifen sollen, aber das hatte er sich nicht getraut. Womöglich war das der Fehler gewesen. Er konnte es drehen und wenden, wie er wollte, er kam zu keiner Erklärung für ihr Verhalten.

Nach ihrem großen Tag hatte er fest daran geglaubt, dass sie eine tiefe Verbindung zueinander hatten. Das war viel mehr als spontanes Verliebtsein! Er wollte noch einmal behutsam eine Decke über die schlafende Anita legen, erleben, wie sie die Augen aufschlug und murmelte: «Oh, danke, sehr fürsorglich.» Sie hatte sich doch gut bei ihm aufgehoben gefühlt. Aber eben nur scheinbar.

Mit dem Schnaps hoffte er, den Teufel, der ihn triezte, wenigstens für den Moment auszutreiben. Schnell war die Flasche leer. Aus irgendeinem Grund glaubten viele Menschen, dass alle Seeleute viel Alkohol vertrugen. Auf ihn traf das nicht zu. Er war noch nie seekrank geworden, aber jetzt drehte sich alles um ihn. Er blickte wieder auf das Gemälde.

Anita sollte verdammt noch mal aufhören, ihn so anzustarren. Er hielt das nicht aus!

Er nahm das Bild von der Kommode und ging damit in den Flur. Dort zog er mit einem Haken die wackelige Leiter zum Dachboden hinunter und versuchte, mit dem Bild in beiden Händen hochzusteigen. Mühsam musste er um Balance ringen, er wankte und stolperte prompt. Blöderweise gab es kein Geländer. Geistesgegenwärtig warf er das Gemälde nach oben, um sich an die Treppe klammern zu können. Sein Herz pochte wie wahnsinnig, das war gerade noch mal gut gegangen! Er wartete einen Moment, richtete sich wieder auf – und verlor auf der Stelle das Gleichgewicht. Er stürzte einige Stufen hinunter und landete hart auf dem gekachelten Fußboden. Es war einfach zu viel Aquavit gewesen.

Für eine Sekunde war er leicht weggetreten, dann kam er wieder zu sich. Sein Arm tat weh und blutete etwas, sonst war nichts passiert. Die ganze Aktion war total schwachsinnig gewesen.

Er ging in die Küche und fingerte eine Mullbinde aus dem Schrank. Als Kapitän hatte er eine medizinische Notfallausbildung absolviert, im Lauf der Jahre hatte er einige Seeleute an Bord wieder zusammengeflickt. Für sich selber aber bekam er den Verband kaum hin, zumal der Aquavit noch bedenklich in seinem Kopf herumschwappte. Er wurschtelte die Binde provisorisch um die Wunde und warf zwei Ibuprofen ein. Dann legte er sich ins Bett und versuchte einzuschlafen, aber es gelang ihm nicht. Anita weg, und Miranda war auch nicht mehr für ihn da – wie hatte er sein Leben nur so gegen die Wand fahren können?

Tags darauf im Frischemarkt traf er Birte, die heute zu ihrer Jeanslatzhose ein neonoranges T-Shirt trug.

«Mensch, Birte, ist das grell», murmelte er.

«Moin, Sharky, ja, ich habe meine Sachen aus den Siebzigern wieder rausgeholt», erklärte sie fröhlich. «Und stell dir vor, sie passen noch!»

Damals war er in seiner Freizeit auch manchmal mit Latzhose herumgelaufen, wogegen Miranda vehement protestiert hatte. Zu Recht, wenn er sich heute die Fotos anguckte.

Birte deutete auf seinen Verband. «Hast du dir was getan?»

«Nur gestolpert.»

«Warst du damit bei Dr. Schneider?»

Das war der Landarzt in Oldsum, zu dem alle gingen.

«Ach was.»

«In deinem Alter ist das besser.»

In deinem Alter?

«Unsinn.»

Wenn es so weiterging in seinem Leben, würde er noch ein störrischer alter Mann werden, der keinen noch so gut gemeinten Rat mehr annehmen konnte.

«Sag mal, Canasta in Grethjens Gasthof – steht das noch?», erkundigte er sich. Besser, er unternahm irgendetwas, um sich abzulenken.

«Klar, heute Nachmittag.»

«Habt ihr noch einen Platz frei?»

Birte strahlte ihn an. «Hey, Sharky, bist du dabei?»

«Dachte ich.»

«Gerne – wir treffen uns um vier.»

«Ich freue mich.»

«Ich mich auch.»

Seit dem 19. Jahrhundert war Grethjens Gasthof in Alkersum traditionelle Dorfgaststätte und Künstlertreff gewesen. Die Räume waren vor Jahren komplett renoviert worden, sie gehörten nun zur Gastronomie des Museums «Kunst der Westküste». Es war ein elegantes Café-Restaurant mit modernen nordischen Möbeln. Vom Gastraum aus schaute man auf einen begrünten Innenhof, an den Wänden hingen Gemälde aus der hochkarätigen Sammlung des Museums, das vor allem Ansichten vom Meer zeigte. Aktuell waren es Bilder von Otto Heinrich Engel, einem Maler, der viele Sommer auf Föhr verbracht hatte. Eines seiner Bilder stellte Frauen in Friesentrachten dar, ein anderes den Friesendom in Nieblum, das nächste eine sandige Dorfstraße in Oevenum. Daneben hing eine Meeresansicht von Emil Nolde.

Hark kam in Jeans und weißem T-Shirt in den Gasthof, so wie er eben normalerweise in seiner Freizeit herumlief. An einem Tisch am Fenster wartete Birte bereits. Überraschenderweise hatte sie sich schick gemacht, sie trug ein Seidenkleid, eine Strumpfhose im Leopardenmuster und schwarze Sneakers.

«Moin!»

«Moin, schön, dass du gekommen bist.»

Er fühlte sich reichlich *underdressed*, niemand hatte ihm gesagt, dass das Canastaspielen eine Edel-Veranstaltung war. So etwas war auf der Insel Föhr auch nicht üblich.

Als die anderen kamen, war er erleichtert, dass sie das genauso sahen. Neben Birte nahmen Keike aus Rickmers Frischemarkt und der schwergewichtige Karl aus Süderende Platz, der wie Hark ganz normal in Jeans und T-Shirt gekommen war. Karl hatte in der Lohnbuchhaltung der Reederei gearbeitet. Hark kannte alle Mitspieler seit vielen Jahren, es war eine nette Truppe.

«Los geht's.» Birte begann, die Karten zu verteilen.

Hark hatte ewig nicht mehr Canasta gespielt und musste sich noch einmal die Regeln erklären lassen: Die schwarzen Dreier durften nicht gesammelt werden, bei Hand-Canasta konnte man alles auf einmal ablegen. Langsam kam er wieder rein, musste aber hin und wieder nachfragen. Was die anderen kaum glauben mochten, denn er gewann eine Partie nach der anderen.

«Wenn ich das gewusst hätte, Sharky, hätte ich dich nie eingeladen», beschwerte sich Birte grinsend.

«Anfängerglück», murmelte er.

«Das sagst du nur, um zu bluffen», meinte Keike.

Birte schrieb die Punkte auf eine Liste und teilte das Blatt für die nächste Runde aus. Hark bekam einige Joker auf die Hand, die ihm freundlich zuzuzwinkern schienen. Seine Gedanken drifteten jedoch ab – zu Anita. Er sah vor sich, wie der Seewind sanft durch ihre Haare fuhr, dazu schien die Sonne vom Nordseehimmel warm auf ihr Gesicht.

«Sharky?»

Mist, er war dran! Die anderen bekamen rote Ohren, so eifrig waren sie bei der Sache. Hark legte schnell irgendeine Karte ab, es war ihm egal, welche. Er sah sich mit Anita durch die Marsch spazieren, ihre Hände fanden sich wie von selbst, alles war so leicht. Wo sie wohl gerade war? Schon in Gelsenkirchen in ihrem Gewächshaus? Dachte sie überhaupt noch an ihn? – Wahrscheinlich nicht.

Zu seinem eigenen Erstaunen gewann er erneut.

Großes Hallo.

Daraufhin gab Hark für alle Sekt aus, blieb aber selbst bei Cola. Der Aquavit saß ihm noch in den Knochen. Bei der nächsten Runde schaute er ständig auf die Uhr. Er konnte sich immer schlechter konzentrieren und verlor – aber auch das war ihm egal. Die anderen waren nett zu ihm, da konnte er sich nicht beschweren.

Aber gegen Anita war alles fade. Er war immer noch schwer in sie verliebt.

Und nun?

21

Julia breitete alle Bilder, die sie bisher auf der Insel gemalt hatte, vor sich aus und hängte sie dann an zwei gegenüberliegende Wände des Ateliers. An eine kamen die Gemälde von der Marsch: bei Sonnenaufgang und zur blauen Stunde, warme Mittagsstunden genauso wie Regen bei heftigem Wind. An die andere Wand hängte sie die tanzenden Surfer. Manchmal hatte sie sie naturalistisch wiedergegeben, meist hatte sie das Spiel mit Wasser und Wind aber als wirbelnde Farbpunkte dargestellt.

Dann legte Julia sich auf den Holzfußboden und ließ alles auf sich wirken. Beim Malen war ihr gar nicht bewusst gewesen, wie viele unterschiedliche Stimmungen sie eingefangen hatte: heiter, müde, überschwänglich, deprimiert, albern, ergriffen. Auf Föhr war alles vereint, was ihr etwas bedeutete: das Malen und Backen, die Blumen und die Menschen. Hier, in der Scheune, verbanden sich ihre Leidenschaften auf leichte, natürliche Weise. Und sie war ihrer Mutter besonders nah. Beim Gedanken an sie überkam sie eine Woge des Glücks. Ja, sie fühlte sich in diesem Moment ganz bei ihr und bei sich selbst.

Nach wie vor schauten jeden Tag Feriengäste und Insulaner vorbei, für die sie Kuchen buk, dazu gab es Kaffee und Sekt. Niemand der Besucher wusste, warum sie die Bilder gemalt hatte, umso mehr freute sie sich über ihre Reaktion. Jeder fand sein

Lieblingsgemälde, erzählte Julia, wie er die Marsch empfunden hatte. So durfte es gerne weitergehen.

Das Einzige, was Julia momentan Sorgen bereitete, war ihre Oma. Sie hatte sich noch nicht wieder aus Gelsenkirchen gemeldet. Anscheinend brauchte sie eine Auszeit, sonst wäre sie nicht so überstürzt abgereist. Irgendetwas musste zwischen ihr und dem Kapitän passiert sein. Aber was? Paulsen ging es gar nicht gut, sein Gang war behäbig, sein Blick nach innen gerichtet. Er erinnerte sie an eine Muschel, die sich fest verschlossen hatte und nicht aufzukriegen war. Stumm schleppte er sich an ihrem Atelier vorbei und redete kein Wort. Einmal hörte sie ihn nebenan rumoren und stellte ihm eine Tupperdose mit einem Stück Kuchen vor die Tür. Am nächsten Tag stand sie unangerührt an derselben Stelle. Anscheinend wollte er komplett in Ruhe gelassen werden.

Finn-Ole schaute öfter vorbei, worüber Julia sich sehr freute. Bei jedem Besuch trug er ein anderes Hawaii-Hemd, was nur bedeuten konnte, dass er unzählige davon besaß. Irgendwann würde sie mit ihm darüber sprechen, aber der richtige Augenblick war noch nicht gekommen. Sie hoffte auf den Tag, an dem er in Jeans und weißem T-Shirt erschien.

Meistens brachte er Edda mit, die ganz vernarrt in Julia war und sich gerne von ihr kraulen ließ. Finn-Ole hatte sie darauf trainiert, Sprünge in der Luft zu machen, bei denen sie mit allen vieren gleichzeitig abhob. Es sah aus wie in einem Comic und brachte Edda selbst auch großen Spaß. So strukturiert Finn-Ole ihr anfangs vorgekommen war, so schillernd wirkte er inzwischen auf sie. Sie hatte erfahren, dass er als Bürgermeister von Oldsum unzählige Veranstaltungen und Feste auf die Beine stellte und sich wirklich um die Belange der Leute kümmerte.

«Ich freue mich jedes Mal über deine Bilder von der Insel»,

sagte er eines Tages zu ihr, als sie bei einer Tasse Kaffee in ihrem Atelier saßen.

Julia lächelte. «Schön.»

«Auch deine Blumen sind ein echter Hingucker.»

Ein Mann, der Blumen mochte, war ihrer Erfahrung nach eher eine Seltenheit. Finn-Ole überraschte sie immer wieder. Prompt servierte sie ihm ein Stück ihrer neuesten Kuchenkreation: eine Bananen-Kiwi-Torte. Erwartungsvoll sah sie ihn an.

«Die ist schrecklich», befand er nach dem ersten Abbeißen.

«Wieso?», fragte sie erschrocken.

«Die schmeckt so gut, dass sie auf der Stelle süchtig macht. Kann ich bitte noch ein Stück haben?»

Ihr Herz machte einen Sprung. «Na klar, gerne.»

«Was sind denn eigentlich deine weiteren Pläne für das Atelier? Soll es ein Café werden?»

Sie setzte ihre Tasse ab. «Wie kommst du darauf?»

«Na, wenn ich mich so umschaue, ist der Gedanke nicht abwegig, oder?»

«Wie ich gehört habe, war hier früher schon mal ein Café», antwortete sie ausweichend.

Er nickte. «Du würdest eine Tradition fortsetzen. – Also, wie wäre das?»

«Wie du weißt, habe ich bereits einen Job in Gelsenkirchen.»

Ihr Leben auf Föhr hatte sie allerdings so sehr in Beschlag genommen, dass das Blumenhaus gefühlt auf einem anderen Kontinent lag. Natürlich wäre es ein Traum, hier im Atelier zu leben und nebenbei Geld mit einem Cafébetrieb zu verdienen. Aber es war eben nur ein Traum. Vielleicht würde er in einem anderen Leben wahr werden.

«Das kann man ändern», sagte er.

«Warum sollte ich das ändern?» Sie dachte momentan nur

von Tag zu Tag, von Motiv zu Motiv und so gut wie gar nicht darüber hinaus.

«Fühlst du dich denn hier nicht wohl?»

«Doch, sehr.»

«Also, was spricht dagegen?»

Sie lachte. «So gesehen gar nichts.»

«Na dann!»

«Na ja, vielleicht doch: der Mut.»

«Es läuft doch alles bestens, die Leute lieben diesen Ort, sie lieben deine Torten, sie mögen die Atmosphäre. Und nicht nur die Touristen, sondern auch die Insulaner. Die könnten im Winter dein Stammpublikum werden, wenn weniger Besucher vom Festland kommen. Und im Sommer rennen dir die Touris ohnehin die Bude ein, das sieht man ja. Du könntest den Kaffeeausschank einfach offiziell anmelden, und schon hast du deinen eigenen Laden.»

Innerlich seufzte Julia bei dem Gedanken. Das war eine wunderbare Vorstellung. Aber das Leben war halt kein Wunschkonzert. Sie wusste, dass ihr Platz im Blumenhaus Koslowski war, auch wenn sie sich momentan nicht vorstellen konnte, die Insel zu verlassen. Niemals würde sie ihre Oma im Stich lassen.

«Nein», sagte sie knapp, «das hier bleibt ein Atelier auf Zeit, mehr nicht.»

Sie erschrak ein bisschen über sich selbst. Finn-Ole hatte ihr gerade vor Augen geführt, dass ihre Zeit auf Föhr begrenzt war. Der Gedanke schmerzte sie.

Komischerweise hatten er und sie sich, obwohl sie sich mittlerweile richtig gut verstanden, noch kein einziges Mal offiziell verabredet, zum Essen zum Beispiel. Aber vielleicht war das auch so ein typisches Stadtding, hier auf der Insel lief man sich ohnehin dauernd über den Weg. Trotzdem hätte sie ihn gerne mal getroffen. Andererseits könnte er ja auch die Initiative ergreifen, und das hatte er bisher nicht getan.

Wenigstens schritt ihre große Mission voran. Nur noch drei Orte in der Kladde ihrer Mutter hatte sie noch nicht aufgesucht, die würde Julia sich jetzt vornehmen. Als Erstes die Kurmuschel an der Wyker Promenade, in der Julia angeblich als Kleinkind getanzt hatte. Julia betrachtete die Skizze ihrer Mutter. Im Hintergrund hatte Linda Wellen angedeutet, Möwen flogen über das Dach, und die Sonne schien. Ein echtes Idyll. An diesen Ort würde es heute für Julia gehen.

Elske hatte ihr netterweise wieder ein Rad geliehen. Damit fuhr Julia frühmorgens von Oldsum nach Wyk, die Staffelei auf den Rücken geschnallt. Kein Lüftchen regte sich, der Frühnebel stand über den Wiesen, es würde ein richtiger Hochsommertag werden. Schon jetzt roch es nach der Hitze, die kommen würde.

Statt des kurzen Weges über die Landesstraße fuhr Julia auf Nebenwegen quer durch die Marsch. Auf dem Rad kam es ihr vor wie fliegen.

Aufatmen. Frisches Heu und Meeresduft. Sonnige Weite. Freiheit!

Auf dem Sandwall, der Hauptpromenade von Wyk, schlenderten in der Hauptsaison normalerweise viele Menschen, aber um diese Uhrzeit war kaum jemand zu sehen. Die Morgensonne leuchtete den leeren Bürgersteig hell aus, links neben Julia lag das Meer. Cafés und Läden waren noch geschlossen. Allein in der Buchhandlung «Bobo» kauften die ersten Frühaufsteher ihre Zeitung und anschließend frische Brötchen bei Bäcker Hansen um die Ecke.

Vor der Promenade befand sich der Strand, auf dem bereits einzelne Jogger zu sehen waren. Dahinter streckte sich im auflaufenden Wasser die Hallig Langeneß aus. Hin und wieder blinkte eins der Fenster in der Sonne gleißend hell auf, als wollte jemand von dort ein Zeichen senden.

Die Kurmuschel lag direkt am Strand und öffnete sich zum Sandwall hin. Julia setzte sich auf eine der Bänke im Zuhörerbereich. Hier auf der Bühne hatte sie als Einjährige getanzt? Julia spürte die Zärtlichkeit, die ihre Mutter empfunden hatte, während sie ihr Kind beobachtete.

Sie nahm die Kladde in die Hand und schaute auf die Kugelschreiberzeichnung, die Linda vor genau neunundzwanzig Jahren hier angefertigt hatte. Alles, was danach kam, hatte Mamita nicht mehr mitbekommen: Julias geliebtes Puppenhaus, die Einschulung, ihre Freundinnen und Freunde, die erste Zahnklammer, die Pubertät, ihren ersten Freund. Wie das alles wohl *mit* ihrer Mutter verlaufen wäre? Wie hatte Linda ausgesehen, wenn sie in Feierlaune war? Wie, wenn sie müde war? Wie hatte sich ihre Haut angefühlt? Wie hatte sie gerochen? Alles Fragen, die sie sich schon oft gestellt hatte. Und auf die es niemals eine Antwort geben würde.

Julia begann, die Kurmuschel zu malen. Sie entwarf eine leuchtende Bühne, der Himmel darüber bekam düstere Farben, obwohl die Sonne schon schien. Die Luft wirkte aufgeladen, wie kurz vor einem Gewitter. Ein kleines Mädchen machte Quatsch auf der leeren Bühne, ihre Mutter saß auf einer Bank und sah ihr zu.

Als irgendwann die Band eintraf, die hier täglich auftrat, schrak Julia auf. Sie hatte die Zeit vergessen, es war schon zehn Uhr.

Die Musiker waren weiß gekleidet, die blondierte Leadsängerin gab nun, um das Mikro zu testen, eine Kostprobe ihrer rockig-souligen Stimme.

Kurze Zeit später begannen die Musiker, die Charts rauf und runter zu spielen, vermischt mit ein paar Oldies von Elvis Presley und den Beatles. Schnell waren sämtliche Bänke besetzt. Neben der Kurmuschel tanzten zwei Paare Foxtrott – und das um diese Uhrzeit!

Einige Zuhörer schauten neugierig auf Julias Skizzen, aber sie war zu sehr bei sich und ihrer Mutter, um etwas dazu sagen zu wollen.

Irgendwann packte Julia ihre Malutensilien ein und wanderte weiter zur nächsten Station, Richtung Seglerhafen. Die dazugehörige Zeichnung in Lindas Kladde zeigte Segelboote und eine Fähre. Ihre Mutter hatte das Bild «Ankunft zum Abschied» genannt. Wie hatte sie das gemeint? Dass mit der Ankunft der Abschied schon vorprogrammiert war? Vielleicht würde Julia es vor Ort herausbekommen.

Im Café Arco standen bereits die ersten Aperol Spritz auf den Stehtischen. Ein Stückchen weiter lag der Supermarkt Stammers, laut Schild an der Hauswand «der letzte Kaufmann vor Dagebüll». Davor wehte eine riesige HSV-Fahne. Die beiden Inhaber hatten für jeden einen Spruch parat, manche Leute kauften nur deswegen dort ein.

Julia besorgte sich ein Snickers und eine Cola: «Einmal Frühstück für echte Gourmets», nannte es der Kassierer, als er die Preise eintippte.

Sie ließ sich auf dem Deich hinterm Hafen nieder und blickte durch den Mastenwald der Boote auf die Autofähren. An einem Steg lagen zwei Krabbenkutter, einer mit rotem, der andere mit grünem Rumpf. Der Wyker Seglerhafen war in den letzten Jahrzehnten komplett umgebaut worden. Den Ausblick, wie ihn ihre Mutter gehabt hatte, gab es so nicht mehr.

Julia probierte alles Mögliche aus, malte die Fähre wahlweise gelb-blau-grün, türkis-ocker-grau oder rot-schwarz-gelb. Das brachte sie auf eine Idee: Wie wäre es, wenn sie alle Farben der Insel an einer Stelle zusammenbrachte?

Jetzt beobachtete sie, wie etwas entfernt ein uraltes Ausflugsschiff in den Hafen geschleppt und dort festgemacht wurde. Es sah so aus, als sei es zur Zeit der Dampfschiffe vom Stapel gelaufen. Der Bug streckte sich den Wellen steil entgegen, die Fenster der Brücke und der Kajüte waren mit kleinen rechteckigen Scheiben versehen, umrahmt von dunkelbraunem Holz. Das Schiff wirkte wie ein schwimmendes Ferienhaus. Der rostige Schornstein hatte früher mit Sicherheit malerische Kohleschwaden in die Luft entlassen, die Farbe des Rumpfs war pittoresk abgeblättert. Das Schiff war bestimmt hundert Jahre alt. Was hatte es wohl alles von der Welt gesehen? Julia träumte sich in Meere und Flüsse anderer Länder, auf mondäne Schiffspartys in den Zwanzigern mit Kapellen, die an Bord Charleston spielten, dazu tanzende Frauen in wunderschönen Kleidern und Männer in Smoking und Fliege.

Nur mit Mühe konnte sie den Schiffsnamen entziffern: *Nordsand*. Ihre Gedanken schweiften weiter ab. Wie es wohl wäre, dieses Schiff mit den Bildern aus der Kladde ihrer Mutter zu bemalen? Mit dem Himmel über der Marsch, den leuchtenden Segeln der Surfer vor der Kurklinik, der Bühne auf dem Sandwall ... So bemalt würde dieses Schiff der Träume in See stechen, die Farben würden bei jedem, der es sah, etwas auslösen. Eine schöne Vorstellung.

Oder vielleicht doch kein Traum? Die *Nordsand* brauchte sowieso einen neuen Anstrich, das war offensichtlich, warum dann nicht mit ihren Farben? Vielleicht sollte sie einfach mal nachfragen gehen, bestimmt wusste man in der Hafenmeisterei mehr. Sie hatte ja Zeit.

Die Hafenmeisterei residierte in einem schlichten weißen Bungalow, der sich auf einem schwimmenden Ponton mitten im Seglerhafen befand. Julia ging über den schmalen Steg und klopfte an der Tür. Als sie das kleine Büro betrat, war sie überrascht. Sie hatte einen grauhaarigen Seebären erwartet, stattdessen saß dort eine blond gelockte Mittvierzigerin an einem Schreibtisch, auf dem sich meterhoch Papiere stapelten. Irgendwo war ihr diese Frau mit den hochliegenden Wangenknochen schon mal begegnet, aber wo?

«Bin ich hier richtig beim Hafenmeister?», fragte Julia.

«Der Hafenmeister bin ich», antwortete sie mit rauer Stimme. «Und du bist Julia, die Anstreicherin aus Oldsum!» Sie grinste.

Julia stand noch auf der Leitung. «Woher kennen wir uns noch mal …?»

«Von der Übergabe des Surfbretts am Oldsumer Deich. Ich bin Wiebke.»

«Siehste, ich wusste, dass ich dich schon mal gesehen habe! … Sag mal, weißt du, was mit der *Nordsand* ist?»

«Klar weiß ich das. Die liegt hier, bis sie einen neuen Besitzer bekommt.» Sie sah Julia neugierig an. «Wieso? Willst du sie kaufen?»

«Nee, aber bemalen.»

«Wie genau?»

«In den Farben von Föhr.»

«Und wozu?»

«Nur so, als Kunstwerk.»

Wiebke sah skeptisch aus. «Und was soll das bringen?»

«Das kann man so genau nicht sagen.»

«Warte, ich muss den Eigner fragen.»

«Klar.»

Wiebke zückte ihr Handy und drückte eine Nummer. «Sag mal, hier ist eine Anstreicherin, die die *Nordsand* bunt anpinnen will, wie sieht das aus?»

Julia wusste selbst, dass es eine verrückte Idee war. Außerdem war völlig ungeklärt, wer die Farbe bezahlte: Schiffsfarbe mit Rostschutz war teuer, die gab es nicht im Baumarkt um die Ecke.

Wiebke sah sie an, legte aber noch nicht auf: «Bunt will er nicht.»

Julia überlegte kurz. «Dann nur den Schornstein.»

«Dann nur den Schornstein», wiederholte Wiebke ins Telefon. Sie wandte sich wieder an Julia: «Welche Farbe?»

«Alle, die es auf Föhr gibt.»

Auch das wiederholte Wiebke. Sie hörte dem Eigner einen Moment zu. «Schornstein nur in Gelb, sage ich ihr. Tschüssing.» Sie legte auf und sah Julia bedauernd an: «Auch das will er nicht. Er fürchtet, dass er die *Nordsand* dann schwerer verkauft bekommt.»

«Schade.» Julia war enttäuscht. «Aber vielleicht ändert er seine Meinung ja noch. Trotzdem danke.»

Als sie sich auf den Heimweg machte, wusste sie, dass das letzte Wort über die *Nordsand* noch nicht gesprochen war. Sie würde nicht lockerlassen.

22

Der Wyker Sandwall war um die Mittagszeit voller Menschen. Das gefiel Hark nicht, aber da musste er durch. Wenn man in einem abgelegenen Marschdorf wohnte, fühlte sich das so an, als lebte man in der Prärie. Und hier in Wyk begab er sich nun quasi auf den New Yorker Broadway. Die Chance, Bekannte zu treffen, war um ein Vielfaches höher als in Oldsum. Sonst hielt er ja gerne mal hier und da einen Klönschnack, aber heute war ihm gar nicht danach. Obwohl die Sonne schien, filterte er für sich nur die düsteren Farben heraus. Er setzte seine Sonnenbrille auf und legte ein zackiges Tempo ein.

Anita, Anita, Anita. Hörte das jemals wieder auf?

Normalerweise hätte er in dieser Stimmung den Sandwall gemieden, aber sein Vorrat an neuen Büchern war aufgebraucht. Die nächsten Wochen wollte er nichts anderes tun, als im Garten hinterm Haus zu sitzen und zu lesen. Vielleicht half ihm das, Abstand zu gewinnen.

Hark war Krimifan, las aber auch andere Bücher. Und er gehörte zu den Menschen, die gerne noch ein echtes Buch aus Papier in den Händen hielten. Er mochte die Kaffeeflecken, die sich auf so mancher Seite verewigten, außerdem knickte er Taschenbücher beim Lesen, um sie besser halten zu können, das gehörte für ihn dazu.

Blöderweise lief ihm noch vor der Buchhandlung Roloff mit seinem Seemannsbart in die Arme: sein Steuermann, genauer gesagt, sein *ehemaliger* Steuermann.

«Moin.» Er schnitt Hark den Weg ab.

«Moin.»

Plötzlich musste Hark wieder an die Abschiedsfeier denken, die die Reederei ihm aufzwingen wollte. Die hatte er in den letzten Wochen vollkommen verdrängt.

«Und? Wie is?», fragte Roloff.

«Bestens, und selber?»

«Auch.»

Eigentlich fand Hark die kurzen Gespräche mit Roloff ganz unterhaltsam, man sabbelte ein bisschen, ohne wirklich etwas zu sagen. Das Schöne daran war, dass man sie an jeder beliebigen Stelle abbrechen konnte. Oder man fügte etwas hinzu wie: «Auf der Fähre alles im Lot?» – «Zu Hause alles gesund?» – «Was machen die Kinder?»

Heute aber wollte Hark nur seine Ruhe haben. «Ich muss», sagte er. *Was* er musste, war unwichtig. Diese Ankündigung wurde auf der Insel immer ohne Nachfrage akzeptiert.

«Mok god», brummte Roloff.

«Du auch.»

Damit war der Höflichkeit Genüge getan, und sie gingen auseinander.

Der Buchladen am Sandwall war kaum zu erkennen, vor dem Schaufenster standen unzählige Kartenständer. Zeitungen und Zeitschriften aus sämtlichen Regionen lagen auf einem großen Tisch aus. Der Inhaber, Boy Boysen, kurz «Bobo», stand in kurzen Hosen und roten Hosenträgern vor seinem Laden, braun gebrannt wie immer. Er hatte die Angewohnheit, zwischendurch immer mal kurz seinen Buchladen zu verlassen, um in die Nordsee vor seiner Tür zu springen und eine Runde zu schwimmen. Hark und er kannten sich seit vielen Jahren, dementsprechend kurz war das Verkaufsgespräch.

«Moin», grüßte Hark.

«Moin, Sharky, wo geit?»

«Gut, und selber?»

«Auch. – Was brauchst?»

«Bücher.»

«Wie viel?»

«Halbes Dutzend langt.»

«Darf es auch 'n büschen mehr sein?»

Es klang nach Gemüseladen, hatte aber seine Richtigkeit. Bobo wanderte an verschiedene Regale und zog hier und da einen Band heraus. Er wusste, was Hark mochte, und wählte vor allem Kriminalromane, die in der Region spielten, wie zum Beispiel die Bücher von Hendrik Berg.

«Wenn man alle Toten in den Büchern zusammenzählt, haben wir in Nordfriesland mehr Morde als in New York», meinte der Buchhändler.

«So ist das wohl.»

Hark und Bobo waren sich einig, dass sich Nordfriesland als Kulisse für Krimis hervorragend eignete. Der Buchhändler grinste. «Und die Mordserie reißt ja zum Glück nicht ab, es geht immer weiter.»

Hark grinste. «Na, hoffentlich.»

Er bedankte sich, zahlte und ging zu einer anderen Buchhandlung in der Altstadt. Besitzerin Kiki wusste, was er unten am Sandwall eingepackt hatte, sie würde bei der Auswahl einen anderen Schwerpunkt setzen, darauf konnte er sich immer verlassen.

Schließlich hatte Hark vierzehn Bücher zusammen oder,

anders ausgedrückt, an die fünftausend Seiten. Das würde erst mal reichen.

Voller Vorfreude packte er den Stapel in seinen alten Mercedes. Jetzt fühlte er sich gut abgesichert gegen böse Stimmungen. Die Türkurbel quietschte, als er sie drehte, um das Seitenfenster herunterzulassen. Lässig streckte er den Ellenbogen in den Fahrtwind und tuckerte in gemütlichem Tempo zurück nach Oldsum. Die Zeit heilt alle Wunden, sagte er sich. Es wird sich zurechtruckeln, auch ohne Anita.

Er bog um die Ecke, die Allee vor seinem Haus lag im Schatten, wie jeden Tag um diese Zeit. Plötzlich wurde ihm eiskalt: Vor seinem Haus parkte ein roter Alfa Romeo mit Gelsenkirchener Kennzeichen! Die ausgeschalteten Scheinwerfer starrten ihn an wie böse Augen.

Wenn es ein Freund von Julia war, wäre es egal gewesen. Aber es sah so aus, als wäre jemand anderes gekommen. Er las das Kennzeichen: GE-AK 2210. «AK», so fürchtete er, stand für Anita Koslowski. Er erinnerte sich, dass sie ihm ihr Geburtsdatum verraten hatte. Es war der 22. Oktober.

Hark schlich ins Haus und setzte sich an den Küchentisch. Er trommelte mit den Fingern auf die Platte. Warum kam Anita aus Gelsenkirchen zurück? Hatte sie vor, sich hier niederzulassen? Würde sie womöglich in den Cafébetrieb, der hier längst lief, mit einsteigen? Bitte nicht!

Selbst wenn, beruhigte er sich, dafür brauchten die Damen Koslowski einen Mietvertrag, und zwar mit ihm, außerdem auf lange Sicht die Zustimmung des Gemeinderates und der Behörden. Das konnte ja nicht ewig so weitergehen. Die wichtigere Frage lautete jedoch: Würde er in seinem Haus weiterleben können, wenn nebenan seine unerreichbare Traumfrau ein und aus ging? Das konnte er klar beantworten: niemals!

Er fühlte sich wie eingesperrt in seinen eigenen vier Wänden. So leise wie möglich ging er auf Socken umher, damit im Nebenhaus niemand mitbekam, dass er da war. Dabei achtete er penibel darauf, die Nähe der Fenster zu meiden. Blöderweise verspürte er ausgerechnet jetzt einen Heißhunger auf Banane, warum auch immer. Mal abgesehen davon, dass auch sonst fast nichts mehr zu essen im Haus war. Aber sollte er es wagen, deswegen quer durch Oldsum zum Frischemarkt zu gehen? Besser nicht. Im schlimmsten Fall lief ihm dort Anita über den Weg, und dann? Nein, da aß er lieber die allerletzten Krümel, die er in der Brotbox fand, und verzichtete auf Banane.

Er schnappte sich eins der Bücher und setzte sich damit auf die Couch. Doch er musste feststellen, dass es sich nicht gut las mit leerem Magen.

Sein Leben war wirklich in einer Sackgasse. Wie kam er da je wieder raus?

23

Mit Pinsel und Farbpalette stand Julia vor der Leinwand und beäugte kritisch ihren ersten Entwurf des alten Kahns, wie sie ihn sich in Farbe vorstellte. Dabei dachte sie kurioserweise an Finn-Ole. Falls er heute vorbeischauen sollte, würde Julia sich ganz offiziell mit ihm verabreden, das hatte sie sich vorgenommen. Sie wollte ihn gerne besser kennenlernen, ohne dass sich damit eine weitere Absicht verband. Sie war gespannt, wie er reagierte: Fand er es komisch, wenn sie die Initiative ergriff? Oder würde er sich einfach freuen?

Sie schaute auf ihren Versuch. Von diesem Projekt hing nicht ihr ganzes Glück ab, aber sie hatte es sich nun mal in den Kopf gesetzt, die Farben von Föhr mit diesem Schiff in die Welt zu schicken. Gerade setzte sie den letzten Pinselstrich für den Bug, als sie von draußen das Geräusch eines laut röhrenden Auspuffs vernahm. Ein Wagen kam direkt vor ihrem Atelier zum Stehen, dann wurde es still. Wer veranstaltete denn hier einen derartigen Krach? Neugierig schaute sie durchs Fenster, und was sie sah, verschlug ihr den Atem: Dort stand Omas Alfa!

Da kam sie auch schon hineingehuscht.

«Julchen, mein Kind!»

«Omma!»

Sie umarmten sich fest. Julia brannte darauf zu erfahren, was Anita ihr gleich erzählen würde: Warum war sie so überstürzt abgereist? Warum kam sie jetzt genauso unverhofft zurück? Aber das musste nicht gleich am Anfang stehen.

«Soll dein Auspuff so laut sein?», fragte Julia und zog die rechte Augenbraue hoch.

«In der Tuning-Szene bin ich damit der Star.»

«Bitte?»

«Wir lassen abends auf dem leeren Aldi-Parkplatz immer die Reifen durchdrehen, bis sie qualmen.»

Julia lachte.

«Aber mal im Ernst: Du hast völlig recht, der Alfa muss dringend in die Werkstatt. Eigentlich will ich sowieso lieber Rad fahren. Aber zurzeit muckt mein Knie, wenn ich es zu sehr belaste.»

Sie ließ sich auf die Couch fallen und blickte auf das Bild von der *Nordsand*.

«Was ist das denn für ein schönes altes Schiff?»

«Es liegt im Wyker Hafen.»

Julia erzählte von ihrer Idee, es zu bemalen, und Oma war begeistert. Dann ließ Julia sich auf einem Caféhausstuhl nieder und schaute Anita dabei zu, wie sie aufmerksam das Atelier abschritt.

«Da ist ja einiges dazugekommen.»

Als Oma zurück zum Tisch kam, stellte Julia ihr eine Tasse Kaffee hin, schwarz und ohne Zucker. Sie selbst hatte sich einen Latte macchiato gemacht.

«Was ist los, Omma?», fragte Julia. «Warum bist du so plötzlich zurück nach Gelsenkirchen gefahren?»

Anita machte ein schuldbewusstes Gesicht. «Ich bin ja wiedergekommen.»

Als wenn das eine Erklärung war!
«Willst du darüber reden?»
«Können wir das draußen tun?», fragte Oma.
«Gerne.»
Sie tranken in Ruhe ihren Kaffee aus, dann verließen sie das Haus.
Schweigend schritten sie durch die Marsch, deren Wiesen und Weiden gerade üppig von der Sonne beschienen wurden. Hin und wieder fuhr ein sanfter Windstoß durch Gräser und Büsche. Das Grün leuchtete so intensiv, als wären kleine Lampen im Gras installiert.
«Ist was mit dem Kapitän?», fragte Julia.
Oma winkte traurig ab. «Das muss kein Thema werden.»
«Okay.»
«Es ist so ... Ich will ehrlich zu dir sein ...»
«Das bist du doch immer, oder?»
«Schon. Aber es setzt voraus, dass ich ehrlich zu mir selbst bin. Und das ist manchmal gar nicht so einfach.»
So umständlich kannte Julia ihre Oma gar nicht.
«Du sollst nicht denselben Fehler machen wie ich, mein Kind.»
«Was für einen Fehler?»
Oma versuchte zu lächeln, aber ihre Augen blieben traurig. «Vernünftig zu sein und nie deinen Traum auszuprobieren. Weißt du, wie die meisten Frauen meiner Generation habe ich vor allem funktioniert. Man hat mich irgendwo hingestellt, und dann habe ich losgelegt.»
«Du meinst das Blumenhaus?»
«Es war nicht das Schlechteste, es hat Spaß gemacht. Und wie du weißt, liebe ich Blumen. Aber eigentlich wollte ich mein Leben lang ein Café aufmachen. Und habe es nie getan.»

«Dafür hast du mich großgezogen! Ohne dich wäre ich ins Heim gekommen.»

«Das war doch selbstverständlich, du bist meine Enkelin, ich liebe dich über alles.»

Julia war gerührt, weil sie wusste, dass ihre Oma es absolut ernst meinte. «Nein, selbstverständlich ist das nicht.»

«Ich habe es trotzdem vergeigt.»

«Was denn?»

Oma schaute Richtung Seedeich. «Also gut, ich muss es dir persönlich sagen, deswegen bin ich hier. Am Telefon geht so was schlecht.» Sie holte tief Luft und faltete die Hände. «Eigentlich wollte ich dir das Blumengeschäft dieses Jahr offiziell überschreiben.»

«Eigentlich?»

«Aber vorne an der Kreuzung, neben Tchibo, macht in zwei Wochen ein riesiger Blumenladen auf. Er gehört zu einer weltweiten Kette. Die bekommen ihre Blumen direkt aus Asien und bieten sie ein Drittel billiger an als wir.»

«Na und? Wir haben doch unsere Stammkunden.»

«Die einer nach dem anderen wegsterben.»

«Dann nehmen wir einen Kredit auf und starten noch mal durch.»

«Wenn das so einfach wäre ...»

«Was sagt Raimund dazu?», fragte Julia. Raimund war ein alter Freund von Oma, der für den Laden die Buchhaltung machte und sie in Finanzdingen beriet.

«Damit kommen wir zu einem weiteren Riesenproblem. Raimund ist inzwischen achtzig und hat in letzter Zeit stark abgebaut. Ohne dass ich es bemerkt habe oder besser: bemerken *wollte*.»

«Was willst du damit sagen?»

«Wann hast du dir das letzte Mal unsere Zahlen genauer angesehen?»

Oma hatte recht, darum kümmerte Julia sich kaum. Sie bekam ein Gehalt ausgezahlt, das zum Leben reichte, und damit war sie voll zufrieden. Oma kaufte ihr alle paar Jahre ein neues Auto, das über die Firma lief, und sie wohnte mietfrei in der Dachgeschosswohnung in Anitas Haus.

Jetzt zog Oma einen USB-Stick aus der Tasche und gab ihn ihr. «Schau dir das bitte nachher mal an. Ich habe eine Beratungsfirma von der Handelskammer beauftragt, unsere Gewinn- und Verlustrechnung unter die Lupe zu nehmen.»

«Und was meinen die?»

«Nach deren Einschätzung sind wir am Ende des Jahres insolvent.»

«Mal nicht den Teufel an die Wand! Was ist mit dem Haus und dem Grundstück?»

«Habe ich alles bereits mehrmals beliehen, damit der Laden überlebt. Wir leben schon lange von der Substanz, Julia, ich habe immer dazugebuttert.»

Julia bekam einen trockenen Mund. Sie hatte immer gedacht, dass alles gut lief. «Und was bedeutet das jetzt?»

«Wenn wir jetzt die Reißleine ziehen und das Grundstück verkaufen, bleibt noch ein bisschen was für meine Rente hängen. Plus ein Stückchen vom Kuchen für dich.»

«Um mich mach dir mal keine Sorgen, ich komme irgendwie zurecht.»

Tatsächlich würde es für sie kein Problem sein, irgendwo einen Job als Floristmeisterin zu bekommen. Aber es war natürlich etwas komplett anderes, als im alteingesessenen Blumengeschäft der Familie zu arbeiten.

Oma nahm sie in den Arm. «Es tut mir so leid.»

«Nein, das muss es nicht. Ich hätte mich mehr um die Finanzen kümmern müssen.»

«Das hätte nichts geändert. Gegen die Konkurrenz haben wir keine Chance.»

«Und wenn ich es probiere? Mit weniger Gehalt?»

«Achtzig-Stunden-Woche, und dafür bekommst du gerade mal genug zu essen? Das wäre pure Selbstausbeutung!»

«Und wenn schon.»

Oma schüttelte den Kopf. «Du weißt, wie sehr ich an unserem Blumenhaus hänge. Aber ich weiß auch, wann die Party vorbei ist. Ich bleibe noch ein paar Tage auf der Insel, um mir darüber klar zu werden, wie es weitergeht. Und du musst dir auch Gedanken machen. Leider.»

«Bevor wir aufgeben, möchte ich mir die Zahlen gerne mal selber ansehen.»

«Natürlich.»

Als ihre Oma mit dem röhrenden Alfa wieder in Richtung ihrer Pension gerauscht war, schob Julia einen Zitronenkuchen in den Ofen, den sie schon vorbereitet hatte. Das Rezept war eins der ersten, die Oma ihr beigebracht hatte, da war Julia noch nicht mal zur Schule gegangen. Diesen Kuchen konnte sie mit verbundenen Augen backen.

Kurz darauf zog der Duft durchs Atelier, Julia atmete tief ein: Backen war für sie wie eine Droge.

Den USB-Stick rührte sie nicht an.

24

Anitas erneute Anwesenheit empfand Hark als Belagerung. So konnte er kein normales Leben führen. Meist saß er auf seinem Stuhl mit der hohen Lehne und lauschte konzentriert, was nebenan passierte. Manchmal hörte er Stühlerücken oder auch nur das Öffnen des Eisenriegels zum Atelier, manchmal ganz leise Anitas Stimme. Ständig war sie da, nur wenige Meter von ihm entfernt! Ging sie denn nie weg? Seine einzige Hoffnung war, dass dieser Zustand bald endete und sie wieder nach Gelsenkirchen verschwand. Aber das passierte nicht.

Langsam wurden seine Lebensmittel knapp, es half nichts, er musste einkaufen gehen. Über eine Bodenluke im Keller nahm er den geheimen Weg aus dem Haus, hastete zu seinem Wagen und raste mit durchdrehenden Reifen davon. Sein Ziel war der große Rewe-Supermarkt in Wyk, dort war die Wahrscheinlichkeit, Anita über den Weg zu laufen, deutlich geringer als bei Rickmers in Oldsum.

Er schob den Einkaufswagen zwischen den Regalen hindurch und warf Massen an Lebensmitteln hinein. Am liebsten hätte er schon vor der Kasse angefangen zu essen, so hungrig war er. Zwischen dem Kühlregal für die Milchwaren und der Gemüseabteilung passierte dann die größtmögliche Katastrophe: Anita höchstpersönlich bummelte mit einem Einkaufskorb durch den

Markt! Sie trug einem eleganten dunkelblauen Hosenanzug und eine Bluse mit breitem Matrosenkragen. Sie war braun gebrannt und wirkte unternehmungslustig, es schien ihr richtig gut zu gehen.

Hark schnappte nach Luft. Bloß weg! Er ließ den vollen Einkaufswagen einfach stehen, drängelte sich an der Warteschlange vor der Kasse vorbei und rannte nach draußen zu seinem Wagen. Dabei wagte er es nicht, sich umzuschauen.

In seiner Panik fiel ihm auf die Schnelle nur ein Fluchtort ein, an dem er sicher war: die Fähre. Er raste zum Hafen und hielt auf dem Parkplatz der Reederei. Als er an Bord eilte, grüßte ihn der diensthabende Matrose mit zwei Fingern an der weißen Mütze. Offiziell war Hark immer noch Kapitän der W.D.-Reederei und durfte umsonst mitfahren.

Er setzte sich in das Restaurant, in dem er in den letzten Jahren selten gewesen war. Die Besatzung hatte einen eigenen Schiffskoch, sie wurden im Personalbereich versorgt. Der ukrainische Kellner erkannte ihn trotzdem sofort: «Moin, *Kapitan*.»

Hark grüßte freundlich zurück und bestellte Schnitzel mit Pommes, was um halb elf ungewöhnlich war. Aber sein Hunger war übermächtig.

Als die Fähre in Dagebüll anlegte, hatte er das Essen hinter sich. Er blieb einfach an Bord und fuhr zurück nach Föhr. Natürlich hätte er oben auf der Brücke mit den diensthabenden Kollegen quatschen können, aber danach war ihm nicht.

Erneut in Wyk, schlich er von der Fähre und wusste nicht weiter. Zurück nach Oldsum wollte er auf keinen Fall. Also ließ er seinen alten Mercedes auf dem Parkplatz stehen und schlenderte um das Hafenbecken herum. Niedergeschlagen setzte er sich auf einen Poller und holte tief Luft.

«Ein Mist ist das alles», grummelte er.

Die Autofähren kamen und fuhren, ebenso die kleinen Segel- und Motorboote. Zwischen den Sportbooten hatte ein alter Kahn festgemacht, den er hier noch nie gesehen hatte. Wahrscheinlich war er zur Kaiserzeit vom Stapel gelaufen, der Bug war steil und gerade, die kleinen Fenster auf der Brücke in Holz gerahmt. Am rostigen Schornstein waren noch Rußspuren zu erkennen, die weiße Farbe am Rumpf war abgeblättert, genauso wie der Schriftzug des Namens: «Nordsand».

Was für ein Schiff!, dachte er. Damit auf Fahrt zu gehen, wäre ein Traum: gemütlich durchs Wattenmeer schippern, das hölzerne Ruder in der Hand halten, während der alte Schiffsdiesel beständig vor sich hin nagelte. Das war etwas anderes, als auf der Fähre den Stick für die Computersteuerung hin und her zu schieben. Die nordfriesischen Inseln und Halligen würden durch die kleinen Scheiben aussehen, als hätte man sie in eingerahmte Bilder unterteilt. Vielleicht würde er mit dem Schiff nach Hamburg fahren. Dafür musste man im Wattenmeer mit seinen Gezeiten gut navigieren können, das war eine echte Herausforderung. Auf der Elbe würde er neben den großen Pötten aus China bis zur Elbphilharmonie tuckern, dort festmachen und sich ein Konzert anhören. Wäre das ein Leben!

Auf dem Rückweg machte Hark im Oldsumer Frischemarkt halt. Anita würde dort nicht auftauchen, sie hatte sich ja schon in Wyk versorgt. Er machte seinen üblichen Standardeinkauf: Brot, Butter, Käse, Wurst. Vor der Käsetheke traf er Birte und Keike.

«Wie sieht es aus?», fragte Birte. «Heute wieder Canasta bei Grethjen?»

«Nee, keen Tid», grummelte er.

«Och, Sharky, nu komm schon», maulte Keike freundlich und hakte sich bei ihm ein.

«Nee, geit wirklich nich.»

Eigentlich waren Birte und Keike nett, aber wenn er nicht aufpasste, würde er bis zu seinem Lebensende nur noch Canasta spielen. Das konnte es nicht sein.

«Und nächste Woche?»

«Ich muss erst nachgucken, wie es mit meinem Dienst aussieht.»

Was eine Lüge war, denn einen Dienstplan gab es für ihn nicht mehr. Aber er mochte Birte nicht einfach schroff absagen.

Auf dem Heimweg hastete er zwischen den Reetdachhäusern hindurch, die zufrieden in der Sonne dösten. Zu Hause angekommen, war Anitas Alfa zum Glück nirgends zu sehen. In seiner Küche schmierte er sich eine Käsestulle und kochte dazu einen Tee. Jetzt war es an der Zeit, Pläne für die Zukunft zu schmieden. Er überlegte angestrengt: Das Haus mit der ehemaligen Scheune nebenan war so gut wie fertig, das würde ihn nicht mehr lange beschäftigen. Noch ein paar kleine Abschlussarbeiten, dann würde er es langfristig vermieten können. Aber danach? Was käme dann? Als er von seiner Käsestulle abbiss, fiel es ihm siedend heiß ein: Könnte der Kahn vielleicht das Hausprojekt ablösen? Die *Nordsand* ließ sein Herz höherschlagen, wenn er nur an sie dachte. Solche alten Schiffe besaßen noch eine Seele. Er stellte sich vor, wie er damit in See stach. Er könnte sogar Festgesellschaften und Touristen zu den Sandbänken vor Föhr, Amrum oder Sylt schippern. Allein der Gedanke, wieder ein Ruder in den Händen zu halten, munterte ihn auf.

Er setzte sich an seinen Sekretär und zog den Laptop aus der filigranen Schublade. Im Internet recherchierte er die Geschichte der Nordsand. Sie war tatsächlich während der Kaiserzeit in Husum vom Stapel gelaufen, in den Zwanzigern und Dreißigern wurde das Schiff dann in Berlin als Havelfähre zwischen Tegelort und Spandau eingesetzt. Ende der Vierziger tauchte die Nordsand in Geesthacht bei Hamburg auf, erst als Kohlenschiff, später als Vergnügungsdampfer eines Nachtclubbesitzers. Gerüchteweise hatte sie sogar mal der Filmschauspielerin Inge Meysel gehört. Seit den Neunzigern lag die Nordsand auf einer Werft in Boizenburg, bevor sie über Husum nach Föhr gekommen war. Nun wurde sie auf einer Verkaufsplattform im Internet angeboten, für hunderttausend, was angesichts der notwendigen Renovierungsarbeiten zu viel war. Hark überlegte einen Moment, aber im Grunde war er längst sicher: Das war *sein* Schiff!

Er huschte durch seinen geheimen Kellereingang hinaus ins Freie, setzte sich ins Auto und düste zum Wyker Hafen.

Dort ging er über den Steg zum schwimmenden Bungalow der Hafenmeisterin. Als Erstes musste er wissen, welchen finanziellen Spielraum es bei der Nordsand gäbe. Sein Budget war nicht unbegrenzt, er hatte als Kapitän zwar immer ordentlich verdient, aber auch anständig gelebt. Immerhin hatte er ein bisschen was zurückgelegt, das würde hoffentlich reichen.

Hafenmeisterin Wiebke konnte er gut leiden, sie hatte einen trockenen Humor und verstand was von ihrem Job. Auch wenn ihr stets vollgemüllter Schreibtisch etwas anderes suggerierte.

«Moin, Wiebke», sagte er.
«Moin, Sharky.»
Er kam sofort zur Sache. «Was weißt du über die Nordsand?»
«Wieso, willst du sie kaufen?»

«Falls der Preis stimmt, vielleicht. Ich muss sie mir aber erst genauer ansehen.»

«Nur zu, es ist nichts abgeschlossen.»

Hark eilte zum Steg. Der steile Bug und die Aufbauten mit den kleinen Holzfenstern gefielen ihm immer noch. Er kletterte an Bord und schaute sich auf dem Schiff um. Auf der Brücke begutachtete er die alten Instrumente und Anzeigen. Da musste einiges ersetzt werden. Er drehte den schwergängigen Kippschalter für den Start um und spitzte die Ohren. Unter Deck fing die Maschine langsam an, zu stampfen und zu klappern. Es hörte sich gar nicht schlecht an. Er kletterte hinunter in den Maschinenraum, rüttelte hier und da an Schaltern und Gestängen und überprüfte den Ölstand. Der Motor war gut gewartet.

Über eine Stunde blieb er an Bord und inspizierte genau jede Ecke. Es war alles so weit in Ordnung, ein paar Dinge mussten ersetzt werden, aber der Aufwand hielt sich in Grenzen. Er sah seinen Törn zur Hamburger Elbphilharmonie näher rücken, was ein zufriedenes Lächeln in sein Gesicht zauberte.

«Und? Was sagst du?», fragte Wiebke, als er zurück in die Hafenmeisterei kam.

«Da muss eine Menge getan werden. Aber die Substanz ist solide.»

«Na denn.» Wiebke schnappte sich ihr Handy, um den Eigner anzurufen.

«Moin, Willy. Neben mir steht ein Interessent für das Schiff.»

«Was will er haben?», raunte Hark Wiebke zu.

«Hundert», gab sie an ihn weiter.

«Sag ihm, ich gebe fünfzig.»

«Sag ihm das selbst.» Sie reichte ihm den Hörer.

«Moin, hier Kapitän Paulsen.» Hark hoffte, dass sein Titel Eindruck schinden würde.

«Du willst meine *Nordsand* kaufen?» Der Eigner hatte sich nicht mal mit Namen vorgestellt. Immerhin duzte er ihn gleich.

«Falls wir uns einig werden, ja.»

«Was willst du mit ihr anstellen?»

«Aufklaren und in See stechen.»

«Also nicht verschrotten?»

«Niemals!», rief Hark. «Die alte Lady verdient allergrößten Respekt.»

«Finde ich auch.»

«Was willst du für sie haben?»

«Sagen wir achtzig.»

«Für sechzig würde ich sie nehmen. Und du kommst mit auf Jungfernfahrt.» Er spürte, dass der Eigner immer noch an seinem Schiff hing.

«Nee, für so was bin ich zu alt und wackelig.»

Ah, das war also der Grund, warum er verkaufen wollte.

«Wo wohnst du?»

«Friedrichstadt, bei Husum.»

«Okay, pass auf», sagte Hark. «Ich lasse dich in Friedrichstadt abholen, das ist im Preis inbegriffen. Sonst kaufe ich sie nicht.»

«Na gut, fünfundsiebzig.»

Das war ein fairer Preis.

«Warum nicht gleich so? Das meinte ich doch die ganze Zeit.»

«Also abgemacht?»

«Abgemacht!»

«Ich faxe dir den Vertrag heute noch rüber in die Hafenmeisterei.»

«Das Geld ist in zwei Tagen auf deinem Konto.»

Hark fühlte sich wie ein neuer Mensch: Er hatte gerade sein Traumschiff gekauft! Die Pensionierung konnte ihm nichts mehr anhaben: Er blieb Kapitän!

In seiner Siegerlaune hatte er keine Angst vor gar nichts mehr, auch nicht davor, Anita zu treffen. Bestens gelaunt fuhr er zum Frischemarkt und kaufte eine Flasche Champagner. Zufällig war Birte da, er erzählte ihr brühwarm von seinem Schiffskauf. «Ich mache den Kahn wieder seetüchtig. Und dann stechen wir demnächst zum Canastaspielen in See.»

Das waren Perspektiven!

Als er kurz darauf in sein Haus zurückkehrte, sackte seine Laune sofort wieder in den Keller. Julias Skoda und der rote Alfa standen vor der Tür, nebenan war eine Menge los. Immer wieder hielten Radfahrer vor dem Haus und gingen rein. Es waren noch mehr als sonst. Kein Wunder, der Raum war ein Café, wenn auch ohne offizielle Anmeldung. Das würde irgendwann Ärger mit den Behörden geben, aber das war nicht seine Sache. Er setzte darauf, dass Julia und Anita bald wieder aufs Festland verschwanden und er in Oldsum seine Ruhe hätte.

Von nun an arbeitete er täglich von morgens bis abends auf der *Nordsand*, und trotzdem sah er Anita überall: im Supermarkt Rickmers, in Wyk, ein anderes Mal kam sie ihm mitten in der Marsch auf dem Rad entgegen. Zum Glück war er da gerade in seinem Wagen unterwegs, konnte eine schnelle Drehung machen und mit Vollgas davonfahren.

Es war nicht zu leugnen: Er war noch lange nicht fertig mit ihr. Und sie blieb auf Föhr. Was bedeutete, dass er weitere einschneidende Maßnahmen ergreifen musste, um sie zu vergessen.

Als nebenan die Luft rein war, räumte er ein paar Sachen aus dem Haus in seinen Wagen: Seine Matratze schnallte er mit Gurten aufs Dach, in den Kofferraum kamen Klamotten für eine Woche, Kaffeemaschine, etwas Geschirr und Besteck. Als er fertig war, fuhr er in langsamem Tempo los.

Auf dem Steg im Hafen pochte sein Herz vor Freude: Ab jetzt würde er an Bord seiner *Nordsand* leben! Die Matratze kam im Passagierbereich auf den Boden, die anderen Sachen verstaute er in der kleinen Kombüse und in einem Schrank aus dunklem Holz.

Zur Feier des Tages stellte er ein Tischchen an Deck, legte eine weiße Decke darauf und schenkte sich ein Glas Champagner ein. Dass der etwas zu warm war, störte ihn nicht. Der frische Nordseewind strich ihm durch die Haare, und er blinzelte lächelnd in die Nachmittagssonne. Er war ein glücklicher Mann in den besten Jahren, an Bord seines eigenen Schiffes. Mehr gab es nicht, er war frei.

25

Julia saß mit ihrem Skizzenblock auf dem Deich hinter dem Wyker Sportboothafen. Oma war im Atelier geblieben und buk dort ihren allerbesten Nusskuchen, auf den Julia sich schon sehr freute. Über den USB-Stick hatten sie kein weiteres Wort verloren, Julia hatte sich immer noch nicht getraut, die Datei anzusehen. Sie ahnte, dass es danach schwer sein würde, sich auf das aktuelle Bild aus der Kladde ihrer Mutter zu konzentrieren.

Erst einmal musste das große Mutterbild fertig werden, dann kam alles andere. Die Realität würde sie ohnehin bald einholen.

«Ankunft zum Abschied» hatte Linda im Hafen gezeichnet. Dort roch es wie immer nach Seetang, salziger Luft und Schiffsdiesel. Durch die Masten der Segelboote hindurch konnte Julia erkennen, dass am Fähranleger gerade die *Uthlande* festmachte, die sie vor einer gefühlten Ewigkeit nach Föhr gebracht hatte. Dabei war es ja nur ein paar Wochen her. Heute war ihr vollkommen fremd, wie sie die Insel Föhr bei ihrer Ankunft wahrgenommen hatte.

Der Titel «Ankunft zum Abschied» traf nun auch auf sie zu: Ihre Zeit auf der Insel ging langsam zu Ende. Am liebsten wäre sie hiergeblieben, aber das ging nicht. Sie hielt sich nicht für eine Profikünstlerin, die ein Atelier brauchte. Und es war auch etwas anderes, Gäste zu bewirten, die zufällig vorbeikamen, als auf Dauer ein Café zu führen. Das alles blieb ein Traum. Außerdem wurde sie in Gelsenkirchen gebraucht. Es galt, den Blumenladen vor der Insolvenz zu retten. Da war sie gefragt, das war sie ihrer Oma schuldig.

Finn-Ole hatte sie seit Tagen nicht mehr gesehen, aber anrufen oder bei ihm vorbeischauen wollte sie auch nicht. Er hätte ja auch die Initiative ergreifen können. Ein kleines bisschen war sie deswegen beleidigt, dabei wusste sie nicht mal genau, was sie wollte.

Dass sie von Thore nichts hörte, wunderte sie nicht, der kam aus seinem Surfcamp kaum heraus. Genau genommen schuldete er ihr noch eine Surfstunde, auf die sie allerdings lieber verzichtete: Ihr Ding waren wohl eher Landsportarten wie Radfahren und Badminton.

Julia fuhr in den Hafen und malte die *Nordsand* hinter den Masten der Segelboote. Der alte Kahn sollte mit auf ihr Mutterbild, obwohl er genau genommen nichts mit der Kladde zu tun hatte – außer dass alle Farben der Insel am Schornstein auftauchen würden. Die Sonne stand am blauen Himmel, über den ein paar Schäfchenwolken zogen. Von Süden wehte ein ungewöhnlich warmer Wind, den auch die Sturmmöwen im Seglerhafen zu genießen schienen. Jetzt fiel ihr auf, dass an Bord der *Nordsand* die Tür zur Brücke offen stand. Nach einer Weile kam jemand von der Kajüte an Deck. Es war ... Konnte das wahr sein? Kapitän Paulsen, barfuß, in T-Shirt und ölbefleckter Bluejeans!

Er sah nicht mehr so deprimiert aus wie in den Tagen zuvor, sondern ließ den Blick fröhlich im Hafen kreisen. Was machte er an Bord der *Nordsand*? Sollte er etwa der störrische Eigner sein, der sein Schiff nicht bemalt haben wollte? Passen würde es zu ihm. Aber nein, wenn Paulsen der Eigner gewesen wäre, hätte Hafenmeisterin Wiebke ihr das gesagt, sie wusste ja, dass sie bei ihm wohnte. Am liebsten wäre Julia zu ihm gegangen und hätte ihn direkt gefragt, aber sie traute sich nicht. Schließlich gehörte sie zur Familie Koslowski, und mit der war es für den Kapitän nicht gerade gut gelaufen.

Nach einer guten Stunde schaute sie auf das fertige Bild. Es zeigte die *Nordsand* mit buntem Schornstein hinter dem Mastenwald. Einem Impuls folgend, schnappte sie sich ihre Staffelei und ging einfach auf den Steg, um es Paulsen zu zeigen. Der war gerade dabei, ein Scharnier an der Tür zur Brücke festzuschrauben.

«Moin», grüßte sie.

Er drehte sich nicht um, sondern schraubte schwer atmend weiter. «Moin, Frau Koslowski.»

Immerhin klang es nicht unfreundlich.

«Ihr Schiff?», fragte sie.

«Ja.»

«Vor ein paar Tagen habe ich beim Eigner anfragen lassen, ob ich den Schornstein bemalen darf.»

«Und?»

«Er war dagegen.»

«Kannst nix machen, das ist ein sturer Hund.»

«Kennen Sie ihn?»

«Wie sollte der Schornstein denn werden?»

Sie zeigte ihm das Bild. «So wie hier. Es sind die Farben der Insel Föhr, Grün, Weiß, Rot, Blau in verschiedenen Schichten, ein bisschen Violett, jede Farbe taucht mehrmals auf. So wie beim Surfbrett für Thore.»

Der Kapitän sagte nichts dazu, außer: «So.» Er guckte hoch zum rostbefleckten, ehemals gelben Schornstein und ließ seinen Blick über die Aufbauten streifen. «Der Rest könnte auch 'nen neuen Anstrich gebrauchen.»

«Wieso werden eigentlich heutzutage nicht mehr so schöne Schiffe gebaut?»

Paulsen rieb Daumen und Zeigefinger aneinander. «Für echte Schönheit gibt keiner mehr Geld aus.»

«Sie hingegen mögen Kunst?»

«Halten Sie mich etwa für einen Banausen?»

Sie lächelte. «Dann hätten Sie einer Möchtegernmalerin wie mir wohl kaum Ihre Scheune vermietet.»

Er sah sie nachdenklich an.

«Ich weiß, ich habe Ihnen kein Glück gebracht», fügte sie leise hinzu.

«Das habe ich auch nicht von Ihnen erwartet.» Er schraubte weiter.

«Wäre es besser gewesen, Sie hätten mir das Atelier nicht überlassen? Dann hätten Sie meine Oma gar nicht kennengelernt.»

Nach einer Weile sagte er: «Können wir uns endlich mal duzen?»

«Gerne, ich bin …»

Er winkte ab. «Wir wissen doch, wie wir heißen.»

«Im Ernst: Warum hast du mir das Atelier überhaupt vermietet? Im Nachhinein hatte ich das Gefühl, dass es dir gar nicht recht war.»

Er blickte aufs Meer. «Wenn ich das wüsste. Es hatte mit Kopfchaos zu tun.»

«Was soll das sein?»

«Kennst du kein Kopfchaos?»

«Doch, klar.»

Wenn der wüsste!

«Das nimmt im Alter eher zu als ab, jedenfalls bei mir. Du hast mich vielleicht an jemanden erinnert, da konnte ich nicht nein sagen.»

«Wer war das?»

«Es ist nur eine Ahnung», sagte er, «irgendeine Frau, die ich mal getroffen habe.»

Julia lächelte. «Da habe ich wohl Glück gehabt.»

Er nickte. «Und wie geht es dir so auf der Insel?»

«Farbenmäßig bestens.»

«Und sonst?»

«Was meinst du? Liebe oder Geld?»

«Du hast in deinem Alter ja noch jede Menge Zeit für die Liebe – ich leider nicht.»

«Wieso nicht?»

«Was ist, wenn ich mich das nächste Mal erst wieder in zehn Jahren verliebe? Dann bin ich Ende siebzig – falls ich da überhaupt noch lebe.»

Was sollte sie dazu sagen? Er hatte recht.

«Ich möchte nicht auf jemanden warten müssen. Das macht mich so klein.»

«Verstehe ich.»

Harks Gesicht sah müde aus.

«Habt ihr euch gestritten?» Julia war sich nicht sicher, ob sie wieder mit ihrer Oma anfangen durfte. Sie sollte sich da besser nicht einmischen. Aber es war schon zu spät.

«Nein, im Gegenteil – genau das ist mein Problem.»

«Kann ich etwas tun?»

«Ja.»

«Was?»

«Das Bild von Anita …»

«Du willst es nicht mehr haben?»

Er hob abwehrend die Hände. «Es ist phantastisch, du hast deine Oma unglaublich toll getroffen.»

«Danke.»

«So gut, dass es mich quält.»

«Verstehe. Aber geschenkt ist geschenkt.»

«Wirklich?»

Julia überlegte einen Moment. «Ich leihe es mir von dir für die nächste Ausstellung im Atelier, okay?»

Hark atmete hörbar auf.

Sie fasste sich ein Herz. «Es gibt da etwas, was ich dich fragen wollte.» Sie holte die gelbe Kladde aus dem Rucksack. «Ich suche auf Föhr die Orte, die in dieses Heft gezeichnet wurden.»

Sie blätterte die sechs Seiten vor ihm durch. Damit war der Kapitän der Dritte nach Oma und ihr, der Lindas Aufzeichnungen zu sehen bekam.

«Von wem ist das?», fragte er.

«Von meiner Mutter.»

«Sie lebt nicht mehr, und du bist nach Föhr gekommen, um ihre Spuren zu finden?»

Das hatte er so präzise erfasst, dass ihr Tränen in die Augen traten. «Hmmh.»

«Deine Bilder sind besonders.»

Sie wiegelte ab. «Ich bin kein Profi.»

«Schon klar, du bist vor allem wegen deiner Mutter hier. Davon abgesehen können deine Bilder mit den Profis dieser Welt mithalten – meine Meinung.»

«Danke.»

«Da nich für.»

Julia zeigte ihm die letzte Seite der Kladde. «Ich habe alle Motive auf Föhr gefunden bis auf dieses.» Sie wies auf das rätselhafte Gitter mit dem Omega-Zeichen. «Was könnte das sein?»

«Ich hole eben meine Brille.» Hark verschwand auf der Brücke. Als er zurückkam, nahm er die Kladde in die Hand und betrachtete das seltsame Netz mit dem Zeichen darin. «Auf den ersten Blick sagt es mir nichts.»

«Es muss irgendwo auf der Insel sein. Was ist das?»

«Mir kommt es vor wie der Ausschnitt aus einer Seekarte.»

Ihr stockte der Atem. Das war eine ganz neue Idee. «Welches Gebiet? Liegt es vor Föhr?»

«Tut mir leid.» Er reichte ihr das Heft zurück. «Irgendetwas dämmert mir da, aber ich weiß nicht, was. Falls es mir einfällt, gebe ich Laut.»

Julia sah all ihre Hoffnungen schwinden. Wahrscheinlich würde sie zurück nach Gelsenkirchen fahren, ohne das Rätsel gelöst zu haben.

«Was hat der Eigner mit dem Schiff vor?», fragte sie. «Weißt du das?»

«Erst mal aufklaren, denke ich.»

«Und dann?»

Hark zuckte mit den Achseln. «Überlege ich noch, aber das wird sich finden.»

Julia brauchte einen Moment, bis sie kapierte. «*Du* bist der Eigner?»

Er grinste. «Seit ein paar Tagen.»

«Herzlichen Glückwunsch!»

«Hier an Bord ist noch eine Menge zu tun, siehst du ja. Mein Hauptproblem ist zurzeit der Schornstein.»

«Was ist damit?»

«Ich finde niemand, der ihn bemalen will.»

«Wirklich?»

«Wer hat schon die Farben der Insel drauf?»

Sie schwieg.

Er nickte ihr zu. «Wie is?»

Julia sprang vor Freude in die Luft. «Im Ernst?»

Sie umarmte den Kapitän spontan. Jetzt würden die Farben ihrer Mutter auf Reisen gehen!

26

Am nächsten Tag stand Hark mit einem Pott Kaffee auf der Brücke und schaute durch die Scheiben hinaus aufs Meer. Schon bald würde er mit der *Nordsand* in See stechen. Direkt vor ihm hatte die riesengroße, moderne Yacht eines Hamburgers festgemacht, die ihn viel weniger beeindruckte als sein alter Kahn.

«Moin!» Julia kam an Bord, sie schleppte einige Eimer mit Rostfarbe für den Schornstein an, die sie in einem Malergeschäft in Boldixum besorgt hatte.

«Moin.»

Er hatte sich tags zuvor ihren Entwurf noch einmal genau angeschaut. Ihr bunter Schornstein war etwas Besonderes, er würde im Wattenmeer sogar bei Schietwetter leuchten wie die Sonne. Das gefiel ihm.

«Erst einmal steht Drecksarbeit an», verkündete er. Der Schornstein musste akkurat abgeschliffen und vom Rost befreit werden. «Hast du so was schon mal gemacht?»

«Ich bin quasi mit der Flex zur Welt gekommen», erwiderte sie trocken.

Patente Deern, dachte Hark und holte die Leiter aus der Kajüte. Dann reichte er ihr die Flex. Er bot ihr einen Kaffee an, aber sie wollte sofort loslegen. Den Rost vom Schornstein abzuschleifen, war tatsächlich eine Sauarbeit, hinterher waren ihr

Gesicht und ihre Haare schwarz, als wäre sie als Bergmann unter Tage gewesen. Sie schien das nicht zu stören.

Hark überprüfte das Ergebnis penibel: Unter der Farbe, die sie auftragen wollten, durfte sich kein bisschen Rost befinden.

«Respekt», sagte er. «Das hast du tadellos hinbekommen.»

Nachdem sie das Metall noch einmal gründlich abgebürstet hatten, grundierten sie den Schornstein zusammen mit wetterfester Antirostfarbe. Dabei legten sie sich voll ins Zeug. Es war befriedigend zu sehen, wie das blanke Metall mit jedem Pinselstrich weiter unter der roten Schutzfarbe verschwand. Die musste erst einmal trocknen, bevor es weitergehen konnte.

Nach getaner Arbeit tranken sie zusammen einen Kaffee.

«Morgen komme ich wieder», sagte sie.

Er grinste. «Du kannst es kaum abwarten, was?»

«Nein, ich will mein Werk konkret vor mir sehen!»

Sie ging mit ihm zur Brücke, wo er ein paar Instrumente ausgebaut und instand gesetzt hatte.

«Da fällt mir ein, morgen passt es nicht», murmelte er. «Da sind hier überall Elektriker zugange.»

Alles konnte er nicht selbst machen.

«Kann man hinterher dann mit der *Nordsand* auslaufen?», fragte Julia.

«Bis New York wird's wohl reichen.»

Sie lächelten sich an.

«Echt?»

«Na ja, fast.»

Hark genoss sein neues Leben an Bord der *Nordsand* in vollen Zügen. Stundenlang fummelte er an der Maschine herum oder saß einfach nur auf dem Achterdeck und hielt das Gesicht in die Sonne. Nach der Schornstein-Grundierung schaute Hafenmeisterin Wiebke vorbei, um zu sehen, wie es voranging.

«Das wird der schönste Kahn auf der nördlichen Halbkugel», versprach Hark.

«Mensch, Sharky, du klingst ja wie verliebt.»

«Kann schon sein.» Er deutete auf die Yacht des Hamburgers: «Dagegen ist das für mich ein scheddriges Floß.»

«Nicht so laut», raunte sie. Als Hafenmeisterin musste sie sich nun mal mit allen gut stellen.

Am übernächsten Tag legte Julia dann richtig los. Hark hatte ihr Malermeister Norbert empfohlen, der ein außergewöhnlich gutes Gefühl für Farben besaß. Das war auch notwendig, weil sie die Lacke nicht selbst mischen konnte, das passierte mit einer Maschine im Betrieb.

«Hast du bekommen, was du brauchst?», fragte Hark.

«Ich glaube, der Malermeister hasst mich für alle Zeiten», sagte sie. «Den habe ich total verrückt gemacht, bis er ganz genau die Farbtöne raushatte, die ich haben wollte. Vor allem das zarte Violett des Himmels war extrem kompliziert herzustellen.»

«Die Farben der Insel sind eben eigen.»

«Das spezielle Grün in der Marsch entsteht durch das Sonnenlicht, aber auch durch die Reflexion des Meeres um die Insel herum. Das musst du erst mal hinbekommen.»

«Mir als Insulaner musst du das nicht sagen.»

Sie lächelte.

«Aber Norbert hat es geschafft?»

«Nach einigen Anläufen.»

«Er wird stolz auf dich sein, das weiß ich. Irgendwann gebe ich ihm einen dafür aus.»

Julia arbeitete ohne Pause. Als sie fertig war, leuchtete der Schornstein bunt in der Sonne. Und da die *Nordsand* ansonsten noch keinen neuen Anstrich bekommen hatte, wirkte ihr Werk umso eindrucksvoller.

Hark war völlig aus dem Häuschen.

Als Julia gegangen war, nahm er sein zweites Frühstück vor dem neuen Schornstein ein. An Deck stand ein geschmackvoll gedeckter Tisch mit gutem Geschirr und sogar einer kleinen Vase mit roter Rose. Er fühlte sich bestens – bis er feststellen musste, dass es nicht viel brauchte, um seine Stimmung zu zerstören.

Über den Steg schritt niemand Geringeres als Anita auf ihn zu. Weiße Hose, blaue Bluse, die Haare hochgesteckt, dazu trug sie elegante Ledersandalen. Wenn er sie nicht so attraktiv gefunden hätte, wäre alles vielleicht nur halb so schlimm gewesen. Aber so?

Wahrscheinlich hatte Julia ihr verraten, wo er sich aufhielt. Aber was wollte sie jetzt noch von ihm?

Über der Schulter trug sie die große Tasche, in der sie bei ihrem letzten und einzigen Date die Essenssachen gebunkert hatte. Da die *Nordsand* am Ende des sehr langen Stegs festgemacht hatte, dauerte es ewig, bis sie bei ihm angekommen war. Es war absurd: Je näher sie kam, desto unwohler wurde ihm zumute – gleichzeitig war es das, wonach er sich am meisten sehnte.

«Moin», grüßte sie.

«Hmmh.» Für ein vollständiges «Moin» reichte es bei ihm gerade nicht.

«Darf ich an Bord kommen?»

«Hmmh.»

In ihm zog sich alles zusammen. Natürlich hätten Anita und er längst miteinander reden können, aber die Initiative dazu hätte seiner Meinung nach von ihr kommen müssen. Sie hatte keinen Schritt auf ihn zugetan, um zu erklären, warum sie wortlos das Weite gesucht hatte. Und um eine Erklärung zu betteln, war gegen seine Überzeugung. Über ihnen krächzten ein paar Möwen, sie schienen sich zu streiten.

«Ich habe Frühstück mitgebracht.» Anita stellte die Tasche auf den Boden.

«Oh.»

«Marmelade, Käse, alles da. Wie an unserem großartigen Tag.» Sie packte eins nach dem anderen aus und platzierte es auf dem Tisch.

«Hmm.»

Großartiger Tag? Meinte sie das ernst?

Er wusste überhaupt nicht, was er dazu sagen sollte. Vor allem konnte er sich auf all das nicht einlassen. Er musste sich jetzt schützen: Einerseits war es einfach zu schön, Anita wiederzutreffen. Andererseits konnte er doch nicht übergehen, dass sie abgehauen war, ohne ein Wort zu sagen!

«Ich habe Angst bekommen», bekannte sie leise. «Außerdem musste ich zurück in mein Geschäft, um etwas Wichtiges zu klären.»

Die Möwen über ihnen zankten sich immer noch.

«So.» Er fühlte sich immer noch nicht in der Lage, adäquat zu reagieren.

Anita schaute aufs Meer, wo gerade die Flut auflief. «Weißt du, ich lebe seit Ewigkeiten alleine und hatte gedacht, mir passiert so was nicht mehr.»

«Hmm.»

«Nach unserem Tag am Meer musste ich mich erst mal sortieren, deshalb bin ich Hals über Kopf abgehauen. Ich habe nicht mit dem Kopf reagiert, es war eine reine Panikreaktion –

total blöd. Ich bereue es inzwischen sehr, aber ich kann es leider nicht mehr rückgängig machen.»

Hark überlegte, ob er ihr glauben konnte. Einerseits ja, wenn er an ihren Tag dachte, auch sie hatte ihre gemeinsamen Stunden «großartig» genannt. Andererseits wollte er auf keinen Fall denselben Fehler zweimal machen: auf sie hereinfallen und hinterher leiden.

«Und wie es mir dabei ging, war dir egal?», sagte er.

Es musste alles auf den Tisch, ganz offen und ehrlich, ohne Taktiererei, sonst kamen sie nicht weiter.

«Es muss sich schrecklich angefühlt haben.»

«So ist es.»

Anita stand auf. «Okay, am besten ist es, du frühstückst jetzt weiter, und ich gehe wieder.»

«Vielleicht.» Dabei schrie alles in ihm: «Nein, Anita, bleib!»

«Ich muss sowieso gleich zum Dienst», fügte er leise hinzu. Obwohl es nicht stimmte, das wusste sie auch. Er versuchte einen Kompromiss: «Eine halbe Stunde habe ich noch.»

Sie schaut ihn kurz an. «Nee, lass mal.»

Dann trottete sie davon.

Hark starrte auf das Frühstück vor seiner Nase, es war wirklich liebevoll angerichtet. Aber sosehr er sich auch bemühte, er bekam keinen Bissen herunter.

Hatte er vorhin noch gedacht, er sei ein glücklicher Mann?

27

Bis auf das rätselhafte Netz mit dem Omega-Zeichen hatte Julia nun alles bearbeitet, was Mamita in ihre Kladde gezeichnet hatte. Damit war es für sie an der Zeit, das großformatige Mutterbild anzugehen, auf dem alle Orte versammelt waren. Die Kurmuschel mit dem tanzenden Kind sollte mitten auf eine Wiese in der Marsch kommen. Im Hintergrund sollten die Kitesurfer hoch über den Deich fliegen, der sich zwischen den Inseln Amrum und Sylt zur See hin öffnete. Dort schipperte die *Nordsand* mit ihrem Schornstein in den Farben der Insel auf zu neuen Ufern. Und am rechten Rand sah man, halb angeschnitten, die reetgedeckte Atelierscheune.

Gerade platzierte sie mit einem weichen Bleistift die einzelnen Teile, als Nina mit der Post hereinkam.

«Moin, Julia.»

«Moin, Nina.» Julia nannte sie im Stillen immer die «Fliegende Frau», nach ihrem Gemälde.

«Ich habe ein niedergelegtes Schriftstück für dich.» Die Postbotin zückte einen beigefarbenen Umschlag und biss sich auf die Lippe.

«Niedergelegt? Was bedeutet das?»

«Du musst den Erhalt unterschreiben, es kommt von der Staatsanwaltschaft Flensburg.»

«Was wollen die denn von mir?», fragte Julia verblüfft. Sie riss den Umschlag auf. Was hatte sie mit dem Gericht zu schaffen?

Als sie die ersten Zeilen las, verschlug es ihr die Sprache. Gegen sie wurde ein Strafverfahren wegen Steuerhinterziehung eingeleitet, weil sie angeblich ein illegales Café betrieb!

«Die spinnen ja wohl!», rief sie empört.

«Ärger?»

Julia las weiter. «Alles, was du hier im Atelier siehst, ist gegen das Gesetz», sagte sie zu Nina.

«Hat dich jemand angezeigt? Wer?»

«Anonym.»

«Nimm dir einen Anwalt.»

«Das ist doch alles lächerlich!»

Julia setzte sich auf einen Stuhl. Was sollte sie bloß tun? Erst der Ärger mit dem Blumenladen, der kurz vor der Insolvenz stand, und jetzt das! Sie war vollkommen fertig.

Als Erstes rief sie Oma an, aber die ging nicht ran.

Es kam noch schlimmer. Die Scheunentür öffnete sich, und Polizeichef Prüss trat in seiner korrekt sitzenden Uniform ein. Ihm folgte Finn-Ole, der wenigstens brav seine Sneakers auszog. Edda hatte er heute nicht dabei. Das erste Mal trug er nicht eines seiner Hawaii-Hemden, sondern ein beigefarbenes Hemd, das korrekt in der Anzughose steckte.

Julia ahnte Schlimmes. Sie hielt Finn-Ole den Brief der Staatsanwaltschaft hin. «Hast du mir das etwa eingebrockt?»

Er überflog kurz das Papier. «Nein.»

«Sicher?»

«Ja.»

Prüss dachte gar nicht daran, seine Schuhe auszuziehen.

«Moin, Julia», plapperte er los, «wusstest du eigentlich, dass es in diesen Räumen mal Verdacht auf Radioaktivität gab?»

«Na und?»

«Deswegen gab es sogar einen Großeinsatz der Feuerwehr.»

«Und?»

«Fehlalarm! Käpt'n Hark hatte uns gelinkt, um mich zu ärgern. Auf Föhr machst du was mit, das sag ich dir.»

Aber Julia hatte kein Ohr für solche Anekdoten. «Warum bist du hier?», fragte sie.

«Ich soll überprüfen, ob du ein illegales Café betreibst.»

«Es ist ein Atelier, das müsstest du doch am besten wissen!» Sie deutete auf das Porträt, das sie von ihm gezeichnet hatte.

«Die einen sagen so, die anderen so», erwiderte Prüss. «Du musst auf jeden Fall die Möbel entfernen und unverzüglich den Publikumsverkehr einstellen.»

«Wie bitte? Ich darf niemanden mehr hier malen? Das könnt ihr vergessen!»

«Ganz so einfach ist es leider nicht», sagte Finn-Ole und zückte sein Handy. «Hast du schon mal in die sozialen Netzwerke geschaut?»

«In letzter Zeit wenig.»

Finn-Ole nickte. «Auf Facebook wird dein Atelier als preiswertes Café empfohlen.»

«Was kann ich dafür?»

«Wie auch immer, ich soll es von Amts wegen schließen», beharrte Prüss. «Ich weiß ja nicht, was du vorhast, aber wenn die Staatsanwaltschaft dich einmal am Wickel hat, wirst du auf Föhr kein Bein mehr auf den Boden kriegen, das verspreche ich dir.»

«Willst du den Eingang zunageln, oder was?»

«Zunächst ist das nur eine mündliche Verwarnung.»

«Dann ist das Porträt von dir auch illegal?»

Julia war wütend wie selten, sie riss sein Bild herunter und drohte damit, es in Stücke zu reißen.

«Ich warne dich», rief Prüss entsetzt. Er sah tiefgekränkt aus.

«Verlasst bitte sofort das Atelier», wies Julia sie an.

«Gut. Aber ab jetzt werde ich jeden Tag kommen und kontrollieren, was hier läuft», sagte Prüss. «Ich werde mir die Kasse anschauen und Gäste befragen. Alles im Auftrag der Staatsanwaltschaft.»

«Nur zu, wenn du dich lächerlich machen willst», erwiderte Julia. «Und nur mit richterlichem Durchsuchungsbeschluss, ansonsten hast du hier Hausverbot!»

Prüss lief hochrot an. Finn-Ole drehte sich zu ihm. «Lass mal, Holger, ich regele das.»

«Wenn du meinst», brummte Prüss. Und dann, an Julia gewandt: «Wir *sehen* uns.»

Er stapfte hinaus. Die Tür knallen konnte er nicht, dafür war das Scheunentor zu schwer. Aber wenn es gegangen wäre, hätte er es mit Sicherheit getan. Julia schoss das Blut in den Kopf: Was hatte Finn-Ole, mit diesem «ich regele das» gemeint? Hieß das: «Keine Sorge, die habe ich im Griff»?

«Und bei so einer miesen Intrige spielst du mit?», rief sie empört.

«Ich bin in der Sache neutral», behauptete er. «Du musst selber entscheiden, was passieren soll.»

«Neutral? Von dir hätte ich mehr erwartet.»

«Dienst ist Dienst, und Schnaps ist Schnaps», erklärte Finn-Ole.

Den Spruch hatte Julia noch nie gemocht. Dass Menschen im Job das Gegenteil von dem taten, wovon sie im Privaten überzeugt waren, hatte sie immer schon feige gefunden.

«Ich denke nicht daran, hier etwas zu ändern», sagte sie. «Es ist mein Atelier, und das bleibt es auch!»

Finn-Ole suchte ihren Blick. «Es gibt eine Alternative zu alldem, Julia, das weißt du.»

«Und die wäre?»

«Ganz einfach: Du stellst einen offiziellen Antrag, dass du hier ein Café eröffnest. Dann sieht die Sache ganz anders aus.»

«Noch einmal zum Mitschreiben: Das – ist – ein – Atelier! Irgendwann gehe ich wieder zurück nach Gelsenkirchen, wieso sollte ich für die kurze Zeit hier ein Café eröffnen? Ansonsten hast du ja gehört, was Prüss gesagt hat: Egal, was ich mache, auf der Insel bekomme ich kein Bein mehr auf den Boden.»

«Ach, der spielt sich doch nur auf! Es ist noch gar nicht gesagt, ob sich der Vorwurf der Staatsanwaltschaft als berechtigt erweist. Warte erst mal ab!»

«Und wenn doch?», fragte sie. «Kommt dann der böse Onkel Prüss und schiebt mich ab? Handschellen anlegen und ab auf die Fähre?»

«Unsinn.» Finn-Ole sah nicht besonders glücklich aus, aber das war nicht ihr Problem. «Und für Prüss bin ich außerdem nicht verantwortlich.»

«Du könntest aber ein gutes Wort für mich einlegen, oder ist das zu viel verlangt?»

Er biss sich auf die Lippe. «Ohne dass du das Café offiziell anmeldest, wird es schwierig.»

«Danke für die Hilfe. Dann kannst du jetzt gerne auch mein Atelier verlassen.»

Finn-Ole zog seine Sneakers an, raunte ihr ein «Tschüss» zu und verließ den Raum.

Diesen Angsthasen hatte sie mal interessant gefunden?

28

Nach einer ausgiebigen Dusche stand Hark im Badezimmer und rasierte sich. Anschließend betrachtete er sich im Spiegel: Sah er einigermaßen annehmbar aus? Die Sachen, die er heute anziehen wollte, lagen bereits gebügelt auf seinem Bett. Er wollte groß auffahren, mit dunklem Anzug, weißem Hemd, dunkelblauem Schlips. Das war nicht der gängige Stil auf der Insel, hier war man eher lässig unterwegs, man konnte auch mit Cargohose in ein Klassikkonzert gehen, ohne dass es auffiel. Aber heute war kein normaler Tag.

Als er fertig angezogen war, trug er einen Hauch Eau de Toilette auf, dann war er bereit. Draußen glänzte sein Uralt-Mercedes wie seit Jahren nicht mehr. Er hatte einen Nachbarsjungen beauftragt, den Wagen auf Hochglanz zu polieren. Jetzt, wo der Dreck runter war, sah man alle Dellen und Lackschäden umso deutlicher, aber gerade das war für ihn das Charmante. Außerdem: Solange die Kiste fuhr, brauchte er nichts Neues.

Auf der Fahrt nach Utersum machte er noch einen Schlenker zum Friedhof in Süderende. Nach einer längeren Unterhaltung erhielt er dort von Miranda ein Okay. Anschließend war er viel zu früh in Utersum, parkte den Wagen hinter den Dünen und ging ans Meer. Das Wasser zwischen den Inseln Amrum und Sylt schimmerte so hell in der Sonne, dass er die Augen zusammenkneifen musste. Es roch nach Salz und frischer Luft, wie immer. Normalerweise wäre er jetzt kurz an den Strand gegangen, aber er wollte seine frisch geputzten Schuhe nicht ausziehen.

Zuversichtlich lächelte er in die Sonne. Auf seinem Glückskonto war noch ein erhebliches Plus, von dem er nichts geahnt hatte. Als Anita das Frühstück auf der *Nordsand* vorbeigebracht hatte und anschließend wieder verschwunden war, wurde in ihm Großalarm ausgelöst. Ähnlich wie damals auf seinem Containerfrachter, als im Nordatlantik ein philippinischer Matrose über Bord gegangen war. Obwohl es aussichtslos erschien, hatte er alles daran gesetzt, ihn zu finden. Er hatte auch dann nicht aufgegeben, als alle abbrechen wollten – und sie hatten ihn tatsächlich retten können! Nur so ging es: Man musste handeln und durfte nie aufgeben.

Große Worte, aber hatte er Anita gegenüber Initiative gezeigt? Ehrlich gesagt, nein. Stattdessen hatte er schmollend auf dem Achterdeck der *Nordsand* gesessen und sich nicht von der Stelle gerührt. Einiges im Leben erledigte sich vielleicht von selbst, aber nicht das mit Anita. Also war er abends nach Utersum gefahren. Es fiel ihm unendlich schwer, aber es musste sein. Sonst machte er womöglich einen Fehler, der nicht wiedergutzumachen war. Mit einem flauen Gefühl im Magen betrat er ihre Pension. Anita saß gerade im Restaurant vor ihrer Scholle mit Speck-Kartoffelsalat.

Sie schaute ihn neugierig an. «Moin.»

«Moin.»

Er holte tief Luft. «Können wir an den Strand gehen?»

«Jetzt gleich?»

«Wenn möglich, ja.»

Sie stand auf, zog sich eine Jacke an, und sie gingen schweigend zum Strand, der ein paar hundert Meter entfernt lag. Dort schlenderten sie barfuß die Wasserkante entlang Richtung Nieblum.

«Ich habe heute Morgen blöd reagiert», begann er.

«Nein, *ich* war blöd.»

«Fehler machen wir alle mal, du bist aber wenigstens zu mir gekommen, um mit mir zu reden.»

Anita schaute hinüber zur Nachbarinsel. «Ich hätte meine Dummheit gerne rückgängig gemacht. Aber ich wusste nicht, wie.»

«Gehen wir noch mal zurück auf Anfang?», fragte Hark.

Sein Herz pochte laut. Es war die Frage aller Fragen.

«Wenn du dazu bereit bist?», sagte sie.

Eine Woge der Erleichterung überkam ihn.

«Aber ja!»

Dann hatten sie sich lange umarmt, das zweite Mal überhaupt in ihrem Leben.

Heute Abend wollten sie zusammen ein Konzert im Wyker Kurgartensaal besuchen. Anita wartete schon vor der Tür der Pension Möwenwind. Sie trug ein elegantes Seidenkleid und war noch einmal beim Friseur gewesen. Sie sah phantastisch aus!

Hark stieg aus, trat auf sie zu und küsste sie links und rechts auf die Wange. Dann öffnete er ihr die Beifahrertür.

Auf der Fahrt wechselten sie kein Wort, die Föhrer Wiesen und Weiden lagen im goldenen Sonnenlicht, das ließen sie stumm auf sich wirken. In Wyk angekommen, schlenderten sie über den Sandwall zum Konzertsaal. Die Luft war ungewöhnlich lau, von gegenüber leuchteten die Lichter der Hallig Langeneß über das Meer.

Hark war sehr aufgeregt. Es durfte bitte nichts, aber auch gar nichts schiefgehen! Im Vorraum des Kurgartensaals entdeckten ihn einige Bekannte von der Insel, die er mit kurzem Kopfnicken grüßte. Alle beäugten neugierig die unbekannte Frau an seiner Seite.

Anita und er saßen ziemlich weit vorne. Als das Saallicht ausging, spürte Hark sie die ganze Zeit neben sich, auch wenn sein Blick auf die Bühne gerichtet war. Das Programm trug den Titel «Die Seenixen – Lieder vom Meer». Er hatte keine Ahnung, was das werden würde. Es war auch egal. Mit Anita hier zu sein, war für ihn die eigentliche Veranstaltung.

Jetzt betrat ein fünfköpfiger A-cappella-Chor aus Bremerhaven die Bühne: eine amüsiert dreinblickende Frau um die dreißig im kleinen Schwarzen, neben ihr eine Südamerikanerin mit strahlenden braunen Augen sowie eine ältere Blonde, die Birte unglaublich ähnlich sah, ebenfalls im kleinen Schwarzen. Die beiden Männer im Smoking hatten dunkle Haare, dunkle Augen und runde Bäuche. Alle konnten atemberaubend gut singen.

Der Sopran der großen Frau war phänomenal, sie schraubte sich in schwindelerregende Höhen, ohne dabei auch nur einmal zu wackeln. Auch ihre beiden Kolleginnen im Alt sangen so voll und schön, dass man vor Glück ohnmächtig werden konnte. Einer der Männer füllte mit seinem unglaublichen Bass alleine den ganzen Saal, der strahlende Tenor legte sich ebenso souverän darüber. Zusammen machten sie sich an Klassiker wie «Am Sonntag will mein Süßer mit mir segeln gehen», dann kam «Tag am Meer» von den Fantastischen Vier, «Sailing», die «Caprifischer» als Rap, und «La Paloma» durfte natürlich auch nicht fehlen. Außerdem hatten sie ein Chanson im Repertoire, bei dem Hark jedes Mal dahinschmolz: «La Mer» von Charles

Trenet. Hark hatte das Lied ewig nicht gehört und summte leise mit:

La mer, qu'on voit danser le long des golfes clairs. À des reflets d'argent ...

Die Melodie wirkte geradezu hypnotisch.

Anita beugte sich an sein Ohr. «Es klingt wie unser Tag am Meer», flüsterte sie.

Ihre Hände fanden sich im Dunkeln wie von selbst. Ab da bekam Hark kaum noch etwas mit von dem, was auf der Bühne passierte. In Gedanken ging er mit Anita ans Meer, das so aussah wie auf einem von Julias Gemälden. Die Flut kam, die Priele füllten sich mit frischen Nordseewasser, das Mondlicht überzog die See mit einem silbrigen Schimmer. Anita und er küssten sich, während ihre nackten Füße vom heranschwappenden Wasser sanft umspült wurden.

Irgendwann sangen die ersten Konzertgäste um sie herum laut mit, dann stimmte der ganze Saal mit ein: *La mer ...*

Dass kaum jemand Französisch konnte, war egal, es ging allein um das Gefühl, das dieses Chanson vermittelte. Der Gesang erreichte eine ungeahnte Lautstärke, irgendwann regelte die Sopransängerin den Saal mit Handzeichen wieder herunter auf pianissimo. Es hörte sich nun an wie das Echo des Ozeans, wenn man ihn noch nicht sah, die Wellen aber schon hörte. Irgendwann standen alle auf und klatschten den Rhythmus dazu, es wollte gar nicht mehr aufhören.

«Da soll noch einer mal sagen, Friesen hätten kein Temperament», rief Anita.

«Mein Reden», sagte Hark lachend und gab ihr einen Kuss auf die Wange.

Hand in Hand verließen sie den Kurgartensaal und spazierten die paar Schritte hinüber zum dunklen Strand. Gegenüber funkelten die Lichter der Häuser von Langeneß, der Mond schien über das Wasser. Sie zogen ihre Schuhe aus und schlenderten barfuß weiter. Schon als kleiner Junge hatte Hark hier am Strand gespielt. In Anitas Begleitung stellte er fest, dass die Wyker Promenade schlicht und einfach die schönste Straße der Welt war, keine Champs-Élysées kamen da auch nur im Entferntesten mit.

«Ich habe auf der *Nordsand* eine Kleinigkeit für uns vorbereitet, falls du magst», sagte er unsicher. Hoffentlich wirkte es nicht zu aufdringlich. Sähe es womöglich so aus, als hätte er fest damit gerechnet, dass sie sich näherkamen?

«Gerne», sagte sie. Es klang wie selbstverständlich.

Erleichtert atmete er auf, Anita war so erfrischend unkompliziert. Sie gingen über die Promenade Richtung Hafen. Es war immer noch erstaunlich warm.

Als sie den Steg im nahegelegenen Seglerhafen erreichten, wuchs Harks Aufregung noch. An Bord eines Frachters hätte er jetzt eine Durchsage gemacht: «Alarm! Dies ist keine Übung, sondern ein Ernstfall!» Gleich würde sich alles entscheiden. Hoffentlich passierte jetzt nicht noch etwas Unvorhergesehenes.

«Tolle Idee hierherzukommen», wisperte Anita.

«Naheliegend, oder?»

Sie lachte. «Tja, wenn man Yachtbesitzer ist, hat man es gut.»

«‹Yacht› ist leicht übertrieben.»

«Finde ich nicht.»

«Ich in Wirklichkeit auch nicht.»

Als sie die *Nordsand* erreichten, half er ihr galant an Bord. Dann löste er die Leinen, ging auf die Brücke und warf die Maschine an. Anita umfasste ihn von hinten und legte ihr Kinn auf seine Schulter, während er das Ruder in der Hand hielt.

«Und der Motor funktioniert zuverlässig?», erkundigte sie sich.

Hark wiegte leicht den Kopf. «Einigermaßen. Notfalls müssen wir zurückschwimmen.» Was wie ein Witz klingen sollte, aber die pure Wahrheit war.

«Egal», hauchte Anita ihm ins Ohr.

Harks Herz klopfte laut. Natürlich hätten sie auch im Hafen bleiben können, da war jetzt kein Mensch. Aber er wollte unbedingt mit Anita aufs Meer. Er fuhr etwa zweihundert Meter hinaus, dann ließ er den Anker fallen. Von hier aus blickten sie hinüber zum beleuchteten Wyker Fährhafen und auf der anderen Seite zur weiter entfernten Hallig Langeneß. Der Vollmond schickte sein Licht über das Wasser.

Anita war genauso weich und anhänglich wie er.

Mehr ging nicht.

Ihr großartiger Tag am Meer hatte sie spätestens jetzt wieder eingeholt. Auf den Champagner, der im Kühlschrank der Kombüse lagerte, kamen sie erst Stunden später zurück.

29

Julia hatte ihre Matratze seit einigen Tagen direkt neben den Blumenaltar gelegt, sodass die Blüten das Erste waren, was sie sah, wenn sie morgens die Augen aufschlug. Das Sonnenlicht beleuchtete ihr Atelier um diese Zeit gleich von mehreren Seiten. Meist blieb sie noch etwas liegen und schaute einfach nur zu, wie das Licht an den Fenstern vorbeizog. Heute fiel ihr das Aufstehen besonders schwer, weil sie sich etwas sehr Unangenehmes vorgenommen hatte: Auch wenn ihr letztes großes Mutterbild noch nicht ganz fertig war, musste sie sich dringend über den Stand der Finanzen informieren, was das Blumenhaus in Gelsenkirchen anbelangte. Das duldete keinen Aufschub mehr. Die düsteren Informationen ihrer Oma hatte sie bisher erfolgreich verdrängt, aber das ging auf Dauer nicht.

Julia stellte ihren Laptop auf einen Bistrotisch und schob den USB-Stick hinein. Was sie dort zu lesen bekam, würde womöglich ihr gesamtes Leben auf den Kopf stellen. Wenn sie es sich hätte aussuchen können, wäre sie tatsächlich einfach auf Föhr geblieben, hätte Bilder gemalt und Gäste bewirtet. Dessen war sie sich mittlerweile sicher. Aber würde das Geld, das sie hier einnahm, zum Leben reichen? Der nächste Winter kam bestimmt, und dann war auf der Insel nichts mehr los, Stammkunden hin oder her. Wovon sollte sie dann leben? Und selbst wenn sie sich das zutraute, gab es auch noch objektive Hindernisse: der Brief aus Flensburg, die mehr als entmutigende Begegnung mit Revierleiter Holger Prüss und Bürgermeister Finn-Ole. Das hatte ihr den Rest gegeben.

Nein, ihre Entscheidung stand fest. Sie musste das Blumenhaus in Gelsenkirchen retten, und dazu musste sie vor Ort sein. Sie atmete tief ein und rief die erste Datei auf. Zunächst konnte sie vor lauter Anspannung die Zahlen nicht erkennen, aber dann zwang sie sich zur Konzentration. Schritt für Schritt ging sie die Buchungen durch, und schon nach wenigen Minuten wusste sie: Es war leider genau das Desaster, das Oma vorausgesagt hatte. Der Wirtschaftsprüfer hatte mit seinem Vorschlag recht, das Grundstück mit Laden, Wohnung und Gewächshaus so bald wie möglich zu verkaufen. Es würde nichts nützen, alles immer wieder zu beleihen, damit sie irgendwie über die Runden kamen. Dann wäre bald gar nichts mehr übrig.

Trotzdem lehnte sich alles in ihr dagegen auf. Man konnte doch nicht einfach so die Seele der Familie Koslowski auslöschen! Das Blumenhaus war Julias Leben gewesen, ebenso das ihrer Oma. Es war nicht immer leicht gewesen, aber die Hingabe an die Arbeit mit Blumen hatte sie beide ausgefüllt, hatte sie noch mehr zusammengeschweißt. Fieberhaft überlegte Julia, ob es nicht doch noch eine Möglichkeit gäbe, das Geschäft wieder nach oben zu bringen. Aber wie? Ihr musste etwas einfallen: noch mehr arbeiten, mehr Werbung machen oder was auch immer. Ob das genügte?

Wenn nicht, würde im schlimmsten Fall am Ende gar nichts mehr übrig sein. Für sie war das nicht so wichtig, sie würde einen anderen Job finden. Es ging vor allem um ihre Oma, sie musste gut versorgt sein. Komischerweise ging Anita selbst mit der Situation viel entspannter um.

Julia war hin- und hergerissen: Um Omas und ihr Blumengeschäft kämpfen? – Ausgang ungewiss. Im Atelier ein Café eröffnen? – Ausgang ebenfalls ungewiss. Zumal anscheinend wichtige Leute auf der Insel gegen sie waren, jedenfalls kam es ihr so vor. Wieso machte Finn-Ole plötzlich so einen Druck? Und was sollte der Quatsch mit der Steuerhinterziehung? Sie hatte an keiner Stelle Gewinn gemacht, weder mit Kaffee noch mit Kuchen, die Einnahmen aus der Kaffeekasse deckten nicht einmal ihre Kosten!

Aber egal, was kam, erst einmal wollte sie das beenden, weswegen sie nach Föhr gekommen war. Das war sie ihrer Mutter schuldig. Und solange sie hier war, sollten selbstverständlich auch weiterhin Gäste in ihr Atelier kommen, das würde sie sich nicht verbieten lassen.

Gerade wollte sie die Blumen auf dem Altar gießen, da klingelte ihr Handy.

«Pension Möwenwind», meldete sich eine Frauenstimme. Vom Tonfall her klang sie nach Insulanerin. Da fiel Julia ein, dass ihre Oma dort wohnte.

«Moin, Julia Koslowski hier.»

«Ja, Frau Koslowski», kam es aus dem Hörer, «ich wollte nur mal nachfragen ... also, das Bett Ihrer Großmutter ist unberührt.»

«Was meinen Sie damit?»

«Na, sie hat hier nicht geschlafen.»

Julia überlegte. «Seltsam.»

«Finde ich auch. Ich dachte, ich sage auf jeden Fall Bescheid, kann ja auch was passiert sein.»

«Wollte sie womöglich ins Watt?», fragte Julia. Das war reine Spekulation, versetzte sie aber schlagartig in Sorge.

«Der Rettungshubschrauber ist vorhin Richtung Amrum geflogen, die hätten sie bestimmt gesehen.»

Jetzt wurde Julia ganz anders. Oma war fit, aber einen Knöchel konnte man sich auch brechen, wenn man ansonsten gesund war. Und mitten in der Marsch fand einen so schnell keiner. Sie bedankte sich bei der Pensionsbesitzerin und bat sie, sich sofort zu melden, falls ihre Oma wiederauftauchte. Danach überwand sie sich und rief Polizeichef Prüss in Wyk an. Es musste sein, auch wenn sie ihn zum Teufel wünschte.

«Mach dir keine Sorgen, die taucht schon wieder auf», sagte er lapidar.

Julia ließ nicht locker. «Das ist sonst gar nicht ihre Art. Wo kann sie denn sein?»

«War sie krank?»

«Nein.»

«Dann wird es sich klären.»

«Und was ist, wenn sie einen Unfall hatte?»

«Davon wüsste ich», sagte Prüss. «Niemand hat uns diesbezüglich etwas gemeldet.»

Julia war alles andere als beruhigt, aber mit Prüss kam sie nicht weiter. Sie musste ihre Oma suchen. Sie sprang in ihren Wagen und fuhr als Erstes kreuz und quer durch die Marsch, hielt immer wieder an, schaute in Wiesen und Weiden. Aber sie war nirgends zu sehen.

Auf dem Rückweg über Alkersum bekam sie heraus, dass Omas Alfa wegen des kaputten Auspuffs noch dort in der Werkstatt stand. Sie war also immer noch auf der Insel. Doch je länger Julia suchte, desto besorgter wurde sie. Das passte alles nicht zu Anita, da war mit Sicherheit etwas passiert!

Julia befragte alle Leute, die sie sah. Niemand wusste etwas. Postbotin Nina, die viel herumkam, musste passen. Elske und Caren vom «Föhrer Snupkroom» hatten sie auch nicht in Oevenum gesehen. Oma war wie vom Erdboden verschluckt!

Wie konnte das sein auf einer Insel wie Föhr, die einigermaßen überschaubar war?

Julia fuhr weiter nach Wyk, obwohl sie nicht wusste, ob das Sinn hatte. Verzweifelt lief sie im Laufschritt über den Sandwall. Anita schmökerte gerne in Buchläden herum, aber da war sie auch nicht gewesen. Ebenso wenig im Café Steigleder, ihrem Föhrer Lieblingscafé, im Restaurant «Zum Glücklichen Matthias» oder bei Friseur Pohlsen.

Schließlich fiel ihr nur noch Hafenmeisterin Wiebke ein, obwohl Oma bestimmt nicht mit einem Segelboot abgehauen war. Wiebke saß im blau-weiß gestreiften Fischerhemd vor ihren meterhohen Papierstapeln. Bevor Julia ein Wort herausbrachte, musste sie erst mal ein paar Tränen herunterschlucken.

«Was ist denn los, mien Deern?» Wiebke reichte ihr ein Taschentuch.

«Meine Oma ist weg», schluchzte sie.

«Wie weg?»

«Na, verschwunden.»

«Gestern Abend habe ich sie noch auf dem Konzert gesehen, zusammen mit Hark.»

«Mit Hark?», fragte Julia verblüfft. «Sicher?»

«Ja, im Kurgartensaal.»

Julia überlegte. «Eigentlich liegen die beiden im Clinch miteinander.»

«So sah das aber gar nicht aus, im Gegenteil.» Sie zwinkerte ihr zu.

«Wie meinst du das?»

«Na, hinterher sind sie Hand in Hand über den Sandwall geschlendert.»

Hand in Hand? Hatte sie etwas nicht mitbekommen? «Könnten sie vielleicht auf der *Nordsand* sein?», fragte sie.

«Die ist gestern Nacht ausgelaufen und heute Morgen wieder reingekommen. Wer alles an Bord war, habe ich nicht gesehen», sagte Wiebke.

«Danke!»

Julia sprintete über den Steg zur Liegestelle der *Nordsand*, der bunte Schornstein leuchtete ihr in der Sonne entgegen. Als sie bei dem Schiff ankam, atmete sie erleichtert auf. Denn an Deck saßen tatsächlich Oma und Hark einträchtig an einem Tisch und hielten Händchen. Sie wirkten schwer verliebt, wie Teenies bei ihrer ersten großen Liebe. Beide trugen weiße Bademäntel, was bei Julia im Stillen die Frage aufwarf, ob Anita ihren mitgebracht oder ob der Kapitän einen für sie an Bord bereitgehalten hatte.

Als Hark sie entdeckte, blinzelte er ihr entgegen.

«Hier bist du, Omma!», rief Julia.

Anita drehte sich um. «Ja», antwortete sie fröhlich.

«Ganz Föhr sucht dich!»

Erschrocken sah Oma sie an. «Ach, ist das wegen des neuen Gesetzes?»

«Welches Gesetz?»

«Dass man mit über sechzig kein Liebesleben mehr haben darf?»

Darauf gab es von Julia nur eine mögliche Antwort: «So ist es! Prüss hat deswegen bereits Ermittlungen aufgenommen.»

«Komm an Bord», sagte Oma lächelnd.

Julia kletterte über die Reling, gab Hark die Hand und umarmte ihre Oma.

«Im Ernst, wie kommst du darauf, dass ich einfach so verschwinde?», fragte Anita.

«Deine Pensionswirtin hat dich bei der morgendlichen Lebendkontrolle in deiner Zelle vermisst.»

«Die muss sich gerade melden!», murmelte Hark vieldeutig und stellte ihr einen Stuhl hin.

«Euch geht es also gut?», fragte Julia.

«Den Umständen entsprechend», bestätigte ihre Oma mit strahlenden Augen und nahm Harks Hand. «Und selber?»

«Ich werde euch jetzt nicht mit meinem Alltagsmist belästigen.»

«Ist was passiert?», fragte Anita.

«Ein anderes Mal.»

«Unsinn, raus damit!»

Julia wollte den beiden wirklich nicht den Tag verderben. Aber sie musste sowieso mit Hark über das Atelier sprechen. Immerhin war er ihr Vermieter und kannte Finn-Ole besser als sie. Vielleicht hatte er eine Idee, wie man den Ärger aus der Welt schaffen konnte.

«Prüss zickt rum, und Finn-Ole hilft ihm dabei.»

Jetzt war es raus.

«Wieso das?», fragte Hark.

«Die verlangen, dass die Cafémöbel wegkommen.»

Anita schüttelte den Kopf. «Aber die habe ich doch nur bei dir eingelagert.»

«Das glauben die aber nicht.»

«Das Ganze ist nur ein Spaß, deine Omma will nur ein bisschen Café spielen, hast du ihnen das nicht gesagt?», fragte Anita.

«Die nennen es Steuerhinterziehung.»

«So ein Quatsch!»

«Trotzdem muss ich dazu Stellung nehmen.»

«Ich bin an allem schuld», stöhnte Anita. «Hätte ich die Möbel nicht mitgebracht, wäre das niemals passiert. Du musst das nun ausbaden.»

Hark schüttelte den Kopf. «Um dich geht es da gar nicht, Julia. Prüss hat mich schon lange auf dem Kieker, der will *mir* eins auswischen.»

«Aber wieso?»

Hark erzählte kurz vom Feuerwehreinsatz wegen der Warnung vor Radioaktivität. Oma und sie mussten herzlich lachen.

«Müssen wir uns einen Anwalt nehmen?», fragte Anita und schaute Hark an.

Hark winkte ab. «Brauchst du nicht, auf der Insel regeln wir so was auf andere Art.»

«Du willst Prüss töten?», vermutete Anita.

«Nicht gleich. Vorher rede ich noch kurz mit ihm», gab Hark todernst zurück.

«Du wirst ihm ein Angebot machen, das er nicht ausschlagen kann?»

«So in der Art.» Dann wandte Hark sich an Julia: «Mach dir keine Sorgen! Auf Föhr sind wir sturmfluterprobt, wir haben schon ganz andere Sachen gedeichselt bekommen.»

«Kannst du damit noch etwas warten?», bat Julia. «Ich muss mir selbst erst mal klar darüber werden, was *ich* eigentlich will.»

«Natürlich.»

Julia blickte nachdenklich in den blauen Himmel über ihrem bunten Schornstein. Sie musste eine Entscheidung treffen.

30

Am nächsten Morgen wurde Julia erst gegen neun aus dem Schlaf gerissen. Nina stand in der geöffneten Scheunentür, die wie immer nicht abgeschlossen war.

«Moin, oh, tut mir leid, Julia, ich wollte dich nicht wecken», sagte sie.

«Schon gut, Nina.» Julia gähnte. «Willst du auch einen Latte macchiato?»

«Gerne!»

Julia ging zur Kaffeemaschine. Sie hatte bis in die frühen Morgenstunden gearbeitet und war dann erschöpft auf ihre Matratze gefallen. Sie drehte sich zur Leinwand. Das große Mutterbild war fast fertig. Alles war da, bis auf das rätselhafte Gitternetz mit dem Omega-Zeichen. Sie hatte es für den Moment mit Kugelschreiber auf einen Zettel gemalt und in eine Ecke geklebt.

«Fertig?», fragte Nina, als sie das Bild sah.

«So gut wie.»

«Es sieht sehr besonders aus.» Sie nahm dankbar den Latte macchiato und betrachtete das Gemälde. Dann sagte sie: «Ich bin keine Expertin, aber von dem Bild geht eine besondere Energie aus.»

Julia nickte. «Wundert mich nicht, danke!»

In diesem Moment stand Polizeichef Prüss in korrekt sitzender Uniform in der Scheunentür. Die Ankündigung seiner Kontrolle war also keine leere Drohung gewesen.

«Keinen Schritt weiter!», rief sie mahnend. «Oder hast du einen Durchsuchungsbeschluss?»

Ruckartig blieb er stehen. Er wusste genau, was er laut Gesetz durfte und was nicht.

«Was willst du hier, Prüss?», fragte Nina.

«Er soll prüfen, ob ich ein illegales Café betreibe», sagte Julia.

«Geht es um Schwarzbrennerei?» Nina grinste.

«Witzig», sagte Prüss.

«Worum dann?»

«Frau Koslowski muss für jede Tasse Kaffee, die sie verkauft, Steuern zahlen, wie jeder andere Mensch auch.»

Nina schlürfte ihren Latte macchiato extra laut. «Dass sie fünfzehn Euro für einen Latte nimmt, finde ich fair. Auf Sylt zahlst du dafür das Doppelte.»

Julia verkniff sich ein Lächeln.

«Das wird ein Riesenaufriss für nichts», sagte Nina, «am Ende kommt da plus/minus null heraus.»

«Das werden wir ja sehen.»

«Im Ernst, auf Föhr kann man doch auch mal wegucken: Oldsum liegt Lichtjahre von Husum entfernt. Und dazwischen ist auch noch das Meer.»

Husum war die Kreishauptstadt.

Prüss war nicht einverstanden: «Die Steuereinnahmen brauchen wir für Deiche und Kindergärten.»

«Und die Deiche hängen von Julias Atelier ab? Weil sie da einen Euro Unkostenbeteiligung für eine Tasse Kaffee nimmt? Das glaubst du selber nicht! Nur um die Ämter zu beruhigen, soll Julia einen Riesenaufwand betreiben, bei dem am Ende nichts herauskommt?»

Prüss machte auf dem Absatz kehrt. «Ich komme wieder.» Dann zog er ab.

«Danke», sagte Julia, als die Scheunentür zufiel.

Nina winkte ab. «Glaub mir, das erledigt sich von selbst. Damit kommt der nicht durch.»

Je mehr Zeit verging, desto komplizierter wurde ihre Lage, bemerkte Julia. Ein Grund mehr, jetzt in sich zu gehen und dann einen Entschluss zu fassen, was zu tun war. Aber so eine Lebensentscheidung war keine Sache für einen kurzen Strandspaziergang. Man konnte aber auf Föhr nicht einfach ganz woandershin fahren, man blieb immer auf der Insel. Es sei denn, man nahm die Fähre aufs Festland, aber das wollte sie nicht. In diesem Moment erinnerte sie sich an ein Gespräch mit Hark, der ihr mal von einer alten Tradition auf der Insel erzählt hatte: Am Himmelfahrtstag wanderten viele Insulaner einmal rund um Föhr. Die vierzig Kilometer waren an einem Tag gut zu schaffen.

Dieses Ritual hielt Julia für eine gute Idee.

Sie startete ganz früh am nächsten Morgen. Von ihrem Atelier ging sie über den vertrauten Feldweg zum Seedeich. Der Wind blies von Westen, die Sonne beleuchtete die Marsch. Manchmal huschten die Schatten der Wolken über Wiesen und Weiden. Neben ihr raschelte das Schilf in den Gräben, als wollte es sie umwerben.

Auf der Deichkrone fühlte Julia sich wie eine Königin, das Watt erschien ihr in der Sonne wie eine goldene Wiese. Sie blickte auf das Sörenswai-Vorland, den wilden Strand vor dem Deich in Oldsum.

Entschlossen wanderte sie los Richtung Utersum. Einige

Möwen und Austernfischer begleiteten sie mit ihren Rufen. Unterwegs konnte sie weit in die Marsch sehen, irgendwo hier stand der Haselnussbaum, vor dem sie mit Oma auf der Bank gesessen hatte, in der Ferne waren die Mühlen und Kirchtürme der Insel zu erkennen. In Utersum blieb sie eine Weile stehen und blickte zwischen der Südspitze von Sylt und der Nordspitze von Amrum auf die offene See. Da draußen im Meer befand sich eine unsichtbare Kraft, die sie anzog, aber deren Geheimnis nie jemand aufdecken würde.

Auf dem Gelände der nahegelegenen Kurklinik spazierten um diese Uhrzeit die ersten Patienten in Joggingsachen herum. Sie kamen aus allen Teilen des Landes und grüßten sie freundlich mit «Grüß Gott», «Hallöle» und «Morjen». Julia wusste, dass sie als kleines Mädchen an diesem Strand vor der Klinik gespielt hatte. Die Gesundheit ihrer Mutter hatte sich hier stark verbessert. An diesem Ort war Mamita das letzte Mal glücklich gewesen. Wenn auch nur kurzfristig. Als ihre Mutter nach Gelsenkirchen zurückgekehrt war, hatte sich bald herausgestellt, dass der Fortschritt während der Kur nur ein Strohfeuer gewesen war.

Es tat Julia weh, hier zu sein.

In Gedanken begann sie ein Gespräch mit ihrer Mutter: «Ich habe *dich* gesucht und *mich* dabei gefunden. Was eigentlich kein Wunder ist, wir sind in vielen Dingen eins. Es ist schön, das zu spüren.»

Am Strand ging sie weiter nach Hedehusum, Goting und Nieblum. Rechts von ihr erstreckte sich die Nachbarinsel Amrum mit dem rot-weißen Leuchtturm im Nebel. Wie immer waren viele Surfer auf dem Wasser zu sehen. Sie beobachtete eine Weile die grandiosen Luftsprünge und das Treiben im Surfcamp. Einen kurzen Moment dachte sie daran, in Thores Bar einen Kaffee zu trinken, aber sie wollte lieber ganz für sich bleiben. Außerdem hatte sie noch einen weiten Weg vor sich.

Sie ging vorbei an den eleganten weißen Villen in Greveling und dann am Wyker Südstrand. Auf der Promenade waren unzählige Feriengäste unterwegs, sie fühlte sich fast wie in einer Großstadt, nur dass die Häuser natürlich niedriger waren. In der Eisdiele neben dem kleinen Inselkino kaufte sie sich ein Vanille-Stracciatella-Eis im Becher. Damit setzte sie sich vor der Kurmuschel auf eine Bank und lauschte der Band, die gerade einige Klassiker zum Besten gab: «Sunny», «California Dreamin'», «Here Comes The Sun». Alles Gute-Laune-Titel, die sie aufmunterten.

Anschließend schlenderte sie an den Geschäften am Sandwall vorbei und kehrte kurz in der Buchhandlung ein, das musste sein. Sie fand einen interessanten Roman, wollte das Buch aber nicht mitschleppen. Bobo, der Buchhändler, legte es ihr zurück. Dann ging es weiter Richtung Sportboothafen. Dort lag die *Nordsand*, deren Schornstein ihr knallbunt entgegenleuchtete, was ihr ein kleines stolzes Lächeln ins Gesicht zauberte.

Sie ging weiter.

Vom Deich blickte sie rechts über das Meer aufs Festland, links schaute sie weit in die Marsch hinein. Bevor dieser Teil der Insel eingedeicht worden war, war er immer wieder von Sturmfluten überspült worden. Die Insulaner hatten sich nicht kleinkriegen lassen, waren stets zurückgekommen, um alles wiederaufzubauen. Schließlich hatte man einen festen Deich errichtet, der im Lauf der Jahre immer weiter erhöht wurde. Die Schafe dienten als natürliche Rasenmäher, sie hielten das Gras kurz und trampelten den Boden fest. Den Küstenschutz nahm man auf Föhr verständlicherweise extrem ernst, der Respekt vor den Kräften der Natur war überlebensnotwendig.

Die Sonne schien jetzt ungefiltert auf das Inselinnere, während vom Meer her düstere Wolken aufzogen. Krasser konnte ein Kontrast nicht sein: Im sonnigen Teil leuchteten Wiesen und Weiden in heiteren Farben auf, auf der dunklen Seite kroch ein himmelhohes Unwesen heran, das diese Heiterkeit zu verschlingen drohte. Jede der beiden Seiten löste eine komplett andere Seelenstimmung in Julia aus. Pessimismus und Optimismus lagen in Sichtweite gleichzeitig vor ihr. Sie spürte in sich Erinnerungen und Ängste, die sie nicht genau verorten konnte, die ihr aber tief vertraut waren. Als ob der Himmel sie kennen würde, alles über sie wusste. Er kannte die starke Julia, die düsteren Stimmungen souverän standhielt und gerne feierte, genauso wie die schwache, die sich zwischenzeitlich herunterziehen ließ, ohne dem viel entgegensetzen zu können.

Kurz danach verdrückten sich die schwarzen Wolken Richtung Festland, die Sonne flutete nun die gesamte Insel, dazu kamen der auffrischende Wind, die Vogelrufe und die Sonne. Die Marsch schlug Saiten an, die ihre Gedanken zum Schwingen brachten, alles war plötzlich leicht und heiter.

Die offene Fläche wurde immer wieder durch dichte Baum- und Buschinseln unterbrochen. Die sogenannten Vogelkojen waren keinesfalls zum Vergnügen angelegt worden, es waren Fallen: Wildenten sollten dort Schutz suchen, in der Mitte hatte man einen Teich angelegt. Dort wurden sie gefangen, früher, um sie zu schlachten, heute, um sie zu registrieren.

Für Julia dienten die Vogelkojen gerade als Verstecke für geheime Gedanken. Sie versah die Weite und das Licht um sie herum mit Gefühlen, so wie es ihre Mutter in der Kladde mit dem Meer getan hatte, in das sie das Wort «Heilung» geschrieben hatte. Alles hier belegte sie im Stillen mit einem ihrer Seelenzustände. So wurde der kleine Teich auf einer Wiese zum «Ruhespiegel», die wilden, biegsamen Büsche, deren Blätter im Wind flatterten, zur «Leidenschaft», die Schilfhalme in einem Graben nannte sie «Ihre Hohen Schönheiten». Es gab die große Wiese mitten in der flachen Ebene, auf der sie all ihre Zweifel lagerte. Was es besonders spannend machte: «Ruhepunkt» und «Zweifel» erschienen in immer neuem Licht. Am Himmel sah sie eine paar krisselige Wolken aufziehen, das Wetter würde bald umschlagen. Wolken zu deuten, war eines der Dinge gewesen, die sie auf der Insel gelernt hatte. Sie war darin noch keine Meisterin, aber einiges hatte sie gelernt, weil sie den Insulanern gut zugehört hatte. Hark als erfahrener Kapitän wusste alles darüber.

«Mamita, hast du eine Idee für mich, wie es am besten weitergeht?», fragte sie laut. Ihre Meinung hätte sie brennend interessiert. Immerhin wäre sie ohne Linda gar nicht hier, und die Leidenschaft für die Insel teilten sie nun miteinander. Das hieß natürlich nicht, dass Julia zwangsläufig hier leben musste. Warum sollte sie nicht in Gelsenkirchen wohnen, und Föhr wurde ihr Lieblingsurlaubsort, zu dem sie so oft wie möglich fuhr?

So viel war klar: In den letzten Wochen waren in ihrem Leben unglaubliche Dinge passiert, von denen sie lange zehren würde. Sie war über sich hinausgewachsen, und, was das Tolle war: Alles hatte sich wie von selbst entwickelt, ohne dass sie lange darüber nachgedacht hatte. Schritt für Schritt war sie einfach weitergegangen.

Konnte sich das so fortsetzen?

Oder war es nur eine Urlaubseuphorie, die sich im Alltag schnell wieder auflöste?

Auf einer Pferdeweide tobten drei Stuten miteinander, ihre

glänzenden braunen Körper dampften, als sie sich im Galopp jagten, um sich dann liebevoll mit ihren Nüstern anzustupsen. Julia bereute in diesem Moment, dass sie auf Föhr noch nicht geritten war, sie konnte es, und die Insel war bekannt für ihre Pferde.

Kurz vor Oldsum dann kam ihr auf dem Deich ein Jogger entgegen. Sie zuckte zusammen: Hoffentlich war es nicht Finn-Ole. Aber Entwarnung, es war ein älterer Herr, der kurz mit einem wohlklingenden «Moin» grüßte und dann weiterlief.

Es fing an zu nieseln, sie fischte ihre Wetterjacke aus dem Rucksack. Der Regen legte eine sanfte Melancholie über die Insel, die sie gerade gut gebrauchen konnte. Sie blieb stehen und schaute, wie die Tropfen über Land und Meer zogen, auf dem Wasser bis zum Horizont tanzten.

Als sie das Sörenswai-Vorland erreichte, schloss sich der Kreis um die Insel. Ein Austernfischer mit rotem Schnabel hüpfte vor ihr auf und ab, als wenn er hier auf sie gewartet hätte.

Julia war müde, aber auch zufrieden.

Als sie die Tür zum Atelier aufschloss, war ihre Entscheidung gefällt.

31

«Alles okay bei dir?», rief Anita ihm zu.

Hark stand bestimmt schon seit zwanzig Minuten unter der Dusche, das schien sie zu beunruhigen. Das Badezimmer stand voller Wasserdampf, der sich anfühlte wie warmer Nebel in den Tropen. Man konnte kaum bis zur gegenüberliegenden Wand gucken.

«Nur mal so», rief er und schnappte sich sein großes Frotteehandtuch. «Ich bin sehr glücklich!» Er staunte über sich selbst. Sonst trug er seine Gefühle nicht gerade auf der Zunge.

«Und ich erst!», kam es aus dem Türrahmen zurück. Er wischte im Spiegel einen bullaugengroßen Kreis frei und sah sich lächeln. Alles mit Anita war unfassbar schön.

Heute war sein großer Tag, sie würden zusammen auf eine tolle Party gehen, so sah er seine Abschiedsfeier inzwischen! Und was danach kam, wurde noch besser: Hark konnte nicht mehr verstehen, wie er sich jemals vor seiner Pensionierung hatte fürchten können. Was natürlich an Anita lag: Jetzt würde er seine gesamte Zeit mit ihr verbringen können, wie wunderbar! Dass sich zu zweit alles viel schöner anfühlte, war natürlich keine bahnbrechende Erkenntnis. Aber wenn man es erlebte, wie er, war es durch nichts zu überbieten. Die ganze Welt war wie aufgeladen, beim Frühstück, beim Spazierengehen, wenn sie dicht an dicht in seinem Bett kuschelten.

Mit dem Handtuch um die Hüften kam er ins Schlafzimmer und legte sich zu Anita aufs Bett. Er küsste sie auf den Mund. Anita hatte sich die Haare hochgesteckt und gab ihm einen Kuss auf die Nase.

«Wir müssen uns dringend fertig machen», drängelte sie mit gespielter Strenge.

Damit war er gar nicht einverstanden. «Aber doch nicht so schnell.»

«Schon mal auf die Uhr geschaut, mein Lieber?»

«Heute ist mein Bestimmertag», entgegnete er. «Da darf ich machen, was ich will.»

Anita lachte. «Du hast recht! Ich rufe in der Reederei an und bitte die Gäste einfach, zu uns ins Schlafzimmer zu kommen. Dann müssen wir gar nicht mehr los.»

«Einverstanden. Ich wollte schon immer mal mit Dr. Iversen eine Kissenschlacht machen.»

«Siehste.»

Sie lachten.

Für seinen offiziellen letzten Tag hatte Hark der Fährreederei einiges abverlangt. Normalerweise bestimmte alleine der Arbeitgeber, wie eine Abschiedsfeier auszusehen hatte. Da Hark aber nicht ewig irgendwelchen Lobhudeleien lauschen wollte, hatte er den Spieß umgedreht: Umgekehrt wollte auch *er* sich verabschieden, und wie er das tat, bestimmte er selbst!

Die obligatorische Gästeliste war lang, die Vorstandsetage und alle Kapitäne, die heute keinen Dienst hatten, waren gesetzt, dazu kamen von seiner Seite Steuerleute und Matrosen. Dazu hatte Hark die Reinigungskräfte und Kellner geladen, ohne die die Fähre nicht funktionieren würde. Er wollte, dass es für alle ein schöner Tag wurde.

Eine halbe Stunde später waren Anita und er fertig angezogen. Anita trug ein dunkelblaues Sommerkleid, das ihr phantastisch stand. Dazu hatte sie sich ein paar elegante mattsilberne Ohrclips angesteckt. Jetzt überprüfte sie seine weiße Uniform, zippelte hier und da noch etwas herum, bis alles perfekt saß. Dann fuhren sie gemeinsam in Harks altem Heckflossen-Mercedes zum Reedereigebäude im Hafen. Der Weg ins Haus hinein war von beiden Seiten mit Tampen abgesteckt. Links und rechts davon standen sämtliche seiner Kolleginnen und Kollegen in der jeweiligen Schiffsuniform und klatschten.

«Ist das eine Hochzeit, oder was?», fragte er erstaunt in die Menge und gab allen die Hand. «Danke, danke, danke.» Er war gerührt, wie sich seine langjährigen Weggefährten ins Zeug gelegt hatten.

Hand in Hand schritt er mit Anita auf das Gebäude zu. Sie hatte nicht unbedingt neben ihm hier auflaufen wollen, aber er hatte darauf bestanden – was er an seinem Bestimmertag nun mal durfte!

Drinnen waren zahlreiche Stuhlreihen aufgebaut. Dr. Iversen und die anderen Leute aus dem Vorstand schüttelten ihm auf der kleinen Bühne die Hand. Ihre Reden waren so, wie er es kannte, das war nicht zu vermeiden gewesen. «Kapitän Hark Paulsen arbeitete bei ... und dann noch einmal bei ... und dann von ... bis heute bei uns. Wir haben ihn schätzen gelernt als zuverlässigen, umsichtigen Schiffsführer, der allen Situationen gewachsen war. Und die konnten manchmal brenzlig werden. Jeder hier weiß, dass das Seegebiet vor Föhr so seine Tücken hat ...»

Hark hörte gar nicht richtig hin. Die Assistentin von Dr. Iversen hatte ihm angekündigt, dass ihm die Redetexte später schriftlich in einer Ledermappe überreicht werden würden.

Wenn er wollte, könne er das alles zu Hause noch einmal nachlesen.

«… und so wünschen wir Ihnen, verehrter Herr Paulsen, auch auf Ihrem weiteren Lebensweg immer eine Handbreit Wasser unter dem Kiel.»

Alles klatschte, Hark stand auf, Dr. Iversen schüttelte ihm die Hand.

Es folgte «Fiete» Diedrichs vom Personalrat, der sich beim Reden schon sehr viel lockerer anhörte: «Sharky machte ungerne, was andere gut fanden, er aber nicht. Trotzdem wusste er immer, was er an seinen Leuten an Bord hatte, und hat nie einen übergangen …»

Hark grinste. Nach Fiete würde jetzt wohl der Shantychor kommen, das wusste er ja schon von dem Telefonat, das er an seinem letzten Tag an Bord zufällig mitgehört hatte. Komischerweise mochte er Shantys nicht besonders.

Aber es kam kein Shantychor. Stattdessen erschien eine Musikgruppe, mit der er überhaupt nicht gerechnet hatte. Auf die Bühne traten die «Seenixen», die im Kurgartensaal aufgetreten waren, als er mit Anita dort gewesen war. Sie liefen wieder in Smoking bzw. Cocktailkleid auf, als sei er ein Promi, der geehrt werden sollte.

«Steckst du dahinter?», fragte er Anita.

Die setzte nur ein vielsagendes Lächeln auf.

Hark war begeistert. Liedzettel mit Texten wurden verteilt, und das Quartett fing an zu singen:

Das Meer, sieh nur, es tanzt in Buchten so klar, wie Silber glitzernd im Licht. Das Meer, den Himmel im Sommer mischt es mit weißem Schaum von Engeln so rein. Das Meer behütet sein Blau schon seit ewig. Von der Liebe erzählt es ein Lied.

Wie damals im Kurgartensaal standen alle Anwesenden auf

und sangen mit, immer lauter und fröhlicher, einige tanzten sogar. Als der Song endete, klatschte und johlte der Saal. Hark sprang auf die Bühne und umarmte die Sängerinnen und Sänger. «Ihr wart phantastisch», rief er. «Danke!»

Dann wandte er sich ans Publikum. Er war kein geborener Redner, das wusste er, aber ohne ein paar Sätze ging es auch nicht.

«Ich bedanke mich … für die … all die vielen netten Worte, also …», begann er stockend. «Danke an alle, mit denen ich zusammengearbeitet habe und die mich ausgehalten haben.» Verhaltener Beifall. «Ich werde euch vermissen», er grinste, «aber nur ein bisschen. Denn auf mich wartet ein tolles Leben. Ich werde auf meinem neuen Kahn eine Party nach der anderen feiern, zusammen mit meiner Geliebten – na, wie klingt das für euch? Wenn ihr Dienst habt, werdet ihr meine *Nordsand* mit voller Festbeleuchtung immer mal wieder vor Föhr ankern sehen. Aber glaubt mir, irgendwann seid auch ihr fällig, dann geht es euch genauso wie mir jetzt. Ich kann euch nur sagen: Ihr könnt euch drauf freuen. Und jetzt feiern wir auf meiner *Nordsand* weiter, ich habe hier am Kai festgemacht.»

Alles johlte und klatschte. Er schaute in die erste Reihe zu Anita. Ihre Augen strahlten.

Doch so einfach ließ ihn seine Reederei nicht gehen. Als er mit Anita aus dem Gebäude trat, wurde von einem Matrosen laut eine Bootsmannpfeife geblasen, und Steuermann Roloff zog die Fahne der Reederei an einem Mast hoch. Als sie am oberen Ende angekommen war, salutierte er, und sämtliche Schiffe im Hafen tuteten laut los. Ihre Hörner tönten weit über die Insel und aufs Meer hinaus.

Hark war sprachlos.

Seine Lippen begannen zu zucken, dann schossen ihm die Tränen in die Augen, ohne dass er etwas dagegen tun konnte. Anita steckte ihm unauffällig ein Papiertaschentuch zu.

Nun wanderte die Festgesellschaft gemeinsam hinüber zur *Nordsand*, die direkt vor dem Gebäude im Hafenbecken vertäut war. Das Schiff war vollständig neu gestrichen worden und glänzte überall, Julias Schornstein funkelte in den Farben der Insel. Da an Bord kein Platz für alle war, hatte die Reederei auch am Kai ein paar Tische und ein Buffet aufbauen lassen.

Der Voreigner der *Nordsand*, Willi Eggers, war extra aus Friedrichstadt angereist, um Kapitän Paulsen sein ehemaliges Schiff offiziell zu übergeben. Willi wirkte körperlich ziemlich hinfällig und hielt sich an seinem Rollator fest, aber seine Augen waren hellwach. «Pass gut auf deine Anita auf», raunte er Hark zu. «Sie ist was ganz Besonderes, das sehe ich auf den ersten Blick.»

«Weiß ich doch», antwortete Hark.

«Die *Nordsand* hast du übrigens toll renoviert.»

«Einiges muss noch gemacht werden, das kommt nach und nach.»

Dann half Hark Willi an Bord. Zugegeben, innen wirkte das Schiff an vielen Stellen noch wie eine Baustelle, aber trotzdem schön: Anita hatte ein paar von Julias Inselbildern aufgehängt, die den Gästen ausnehmend gut gefielen. «Wo kann man die kaufen?», erkundigte sich Dr. Iversen.

«Im Atelier neben meinem Haus», antwortete Hark. «Dort arbeitet eine junge Malerin, von der wir noch viel hören werden.»

«Können Sie für mich einen Termin bei ihr machen?»

«Gerne, aber zurzeit ist sie auf Reisen.»

Die Frage war, ob Julia jemals wiederkäme. Aber ihre Bilder

konnte man bestimmt auch für sie verkaufen, ohne dass sie vor Ort war.

Hark schaute zufrieden auf die fröhlich schnatternde Festgesellschaft. Doch egal, wer ihn ansprach, er hatte nur Augen für seine Anita.

32

Julia schloss die Augen und stellte sich das Meer vor. Ein zarter Wind streifte ihr Gesicht, das Nachmittagslicht vergoldete den Himmel über der Marsch. Das Licht um diese Stunde war ganz klar. Gräser, Reethalme und Büsche in der Marsch gaben das vertraute Geräusch von sich, während sie sich dem Wind überließen. Dort wäre sie jetzt gerne ...

Als sie mit der Fähre Richtung Festland gefahren war, hielt sie den Blick so lange auf den leuchtend bunten Schornstein der *Nordsand* gerichtet, wie es nur ging. Sie bildete sich ein, dass man ihn sogar von Dagebüll aus sehen konnte, aber das war wohl eher Wunsch als Wirklichkeit. Ihr Ende auf Föhr blieb unbefriedigend. Sie hatte die Kladde ihrer Mutter nicht vollständig bearbeiten können, das Rätsel um das Omega-Zeichen hatte sie nicht gelöst, und das quälte sie.

Aber es war nicht zu ändern.

Ihr Weggang von Föhr fiel ihr so schwer, dass sie sich von kaum jemandem verabschiedet hatte. Nur Elske und Postbotin Nina hatte sie tschüss gesagt und natürlich Oma und Hark, sonst niemandem. Das große Mutterbild und die anderen Gemälde hatte sie erst einmal im Atelier gelassen. Die würde sie später abholen oder sich schicken lassen. Oma passte gut auf sie auf, das wusste Julia, sie wohnte nun ja gleich nebenan bei Hark und wollte dort auch bleiben. Was Julia ihr von Herzen gönnte.

Julia öffnete die Augen. Was sie vor sich sah, war anders, aber auch schön. Um sie herum blühten unzählige Blumen in fröhlichem Gelb, tiefem Polarblau, melancholischem Violett, knalligem Rot und vielen anderen Farben. Hochgesättigte und zarte Töne reihten sich im Gewächshaus direkt aneinander.

Die Balkonbepflanzung, die sie gerade herstellte, sollte etwas Besonderes werden. Nach Angaben der Kundin war deren Balkon nicht besonders groß, es passten nur zwei Stühle und ein kleiner Bistrotisch darauf. Umso sorgfältiger musste alles geplant werden. Julia entschied sich für Chrysanthemen mit Kapuzinerkresse, auch etwas Mediterranes sollte dabei sein sowie asiatische Gewächse. Es würde Kletterpflanzen geben, hängende Ampeln mit üppigen Blumen, Einzeltöpfe und zwei kleine Kübel mit Zwergbambus. Julia hatte sich zum Ziel gesetzt, ein kleines Paradies zu schaffen, das jeden Tag ein Lächeln ins Gesicht ihrer Kundin zauberte. Immerhin hatte die das Preisausschreiben des Blumenhauses Koslowski gewonnen.

Das neue Blumengeschäft an der Kreuzung um die Ecke hatte vor zwei Wochen eröffnet. Es war riesengroß und die Preise so billig, dass Julia es nicht fassen konnte. Noch hielten viele Stammkunden zu ihr, aber ihr Umsatz war dennoch bereits um ein Drittel eingebrochen. Sie versuchte, die Kunden mit einer Rabattaktion zurückzuholen, indem sie ihre Blumen eine Zeitlang noch billiger anbot als die Konkurrenz. Daran verdiente sie zwar nichts mehr, konnte aber vielleicht mit ihrer Beratung punkten und die Leute zurückholen. Zusätzlich hatte sie das Preisausschreiben initiiert, bei dem man einen von ihr gestalteten Blumenbalkon gewinnen konnte.

Ansonsten lenkte sie sich ab, ging fast jeden Abend mit Freunden aus. Es standen Clubs, Bowling und Restaurantbesuche an. All ihre Freunde wollten sie wiedersehen. Während ihrer Zeit auf der Insel hatte sie ihnen zwar WhatsApps geschrieben und Fotos geschickt, aber das war nicht dasselbe gewesen. Julia erzählte ihnen vom Zauber der Marsch, den Sonnenuntergängen im Meer, ihrem wunderbaren Atelier – und vom Surfen. Wobei ihre Freunde Tränen lachten über die Schilderung ihrer ersten Surfstunde vor coolem Kiter-Publikum: «Die dachten, aus Versehen wäre eine Seekuh auf das Edelbrett geklettert.»

So schön es war, ihre Freunde wiederzusehen, es würde doch dauern, bis sie innerlich wieder voll und ganz im Ruhrpott angekommen war.

Eine Rentnerin namens Renate Heidsiek gewann das Preisausschreiben. Sie wohnte in einer Einzimmerwohnung, die einen winzigen Balkon besaß. Den verwandelte Julia in ein üppiges Blumenmeer aus violetten Petunien, vielblütigem Elfenspiegel, Bambus und Blumenampeln mit üppig wuchernder Kapuzinerkresse. Sie pflanzte alles so dicht, dass man am Ende keinen rechten Winkel mehr ausmachen konnte, alle Ecken und Kanten des Balkons hatte sie mit Blumen kaschiert.

Frau Heidsiek standen die Tränen in den Augen. «So schön war es bei mir noch nie.»

Als sie zum Gewächshaus zurückkam, wunderte sie sich über ein Tourenrad, das an der Außenscheibe neben dem Eingang lehnte. Der Gepäckträger war mit großen Taschen beladen, nach einem Stammkunden sah das nicht aus. Außerdem hatte sie längst geschlossen. Als sie ihre Gerätschaften auf dem Arbeitstisch ablegte, ging hinter ihr die gläserne Tür auf, und jemand stiefelte mit klackenden Radfahrerschuhen auf sie zu. Jemand, mit dem sie am allerwenigsten gerechnet hatte: Finn-Ole!

33

«Was machst *du* denn hier?»

Der Oldsumer Bürgermeister trug kurze enge Hosen, die seine durchtrainierten Unterschenkel betonten, dazu ein grünes T-Shirt mit den Umrissen der Insel Föhr.

Dass sie immer noch ein bisschen sauer auf Finn-Ole war, spielte in diesem Moment keine Rolle mehr. Nebenbei gesagt war das Strafverfahren gegen sie nach nur zwei Wochen sang- und klanglos eingestellt worden. Sie fragte sich, ob sie das vielleicht ihm zu verdanken hatte. Weil das Blumengeschäft gerade nicht gut lief, bekam sie sogar Geld vom Finanzamt zurück.

Sie umarmten sich kurz, mit viel Abstand.

Finn-Ole grinste. «Ich war gerade in der Gegend, da dachte ich, ich schaue mal vorbei.»

«Bist du etwa die ganze Strecke von Föhr mit dem Rad gefahren?», fragte sie staunend.

Er lächelte. «Nur drei Tage – und schon war ich hier!»

«Wahnsinn. – Wo ist Edda?» Sie hätte ihr gerne das Gewächshaus gezeigt.

«Anita und Hark haben sie in Pflege genommen. Sie wird jetzt wohl ein richtiger Bootshund werden.» Finn-Ole ließ den Blick im Gewächshaus kreisen. «Was für eine Farbenpracht.»

«Ja, ich arbeite gerne hier.»

Er nickte. «Kann ich gut verstehen. Aber trotzdem will ich dich noch einmal fragen, was du über das Café in Oldsum denkst.»

Seine direkte Art war erstaunlich. War er etwa deswegen hierhergekommen? Um ihr diese Frage zu stellen?

Sie versuchte ein Lächeln. «Weißt du, Föhr ist wunderschön, dagegen kann man nichts sagen. Aber mein Platz ist hier. Zumal es bei euch alles sehr kompliziert ist mit den Genehmigungen.» Jetzt sah sie ihn direkt an.

Finn-Ole atmete tief ein und hielt ihrem Blick stand.

«Ich habe mich total dämlich angestellt», flüsterte er.

«Inwiefern?»

Er schaute verlegen zur Seite und nestelte am Reißverschluss seiner Jacke herum. «Na ja, ich wollte unbedingt erreichen, dass du bleibst und das mit einer offiziellen Genehmigung besiegelst. Aber das war einmal zu viel um die Ecke gedacht. Damit habe ich genau das Gegenteil erreicht.»

Julia war total baff. «Du wolltest, dass ich auf Föhr bleibe?»

«Ja.»

«Indem du mich rausschmeißt?»

Er blickte kurz zur Decke, dann wieder zu ihr. «Meine Idee war, dass du dich mit einem Vertrag an Oldsum bindest.»

«Wie bei einer Heirat?»

«Wenn du so willst.»

«Super Plan.»

«Ich hätte alles so lassen sollen, dann wärest du vielleicht von selbst geblieben. Wobei: wahrscheinlich ja nicht ... Wie man sieht.»

«Ach, das ist kompliziert. – Möchtest du ein Stück Erdbeertorte?»

«Gerne.»

Sie setzten sich an den Arbeitstisch, an dem sie normalerweise die Blumen schnitt. Julia holte Geschirr aus dem Haus, während sich Finn-Ole weiter im Gewächshaus umschaute. Als sie ihm kurz darauf Tee einschenkte und ihm ein Stück Kuchen reichte, erzählte Finn-Ole vom neuesten Tratsch und Klatsch auf der Insel. Wer mit wem oder warum nicht. Polizeichef Prüss hatte für unbestimmte Zeit die Insel verlassen, und Postbotin Nina hatte etwas mit seinem Nachfolger angefangen.

«Die Frau, die nie lächelt!», sagte Julia staunend.

«Das hat sich geändert. Sie bekommt ihr verliebtes Grinsen gar nicht mehr aus dem Gesicht.»

Julia hatte immer gewusst, dass Nina ein Juwel war, wenn man sie nur richtig zu nehmen musste.

«Wie sieht mein Atelier zurzeit aus?», fragte sie vorsichtig. Sofort befiel sie Wehmut.

«Traurig und leer.»

«Tja.»

Sie plauderten noch ein bisschen über dies und das, dann erhob er sich plötzlich. «Ich muss dann mal wieder.»

«Willst du nicht noch etwas bleiben?»

Finn-Ole schüttelte den Kopf. «Die Arbeit ruft.»

«Fährst du zurück auch wieder mit dem Rad?»

«Nee, so ein großer Held bin ich auch wieder nicht. Ich nehme den Nachtzug.» Er schaute auf die Uhr. «Der fährt in einer Dreiviertelstunde. Morgen früh will ich die erste Fähre nach Föhr kriegen.»

«Die habe ich auch schon einmal genommen», sagte sie. Da hatte sie das erste Mal auf die Insel übergesetzt, das war gefühlt eine Ewigkeit her. Damals wusste sie rein gar nichts über Föhr.

Er schaute sie an. «Willst du nicht nachkommen?»

«Tut mir leid, ich kann nicht.» Sie trat einen Schritt auf ihn zu und umarmte ihn kurz und fest.

Dann sprang er auf sein Rad und fuhr davon.

Es war alles so schnell gegangen, dass sie hinterher gar nicht mehr sicher war, ob er überhaupt da gewesen war. Ein engagierter Bürgermeister, dachte sie, als sie das Geschirr zurück ins Haus räumte. Nett, dass Finn-Ole mich nicht vergessen hat.

Erst als sie später wach im Bett lag, fragte sie sich, ob sein Besuch nicht auch direkt mit ihr zu tun gehabt haben konnte.

34

Drei Wochen später verließ die *Nordsand* die schützende Kaimauer in Wyk und tuckerte ins Wattenmeer. Julia befürchtete das Schlimmste. Es war ein Unterschied, ob man bei kabbeliger See mit der großen Autofähre nach Dagebüll fuhr oder mit einer kleinen Nussschale wie der *Nordsand*. Auch Oma holte immer wieder tief Luft, um nicht seekrank zu werden. Hark stand am Ruder und schien die Wellen gar nicht zu bemerken. Einmal schoss die Gischt im hohen Bogen vom steilen Bug über das gesamte Schiff, sodass alle etwas abbekamen. Hark lächelte nur, als sei das ein netter Gruß seines alten Kumpels Neptun gewesen. Edda bellte die Wellen an, um sie zu verscheuchen, und knurrte frustriert darüber, dass das nicht klappte. Manchmal begegnete ihnen eine Fähre, dann gab es von Harks ehemaligen Kollegen ein tiefes lautes Signal, das er mit seinem kleinen Horn an Bord beantwortete.

Mit dem alten Kahn dauerte es um einiges länger als mit der großen Fähre, bis sie das Festland erreichten. Zur großen Eröffnung sollten ihre Gäste persönlich von der *Nordsand* abgeholt werden, das war für Julia Teil der Feier. Vom Dagebüller Kai winkte ihre Gelsenkirchener Clique ihnen bereits zu: Marie, Karim, Franziska und Maren waren extra angereist.

Hark machte sein kleines Schiff an der hohen Kaimauer fest, aber die *Nordsand* hüpfte weiter in den Wellen auf und ab. Als

Erstes wurde das Gepäck an Bord geworfen, wobei der viel zu schwere Koffer von Julias Freundin Anna bei dieser Aktion fast ins Wasser flog. Hark kletterte die senkrechte Leiter hoch, begrüßte alle und verteilte Schwimmwesten. Mit skeptischen Blicken kamen anschließend alle Gäste nacheinander an Bord. Unten half Julia ihnen und umarmte jeden einzelnen Gast.

«Ist das der berühmte Koslowski-Schornstein?», fragte Julias Uralt-Freund Karim und schaute bewundernd nach oben. Er kannte Julias Werk nur aus dem Internet. Der bunt glänzende Schornstein leuchtete vor der dramatischen Meereskulisse mit den schaumkronenbesetzten Wellen besonders eindrucksvoll.

Hark löste die Leinen, dann ging es zurück Richtung Föhr. Alle waren begeistert, auf dem Meer zu sein, wobei es – zugegeben – mit etwas weniger Schaukelei noch schöner gewesen wäre.

Auf halber Strecke zischte ihnen ein Kitesurfer mit leuchtend türkisfarbenem Schirm entgegen. Er kam ganz nahe und umrundete die *Nordsand*. Jetzt erst erkannte Julia Thore aus dem Surfcamp, der sie in den Hafen eskortierte.

Im Hafen von Wyk wartete ein Kleinbus auf sie, mit dem sie durch die Marsch nach Oldsum fuhren.

Was ist in meinem Leben jetzt eigentlich noch ungelöst?, fragte sie sich. Die Antwort lag auf der Hand: Fast alles! Eine Garantie, dass es für sie auf Föhr mit dem «kleinen Friesencafé» klappte, hatte sie nicht. Aber sie war hier richtig, das stand außer Zweifel.

Julia hatte das Blumengeschäft von einem Tag auf den anderen geschlossen. Die Umsätze waren weiter gesunken, egal, wie sie sich abgestrampelt hatte. Es musste sein, hämmerte sie sich immer wieder ein, sonst hätte ihre Oma im Alter nichts mehr für sich. Anita war zum letzten Tag im Laden übrigens nicht gekommen, es fiel ihr einfach zu schwer. Julia hatte die Stammkunden zu einem kleinen Umtrunk eingeladen.

Sie hatte ein Bewerbungsgespräch bei einer großen Blumenhandels-Kette absolviert, sie sollte Leiterin einer Filiale in Herne werden. Was nicht das Schlechteste war. Doch kurz davor kam der Anruf von Hark auf ihrem Handy. Sie war gerade dabei, einige Blumenkübel aus dem Gewächshaus auf einen Sattelschlepper zu laden, die zum halben Preis nach Holland gehen sollten.

«Moin, Julia, wie geht's?», erkundigte sich Hark.

«Moin, Hark! Geht so, und dir?»

«Gut. Und dir gleich auch.»

«Wie das?»

«Wegen der Kladde deiner Mutter.»

Sie bekam einen trockenen Mund. «So? Wie das?»

«Das Gitternetz auf der letzten Seite in deiner Kladde hat mich nicht losgelassen. Es hat bei mir irgendeine Erinnerung ausgelöst, die ich nicht richtig einordnen konnte. Ich wusste nur, dass ich das Zeichen von irgendwoher kannte.»

«Und?»

«Das in der Mitte ist kein Omega», erklärte er.

«Sondern?»

«Ein Hufeisen!»

«Sicher?»

«Als ich es nicht mehr als Omega-Zeichen gesehen habe, sondern als das, was es wirklich ist, wurde mir klar, woher ich es kenne.»

Julia wurde ganz heiß an der Stirn. «Woher?»

«Es ist ein Ausschnitt aus einer Schmiedearbeit. Der Besitzer des Cafés, das vorher in deinem Atelier war, hat es selber angefertigt. Es hing jahrelang über der Eingangstür.»

«Das heißt ...»

«Dass deine Mutter in deinem Atelier war und das Hufeisen dort abgezeichnet hat.»

Julia lief ein Schauer über den Rücken. Ihre Stimme wurde heiser vor Aufregung.

«Und wo ist diese Schmiedearbeit jetzt?»

«Wieder über der Tür», sagte Hark. «Ich habe sie auf dem Dachboden gefunden.»

Danach hielt sie nichts mehr in Gelsenkirchen. Sie wusste nun, wohin sie gehörte. Finn-Ole hatte den Amtskram für die Eröffnung ihres Cafés zuverlässig für sie erledigt, wofür sie ihm sehr dankbar war. An den Eingang hatte sie ein Schild gehängt, das sie selbst gemalt hatte, darauf stand: «Das kleine Friesencafé». Ihre persönliche Mischung aus Atelier und Café gab es nur einmal auf der Insel, Omas Stühle und Tische aus Paris machten sich hervorragend in diesem Ambiente. Drinnen befand sich das Schmiedewerk ihres Vorgängers über der Tür, und an den Wänden hingen ihr Mutterbild und die anderen Gemälde, die sie auf Föhr gemalt hatte.

Zur Eröffnung kamen noch mehr Gäste, als damals zur Übergabe des Surfbretts: Hark und Oma, das war klar, Willi, der Voreigner der *Nordsand*, sowie alle Porträtierten auf ihren Gemälden: Elske, Birte, Keike, ein paar andere Frauen aus dem Frischemarkt, Caren aus Oevenum, die aus einer großen Tasche «Föhrer Snupkroom» verteilte, die fliegende Postbotin Nina mit ihrem neuen, zehn Jahre jüngeren Lover, dem Nachfolger von Prüss. Und ihre Clique aus Gelsenkirchen.

Unzählige Touristen und Surfer waren ebenfalls erschienen. Außerdem die gesamte Freiwillige Feuerwehr Oldsum. Als kleine Retourkutsche überprüfte Hark deren sämtliche Mitglieder mit einem Geigerzähler auf radioaktive Strahlung – er hatte das Gerät so eingestellt, dass es jedes Mal Alarm gab, worauf er sie erschrocken anschaute.

Oma hatte an die zwanzig Kuchen gebacken, und zwar ihre allerbesten! Hark und sie waren immer noch schwer verliebt und schlenderten täglich Hand in Hand über die Insel. Julias Wohnung hinter dem Atelier war so gut wie fertig, sie war gerade dabei, sie einzurichten.

Finn-Ole kam etwas später zur Eröffnung und hielt eine kleine Rede. Er hatte sich zur Feier des Tages einen schwarzen Anzug und ein weißes Hemd angezogen, was sie etwas übertrieben fand. Aber auf jeden Fall besser als jedes seiner Hawaii-Hemden.

Er begrüßte Julia kurz und stellte sich auf einen Stuhl, damit ihn alle sehen konnten. Julia schlug mit einem Löffel gegen eine Kaffeetasse.

«Der Bürgermeister!», rief sie.

Alle wurden still.

«Moin, liebe Julia, wir in Oldsum sind froh, dass du hier bist», begann er. «Du bereicherst unser Dorf mit deiner Kunst, außerdem ist dein Atelier einer der schönsten Räume der Insel.»

Zustimmender Beifall.

«Alle werden allein schon deswegen zu dir kommen, um deine tollen Kuchen zu genießen. Im Namen der Gemeinde Oldsum heiße ich dich herzlich willkommen, wir wünschen dir alles Gute!»

Alles klatschte, Julia umarmte ihn kurz.

Jemand drehte die Musik auf. Irgendwann ging sie nach hinten in den Garten, um etwas frische Luft zu schnappen. Dort saß Finn-Ole neben Edda im Strandkorb. Beide schauten auf, als sie kam. Sie setzte sich neben Finn-Ole.

Der nahm ihre Hand, einfach so. Edda versuchte einmal kurz, mit ihrer Schnauze dazwischenzukommen, aber sie hatte keine Chance.

Julia wusste nicht ganz genau, was da gerade passierte. Aber es fühlte sich gut an.

Föl thoonk an alle, die mir bei der Arbeit an dieser Geschichte zur Seite gestanden haben:

Vor allen anderen: euch, meinen Leserinnen und Lesern, ihr inspiriert mich immer wieder aufs Neue!

Meinem Agenten und Komplizen Dirk Meynecke für inspirierende Gespräche.

Der phantastischen Crew des Rowohlt Verlags: meiner Lektorin Katharina Schlott, die für meine Texte die ganze Weltkugel in Bewegung setzt, sowie Katharina Dornhöfer, Marcus Gärtner, Anne-Claire Kühne und dem unglaublichen Rowohlt-Vertrieb, der meine Bücher im Laufschritt unter die Menschen bringt.

Lisa Paesike, die sich immer mit vollem Einsatz für meine Lesungen engagiert.

Und in ganz besonderer Weise Josefine von Eisenhart, sie weiß schon, warum.

Auf Föhr danke ich «Bubu» Jürgen Huß, der dort nicht nur meine Lesungen organisiert, sondern mich auch tatkräftig bei den Recherchen unterstützt, mir immer wieder neue Anregungen gibt und mich mit krausen Ideen versorgt (Weihnachtslesung im Oktober u. a.!).

Andreas Miler von der Föhr-Touristik für seine konstruktive Unterstützung.

Enken Brodersen vom phantastischen «Föhrer Snupkroom» in Oevenum.

Meinem Freund und Kollegen Hendrik Berg für seine fortwährende Unterstützung sowie meinen Kolleginnen im Hamburger Inseltrio, Gabriella Engelmann und Corinna Hessel.

Weitere Titel

Die Insel tanzt

Friesensommer

Mein wunderbarer Küstenchor

Seeluft macht glücklich

Urlaub mit Punkt Punkt Punkt

Zwischen den Bäumen das Meer

Die Inselbuchhandlung-Reihe

Die kleine Inselbuchhandlung

Die Bücherinsel

Wiedersehen in der kleinen Inselbuchhandlung

Die Oma-Imke-Reihe

Oma ihr klein Häuschen

Ein Strandkorb für Oma

Oma dreht auf

Omas Erdbeerparadies

Omas Inselweihnacht